*Melhores Contos*

Ignácio de Loyola Brandão

Direção de Edla van Steen

Ignácio de Loyola Brandão

Seleção de Deonísio da Silva

© Ignácio de Loyola Brandão, 1993

5ª EDIÇÃO, GLOBAL EDITORA, SÃO PAULO 2001
6ª REIMPRESSÃO, 2012

Diretor Editorial
JEFFERSON L. ALVES

Diagramação
SÍLVIA CRISTINA DOTTA

Revisão
KIEL PIMENTA
SÍLVIA CRISTINA DOTTA

Dados Internacionais de Catalogação na Publicação (CIP)
(Câmara Brasileira do Livro, SP, Brasil)

Brandão, Ignácio de Loyola, 1936-
 Melhores contos Ignácio de Loyola Brandão / seleção Deonísio da Silva. – 5. ed. – São Paulo : Global, 2001. (Melhores Contos)

Bibliografia.
ISBN 978-85-260-0286-9

1. Contos brasileiros. I. Silva, Deonísio da. II. Título. III. Série.

93-3670   CDD-869.935

Índices para catálogo sistemático:

1. Contos : Século 20 : Literatura brasileira 869.935
2. Século 20 : Contos : Literatura brasileira 869.935

Direitos Reservados
GLOBAL EDITORA E
DISTRIBUIDORA LTDA.
Rua Pirapitingui, 111 – Liberdade
CEP 01508-020 – São Paulo – SP
Tel.: (11) 3277-7999 – Fax: (11) 3277-8141
e-mail: global@globaleditora.com.br
www.globaleditora.com.br

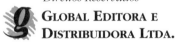

Obra atualizada conforme o
Novo Acordo Ortográfico da Língua Portuguesa

Colabore com a produção científica e cultural.
Proibida a reprodução total ou parcial desta obra
sem a autorização do editor.

Nº DE CATÁLOGO: **1537**

Deonísio da Silva, escritor e professor universitário, é doutor em Literatura Brasileira pela USP e autor de vários romances, entre os quais *Avante soldados: para trás.*

APRESENTAÇÃO

O conto tem sido desde as origens um espaço de discordância. Ali tem vez e voz os que não podem se manifestar em outros lugares, em outros discursos. As narrativas curtas são, também, libertinas, não somente para os autores, mas, sobretudo para os personagens, os temas e as linguagens. Os homens têm sido contistas desde priscas eras; foram contistas muito antes da escrita. Autores analfabetos conseguiam prender a atenção de numerosos ouvintes nas mais diversas situações, narrando histórias possíveis e impossíveis. Depois, essas narrativas foram conquistando a escrita, o livro. São contos, por exemplo, numerosas narrativas bíblicas, como o Gênesis, o Livro dos Macabeus, as Crônicas, os Evangelhos.

Jesus foi um extraordinário contista, ainda que jamais tenha escrito um único e escasso livro. A única vez em que escreveu dispensou ferramenta apropriada, não quis saber de lápis, nem de papel. Escreveu com o dedo, desenhando letras no chão da terra. Foi, porém, impossível esquecer o que escreveu: "atire a primeira pedra quem não tiver pecado". Como se sabe, tratava-se de um linchamento legal, isto é, autorizado por lei, que consistia em apedrejar a mulher adúltera. Criativo, inovador, o famoso nazareno inventou contos fascinantes. Basta dar uma olhadinha nas parábolas.

O *Pantschatantra*, hindu, está cheio de contos. *As Mil e Uma Noites* são um verdadeiro panegírico do gênero. Afinal, quem conta não morre. A saída da condenada é ir inventando histórias para adiar sua execução. O *Edda*, escandinavo, é uma reunião de contos. O *Beowulf*, teuto-bretão, também. As nossas lendas indígenas são contos. As anedotas e piadas são contos. A prosa popular é, pois, muito chegadinha a um conto.

É no alvorecer da Idade Moderna que o conto consolida seu estatuto literário. Conquistado o espaço das letras, ele se firmará para sempre em todas as literaturas do mundo. Os livros de contos que foram precursores do gênero são o Decamerão, de Giovanni Boccaccio, as *Canterbury Tales*, de Chaucer, e *As Mil e Uma Noites*, que teve em Gallard um tradutor saborosamente criativo, pois enxertou as histórias com sacanagens sutis, surrupiando uma ou outra grosseria do original. É um dos raros casos em que o tradutor melhora o original. Todas essas histórias começam a circular no Ocidente no século XIV, mas é entre os séculos XVI e XVIII que elas se disseminam pelo mundo afora.

O cineasta Pier Paolo Pasolini, que também foi contista, filmou essa espécie de trilogia do desejo, comentando os textos do Decamerão, das *Mil e Uma Noites* e dos *Canterbury Tales* com sua magnífica máquina de filmar, uma câmera que via tudo o que não víamos ou tínhamos dificuldade de ver.

Os contistas clássicos que hoje conhecemos, como Edgar Allan Poe, Maupassant, Tchekov, Katherine Mansfield e outros, encontraram o gênero consolidado. Mas, como se sabe, inovaram bastante, adequando-o aos tempos modernos, sobretudo em suas linguagens.

O Brasil sempre teve excelentes contistas. Machado de Assis escreveu belíssimos contos. Quem não conhece *A Missa do Galo*? Álvares de Azevedo, poeta romântico, (quem diria?) escreveu contos tão ousados que a geração dos anos 90 se espantaria com a audácia do querido poetinha em contos como *A Noite na Taverna*, por exemplo. João Guimarães Rosa, antes de maravilhar o mundo com *Grande Sertão: Veredas*, escreveu contos inesquecíveis: *A Terceira Margem do Rio, Soroco Sua Mãe Sua Filha, Buriti, Manuelzão e Miguilim* são boas amostras de suas histórias, ou estórias, como ele preferia. E Aníbal Machado? Como esquecer do autor de *Viagem aos Seios de Duília?*

Mas é na década de 1960 que o conto explode no Brasil. Surgem nessa época muitos de nossos grandes contistas: Dalton Trevisan, Rubem Fonseca, Moacyr Scliar, João Antônio, Sonia Coutinho, Luiz Vilela, Nélida Piñon, Tania Jamardo Faillace, Sergio Faraco, J. J. Veiga, e Sérgio Sant'Anna. E nos anos 70, então, sobretudo na segunda metade da década, há um verdadeiro *boom* literário no Brasil que trará um sem-número de contistas, muitos dos quais consolidaram seu prestígio inicial e estão na praça com muitos outros livros. É o caso de Caio Fernando Abreu, Roberto Drummond, Marcia Denser, Wander Piroli, Domingos Pellegrini Jr. e muitos outros.

Ignácio de Loyola Brandão é da geração pós-64. Estreou em 1965 com um livro de contos chamado *Depois do Sol.* Conquanto tenha consolidado seu prestígio como escritor em romances como *Zero, Bebel que a Cidade Comeu* e *Não Verás País Nenhum,* ele escreveu e continua escrevendo muitos contos. Escrever contos, romances, novelas, eis opções marcadas por percursos específicos e muito pessoais. São decisões, por assim dizer íntimas, de um ficcionista. Alguns contistas tentam escrever romances e se dão mal. Alguns romancistas vão escrever contos e não conseguem revelar, na história curta, o mesmo desempenho obtido no romance. João Antônio e outros grandes contistas jamais escreveram um romance. Ou, pelo menos, nunca publicaram romances. Isso não os diminui. Pelo contrário. Vários deles têm histórias realmente antológicas.

Loyola escreve contos e romances. Qual é o melhor *momentum* desse escritor? Onde obtém melhor desempenho? Alguém poderá dizer que *Cadeiras Proibidas* é melhor do que *Não Verás País Nenhum*? Ou que *Zero*, por ser romance, é um artefato literário mais completo do que as narrativas curtas reunidas em *Cabeças de Segunda- -Feira*? Seria uma comparação infeliz.

As desventuras de José e Rosa pelos labirintos e cárceres de diversas sociedades da América Latina encontram correspondências em várias narrativas curtas, pelo menos bem mais curtas que o monumental e polêmico *Zero*, que abriga essas duas personagens. Vários lances super-realistas (isto é, surrealistas) encontrados nas páginas de *Zero* e de *Não Verás País Nenhum* são utilizados em contos aqui reunidos.

É o caso de *A Anã Pré-Fabricada*. Desejosa de um emprego, ela vai apresentar-se num circo, fazendo a personagem da única vaga ainda disponível no espetáculo: será comida pelo leão, muito faminto devido à escassez de carne na cidade. Ou *Um Dedo pela Bolacha*, narrativa em que um menino vai esmagando um dedo a cada bolacha que a mãe lhe dá. Ao acabarem os dedos e tendo sobrado ainda bolachas, ele ouve o conselho atroz: "A gula é uma coisa feia".

O que encanta nas narrativas de Loyola é, sobretudo, o ponto de vista. De onde o escritor contempla a sociedade, os usos e costumes que pretende fixar em sua prosa, submetendo-os a outro olhar, isto é, a um olhar armado? Em que lugar está o escorpião, o bicho venenoso, a abelha ofendida que está prestes a dar a mortal picada, ferindo de morte o estamento social onde se homizia o inimigo?

Tal como os narradores dos jogos de futebol, como Osmar Santos e Silvio Luiz, o contador dessas histórias está no meio da torcida. É de lá que vê o jogo. A obra de Loyola, tanto a de ficção como a de jornalismo, ou a sua incursão pela literatura dita infantojuvenil, tem sido fiel a uma perspectiva popular, o que talvez explique, pelo menos em parte substancial, as sucessivas edições de seus livros, que habitualmente se situam nas listas dos mais lidos. Apesar de inovar a ficção brasileira atual com vários experimentos técnicos, sua linguagem tem sido sempre marcada pelo coloquial e não é hermética, nem dificulta o entendimento das tramas.

Essa preocupação com o leitor, que nem todos os escritores têm, levaram-no a percorrer o circuito escolar Brasil afora, à procura de seu público. Fez bem. Pois sabia, ou intuiu, que, forjando-se em tipo novo de escritor, precisava de outro leitor. Aos apreciadores de uma prosa bem-comportada, cujo mérito maior será sempre o de não transgredir a norma literária legada pelos antepassados, o texto de Loyola não poderia agradar. Por isso *Zero* foi proibido. Seus censores não foram muito diferentes de certo tipo de leitor que entre nós vive reclamando com impropérios do tipo: "Como que deixam circular um livro como esse?" "Por que o Governo não toma providência contra a pornografia das revistas, do cinema, da televisão?" Quer dizer, ainda não está consolidada entre nós a figura do cidadão, aquele que se considera Senhor de direitos inalienáveis, entre os quais se situa o de escolher o que haverá de comer, beber, ver ou ler; e naturalmente o de escolher os que haverão de governá-lo em tratos justos, isto é, em leis amplamente discutidas *antes* de promulgadas e aplicadas.

O que ocorreu, então? Escritores como Loyola produzem livros e público. Ele produziu leitores para a sua obra e para todas as ficções que, partindo de pontos diferentes, tinham um mesmo destino: decifrar o seu tempo através de um jogo com o leitor. Quem o escritor, quem o leitor nesse combate? O escritor vai *lendo* o Brasil com a ficção que escreve; o leitor vai *escrevendo* o Brasil que extrai dessa leitura, vai fixando uma forma de interpretação. A ficção tem sido, sobretudo, um modo de decifrar o que nos cerca. Uma interpretação que não é efêmera; uma ficção é uma confissão: ela precisa do outro; o escritor precisa do leitor, há carências que só podem ser preenchidas com permutas entre leitor e escritor; essa permuta é feita através do livro. Daí dizerem os teóricos, sabiamente, que sem a tríade *escritor, obra, público* não existe literatura. Com a vantagem de a literatura ser para sempre. Exemplo: houve uma telenovela de ibope descomunal, que foi *O astro*. Eu lhe pergunto, leitor amigo, quem matou Salomão Hayala? Houve uma época em que 95% da população brasileira precisava saber disso. Hoje, poucos anos depois do pique de audiência da novela de Janete Clair, ninguém mais sabe quem matou a badaladíssima figura. Agora, me diga: quem matou Diadorim em *Grande Sertão: Veredas?* E, sobretudo, quem o amou e a quem Diadorim amava com tanto ardor e tanto silêncio naquelas quebradas do sertão? Você sabe. E sabe por quê? Porque leu o genial romance de Guimarães Rosa e nunca mais se esqueceu, nem nunca esquecerá. E se houver um lapso, até mesmo uma dessas falhas freudianas, é só ir ali na estante e verificar.

Aqui, um cuidado indispensável. A perspectiva popular não é aquela consagrada em um determinado momento, sobretudo quando imposta pelo poder, como é o caso das narrativas da chamada indústria cultural. O objetivo primeiro da telenovela é determinado pelo comercial publicitário, por exemplo. Outro dia, um homem dos *media* (ou "mídia", na pronúncia inglesa) confessava que o grande problema da rede de televisão que ele dirigia era preencher o espaço vazio entre um comercial e outro. Sintomática e sincera declaração. Quando digo que um livro é popular, que sua perspectiva é popular, não me refiro à sua vendagem. Ela pode ser uma consequência. Exemplificando: não foi a televisão que fez a população brasileira acercar-se do carnaval e do futebol. O que houve foi que a população brasileira obrigou os Meios de Comunicação Social a se ocuparem dessas coisas populares.

A ficção de Loyola haverá de ser entendida a partir desses caminhos. O moço que se apaixona por Vera Fischer não pode ter, nem estar perto de uma mulher como Vera, a deusa loura e gostosa que infesta revistas com suas coxas maravilhosas e, no caso em questão, "abre o *pegnoir* e mostra as pernas para o filho do coronel". O que acontece, então? Ele ganha salário mínimo, vai ver a peça pela décima sexta vez em dois meses e toma Sidra para comemorar. E explica: "Vou tomar Sidra em sua homenagem. Claro, eu queria champagne. Com que dinheiro?".

É inegável a empatia estabelecida entre escritor e leitor *por causa* do mirante edificado para observar a condição do brasileiro carente de tudo, inclusive de amor, de carinho, de afeto. Há uma identificação instantânea, nascida ainda no primeiro parágrafo. Afinal, como começar sua carta? Senhorita Vera? Ilustríssima? Excelentíssima? Como se sabe, há, pelo menos, duas línguas no Brasil: a das elites, que se autointitula língua culta, e a dos outros, que é definida como *coloquial*. O cartorialismo da primeira já está atrapalhando o moço muito antes de ele decidir escrever; já o atrapalha quando ele pensa em escrever. Foi preciso que o escritor rompesse barreiras, transgredisse as normas literárias vigentes para que seu personagem pudesse se expressar. Esse lugar de onde fala o personagem foi construído pelo escritor. A satisfação dos leitores deve vir num processo inconsciente que deflagra uma coragem nova: afinal, se o personagem pôde, por que é que *eu* não posso? São ficções corajosas e que dão força ao leitor, mesmo tratando de penúrias e desgraças.

Outras vezes a ficção é um desabafo diante da desordem geral. O caos pode ser de diversa natureza. No caso de *Anúncios Eróticos*, o ponto de vista é, ainda mais uma vez, o de um trabalhador que faz as entregas a pé, economizando o dinheiro do transporte para poder comprar revistas ditas pornográficas ou eróticas. Mais do que as fotos, são os anúncios eróticos que o atraem. Ele responde aos anúncios, rompendo o limite entre realidade e ficção, entre realidade e mito. Afirma que não casou porque não queria ser homem de uma mulher só. Assim, pode transar com todas as que aparecem nas revistas que compra.

Desgraçado personagem! Explorado *ad nauseam* pelo circuito mercantil que empacota a repressão e a revende impressa e plastificada, só faz reforçar o que quer, sinceramente, negar. Assim, só transará com mulheres que pode comprar. Vai-se enredando nessa armadilha de muitos laços até responder a cada anúncio. "Jovem loira, 24 anos, superexperiente em tudo, totalmente liberada. Escrever para Caixa Postal 3456", diz o anúncio. Eis a resposta furiosa: "Escrevo, escrevo já, sua gostosa. O que você gosta de transar? Na bundinha? Vire que eu vou te enterrar um puta de um pau, maior que o de um cavalo. Não é o que você gosta, superexperiente?".

Como se vê, Loyola mostra que não é só através dos contos de fada que o imaginário humano manifesta os escuros e obscuros de sua profundeza. A humanidade sempre soube acolher melhor a realidade através da fantasia. A fantasia, no caso desse escritor, leva a lances realmente fantásticos. O narrador de *Anúncios Eróticos* vai acumulando sua riqueza no colchão, à moda das antigas fortunas, mitológicas. Conclui o conto, imaginando o desapontamento do companheiro de quarto, se um dia levar o colchão ao banco. Saltará mulher pelada, ao invés das boas fortunas mineiras. Isso, porém, não o perturba. O que não pode admitir é que suas pastas de anúncios sejam extraviadas. Ali ele guarda *perguntas* (anúncios) e *respostas* (seus comentários) sobre graves questões. Naturalmente, só escreve: não os remete à revista que publicou os anúncios. "Só escrever, vê lá se vou gastar selos. Vinte selos valem uma revista nova". Está fechado o círculo: os *anúncios eróticos* alimentam-se da repressão e o reprimido alimenta os *anúncios eróticos.*

Enfim, sem nenhum preconceito temático ou de linguagem, Ignácio de Loyola Brandão segue seu percurso iniciado em 1965 e mantém-se fiel ao projeto literário que abraçou. Sua prosa acolhe figuras do povo brasileiro com uma fidelidade de caracteres raramente encontrada em nossa ficção e sem muitos dos estereótipos consagrados em escritores que tentaram impor uma concepção de popular que, felizmente, não vingou, por postiça e falsa. Ele não é um escritor popular por conveniência própria. Em verdade, é admirável que, num país ainda oligárquico como o nosso (e era ainda mais nos anos 60), um filho de operário tenha rompido o circuito editorial do período com sua prosa corajosa, despida dos adornos tradicionais e cheia de vida e alegria, mesmo quando trata de desgraça e sofrimento.

Quem tem acompanhado a prosa de Loyola até aqui sabe que ele não decepciona seus leitores. Não decepciona sobretudo porque, antecipando-se a certas críticas, desarma todo mundo com uma sinceridade e uma autocrítica invejáveis. Ao publicar *Cabeças de Segunda-Feira,* com modéstia inusitada, declarou em entrevistas e no próprio livro que aquele volume reunia "filhos pródigos" (aproveitando expressão de Lygia Fagundes Telles) e que eram histórias para manter-se em forma, manter seu contato com os leitores, sem a ambição e o arrojo narrativo de romances como *Zero* e *Não Verás País Nenhum.* Ora, em *Cabeças de Segunda-Feira* estão reunidos alguns de seus melhores contos e algumas amostras do melhor de nossa prosa de ficção.

O ferroviário aposentado, seu Antonio Brandão, o pai de Loyola, um homem afável que sabe contar trecho recente da História do Brasil como testemunha ocular (e o que é muito importante! — narra os eventos de onde ele os contemplou, operário por toda a vida), sabe como é decisivo o ponto de vista. Sabe quanto custa engolir certas versões da História oficial, sobretudo naqueles trajetos em que moços de berço rico vêm a público para *esclarecer* o périplo dos trabalhadores nessa parte da América. Por isso, seu orgulho pelo filho escritor vai além da satisfação de ver o seu Loyola contente em seu ofício, um escritor de sucesso, muito lido no Brasil e traduzido em várias línguas.

É que a História que não pôde ser escrita de seu ponto de vista, principalmente naqueles trechos que tratam especificamente da vida dos trabalhadores, vai sendo recuperada, resgatada, resposta para outra leitura, à luz de outro olhar: o da ficção. *A Ficção como História Secreta dos Povos* tem em Ignácio de Loyola Brandão um de seus principais autores. Evidentemente, esse trabalho árduo tem-lhe causado muito cansaço e dissabores. Acolher o talento que vem das classes chamadas subalternas tem sido prática corrente de nossas elites, que depois utilizam o talentoso pobre coitado como traidor de sua classe. Tolerar o escritor que permaneceu fiel ao ideário escolhido quando adolescia não deve ter sido fácil.

Os editores que recusaram os originais de *Zero* não esperavam certamente que resistiam a um escritor que conhecia muito bem seu plano de voo e que também sabia resistir, ainda que no lado errado, segundo eles. Até que não foi preciso muito tempo para que Loyola lhes demonstrasse que o lado errado estava certo, certíssimo. Os originais renegados foram parar na Itália e lá foram publicados. A primeira batalha foi vencida com muita luta. E então aconteceu esta ironia fantástica: um livro, originalmente escrito em português, foi *traduzido* do italiano para poder ser publicado no Brasil.

Sucesso aqui, era preciso tomar outra providência. Quando a censura dos editores não é suficiente, vem a do

Estado. *Zero* foi proibido pelo funesto ministro da Justiça do governo Geisel, que passará à História como uma verdadeira praga para as nossas letras e para as manifestações culturais de um modo geral. Veio, porém, uma providência popular. O referido ministro recebeu sua baforada de inseticida e, no final dos anos 80, a prosa de Loyola, com a dos outros proibidos (Rubem Fonseca, José Louzeiro, Renato Tapajós e muitos outros), estava outra vez liberada.

As reformas de base (que não foram feitas ainda e talvez, quando vierem, não venham mais como reformas) no circuito editorial foram feitas! Houve uma reforma agrária em nossas letras. De uma meia dúzia de editores pernósticos que não queriam adaptar-se aos novos tempos, o parque gráfico nacional transformou-se e multiplicou-se em numerosas editoras que acolheram a nova literatura que florescia, publicando-a e confiando no juízo dos leitores. Como se pode demonstrar às claras, sem nenhum artifício escamoteador, os leitores (isto é, o público) demonstraram que tinham mais juízo do que aquele colégio eleitoral dos tais conselhos editoriais que publicavam amigos ou amigos de seus amigos.

Para um novo tipo de escritor, surgiu um novo editor, um novo público, um novo texto. Todos juntos ampliaram consideravelmente aquela média ridícula de dois mil exemplares por edição. Hoje, as edições ainda são ridículas, mas o são muito menos do que antes. Há várias editoras ditas pequenas, e/ou que surgiram depois dessa reforma, fazendo edições de dez mil e mais exemplares. Agora, precisamos urgentemente de novas livrarias, pois há mais gente querendo ler e não encontra os livros que procura. Às vezes não tem sequer onde procurar, já que há pouco mais de quinhentas livrarias em todo o país.

Ignácio de Loyola Brandão, é bom que se diga, não está só nessa caminhada. Muitos outros autores compõem o time que está escrevendo outras histórias, escrevendo a

Outra História. Nesse time não há posições fixas, o juiz é o leitor, nele podem jogar mais do que os onze e a torcida pode participar.

Deonísio da Silva

NO RITMO LENTO DO FUNERAL

Aquela luz enorme. Já passei por ela um milhão de vezes. Ela destorce, encomprida, gira comigo, nunca desaparece, é um sol lento a me queimar os olhos. Apoio a mão no gradil, abaixo a cabeça. A dor melhora quando tenho a cabeça baixa, mas a luz me chama, levanto os olhos, um foco amarelo desce de negro e cai dentro de mim. Dou mais um passo tentando fugir, mas existe outra, outra, dezenas delas, numa roda-viva, cobrindo o palanque; paro, apoio-me novamente.

— Movimento! Vamos minha gente! Animação!

Uma odalisca passa, deve ter trinta e dois anos, lábios chupados, parece banguela, o vermelho do batom escorreu para os cantos da boca e ali secou. Véus transparentes deixam entrever pernas musculosas, tortas, os braços de pele escura ressequida envolvidos em tule azul; ela se agita, lenta, não para, sinto sua mão me puxando. Desde que aqui entramos, ontem, ela me olha, num olhar que quer ser lânguido, mas seus olhos são murchos, nem tristes são.

"Não pare! Cuidado! Eles te desclassificam! Vem, vem!"

Dou mais um passo, ergo o pé, desço, levanto o outro. A eternidade entre gestos. Estendo a mão, estou flutuando, meus olhos descem vertiginosamente da luz para o chão, vejo o médico e a gorda enfermeira, esborrachada de gorda, não quero cair em suas mãos. Os dois conversam, fumam, estão alimentados, têm uma cadeira para sentar quando ficam cansados, olham para nós.

— Atenção, concorrente 412!

— Concorrente 412: advertido!

Cansado, devo estar cansado, cansado e sem dinheiro, sem um tostão. Se aguentar até o fim terei 500 contos, preciso ganhar, é muito dinheiro, vai dar para fazer tanta coisa, sair da dureza, pagar tudo, todos eles, ficar livre, livre de uma vez por todas, pegar mulher de mil, receber os papéis que me prendem, cada um com uma quantia, os números se destacando, como estes que temos no peito, mas são diferentes, estes, não preciso fugir assustado, nem ter medo de ir para a cadeia.

— Atenção, concorrente 412!

— Concorrente 412: desclassificado!

Não sou 412. Meu número é bem distante, não recebi nenhum chamado ainda, olho o cartão pregado em meu peito, levo um cartão para que todo mundo saiba que sou o 161, um dos 600 concorrentes que terão de dançar três dias sem parar, sem parar, parar.

— Atenção, concorrente 78!

— O sr. Valverde lhe oferece 200 cruzeiros!

Oferecem. Fazem o lance. Nada arriscam. Não é um leilão, apenas um jogo humano e simpático. Nada perdem, nada ganham. Pensam: "Como somos bons! Eles necessitam". Quem recebe fica contente, é um pouco mais, um pouco mais para miséria maior. Vejo a cara do mulato sem dentes, sapato com salto de dois dedos de altura, cambaleia para cá e para lá, mãos no bolso. Recebeu ontem mais de dois contos das pessoas simpáticas, ficou contentíssimo, dançou animado. Hoje não ganhou nada, passou o dia com o braço enlaçado na cintura da gorda de verde, macambúzio. A mulher de verde adora falar ao microfone. Passei pelos dois, há pouco, ele dizia que sua mulher está doente, não podia vir, comprou então um aparelho de televisão a prestações, deu a entrada, espera ganhar o concurso e pagar o resto. Sua mulher agora deve estar em casa, olhando o aparelho, vendo o marido, orgulhosa, pensando sei lá o quê.

— Movimento! Ei! Vamos se mexer! Ninguém parado!

Não posso ser desclassificado, não posso de jeito nenhum, tenho que ir até o fim, até o fim para encher os bolsos com notas de mil, pagar todos eles, nunca mais voltar lá. Vou levar Zélia a todos os lugares, comprar-lhe coisas, ela vai gostar mais de mim. Cambaleio. Agora sou eu que cambaleio, sono chegando, o dexamil deve ter perdido o efeito, tomarei outro, com cuidado para o fiscal não ver. A enfermeira também vigia, seus olhos esborrachados vigiam todos nós. Sono, a cabeça cai, sinto-me melhor, vontade de me estender no chão, na mesa eu deixava a cabeça cair, as cartas se esparramavam. Chegava uma hora em que ninguém mais podia com as cartas na mão, os números dançando, paus, espadas, dançavam velozes, mas nós dançamos lentos, quase não nos movemos mais, os tambores e as frigideiras perderam o ritmo. Devo um pouco mais, um pouco mais, onde assino, vales, vales, depois, depois não tenho com que pagar, preciso recuperar o meu, podia comprar livros com o que perdi, mas ganhei uma experiência, experiência... Tropeço, olho o chão, um chão longínquo, ponho as mãos para a frente, não caio, não sei onde tropecei, minha cabeça está pesada.

— Água!

— Quem quer água? Fila junto à grade!

— Calma! Calma que tem para todo mundo!

Há um amontoado de gente à minha frente. Movem-se lentos, para o lado, para a frente, súbito o índio negro, um índio forte e disposto, desaparece de minha vista, ouço um ruído surdo, apagado pelo som metálico e estridente do ferro que bate na frigideira, a cuíca roncando, estamos atrás da escola de samba. Na minha frente se estende a massa cinza, meus pés se arrastam numa coisa mole, tento distinguir, o índio está caído. Levo as mãos ao gradil, pulo sobre o corpo, vou devagar, minha mão toca num objeto liso, agarra-o, fico com ele preso entre meus dedos, é circular, escorregadio, aperto com força, sacudo, nada ouço, levanto-o à altura de meu rosto, viro a mão, alguma coisa molhada cai sobre mim, escorre fria pelo meu pescoço: é a garrafa de água que eles nos dão de hora em hora.

"Você pode nos ajudar no carnaval. O bico é bom, é só dar duro. Precisamos de alguém esperto, escolhemos você. Mais de cinquenta contos. Topa?"

Ouço Ivo falando, propõe o negócio, conseguiram patrocínio, possuem a barraca, é só um pouco de peito, arriscar um dinheiro, tira-se muito no final. A Brahma fornece bebida, paga-se depois, ganha-se comissão, ganham-se gorjetas. No Ibirapuera dá muita gente com fome e sede no carnaval. Fazendo com cuidado pode render, toda turma trabalhando bem. Um grupo da faculdade fez o mesmo o ano passado e encheu o bolso. Mais de 150 contos na mão na quarta-feira de cinzas. Ivo tem umas ideias bem boas. Topo? Não topo? Não sei ainda. Tem o concurso, são quinhentos contos; quem disse que não aguento? Danço sempre, danço bem, sempre tive resistência, quando vou a baile não perco uma até de manhã e ainda poderia dançar o dia inteiro. Dinheiro fácil, mesmo que mais de um ganhe a gente racha, vou deixar a turma, tentar o concurso. Faz uma semana que durmo cedo, me alimento bem, Zé Maria apareceu em casa, me deu vitaminas de amostra, indicou umas injeções de glicose. Estou forte, não vai ser difícil ficar 72 horas dançando, tem descanso, comida, água, sempre se dá jeito de enganar o fiscal, cochilar em movimento, se poupar.

— Vamos se mexer! Parado ninguém ganha nada!

A voz é lenta e penetra aguda, ouço essa voz toda hora, está nos quatro cantos do palanque, deve ser de um desses homens de flâmula pequena e amarela no peito, com voz pausada e monótona e essa voz tem apenas três palavras pregadas nos lábios, "vamos se mexer, vamos se mexer", elas são como as luzes, perseguem, gravam, me acompanham.

— Atenção, concorrente 135!

— Concorrente 135: desclassificado!

Ele passa à minha frente, o 135. Homem de quarenta anos, chapéu de bico, feito de jornal, uma bisnaga amarela de matéria plástica, pulava entusiasmado, brincava animado com os outros, disse que ia ganhar, depois sumiu de minha vista, não o vi mais, nem escutei sua advertência, o dinheiro era para a mulher, para o parto da mulher, achei bonito um homem que quer dar à sua mulher todo conforto. Vejo o cartão, o 135 brilha em vermelho, olho seu rosto, não enxergo nada, seu rosto não existe, apavoro-me, o que acontece comigo? Corro para agarrar suas mãos, dizer-lhe que sinto muito, os números se afastam, desaparecem. Olho para os lados, fico parado e o público rodando em volta de mim. Novecentos pares de olhos me olhando, aqui um grupo apertado, lá em cima um casal, gente sozinha, espalhada pelos bancos azuis das gerais, são novecentos pares de olhos me fixando, tenho vergonha, imagine se alguém da faculdade passa por acaso. Tropeço, caio.

— Está bem; não precisa de nada; foi só um tropeção; pode continuar!

Não me desclassificaram, que sorte continuar, ganhar, a odalisca passou, o gaúcho de pandeiro também, deixou o pandeiro em alguma parte, no domingo ele tocou o dia inteiro, estava meio desanimado, aquele ruído animava, foi o que disse; sua camisa amarela perdeu a cor. Passa o oriental, sem camisa, agarrado numa loira de cabelo escorrido; ele é gordo, está suando, um cheiro ardido de homem, ela sua também, seus cheiros se misturam, todos os cheiros se misturam aqui, tenho ânsia, paro, deixo que eles se afastem.

— Vamos se mexer! Movimento, gente! Movimento! Não ligo. Deixo que o cheiro se afaste, perco de vista os dois, à minha frente as cabeças deslizam dentro de uma massa cinza, um funeral que se move lento, gemido surdo partindo de cada um, não há flores, nem cercas. As cabeças se movimentam para cima e para baixo, devagar, tristes, o funeral dos sonhos, dos 500 contos, porque eles todos não desistem, não se desclassificam, não morrem, deixando o prêmio para mim? Para a frente, para o lado, para o lado direito, para o esquerdo, pé no chão, pé para cima, pé para baixo, bate o surdo, ritual prossegue, médico e enfermeira vigiam, esperam para passar o atestado de óbito. Uma frigideira ressoa de leve, dois brancos, quatro negros, tocam, vejo suas mãos nervosas que batem em ritmo acelerado, caminhemos, caminhemos, ouçamos os cânticos e os cânticos ressoam pelo ginásio, se perdem pelas estruturas de ferro vermelho, e o cheiro da carne assada, sobre as grelhas.

— Atenção, concorrentes!

Atenção!

Completou-se mais uma hora!

São 65 horas dançadas!

Faltam apenas 7!

Ânimo e boa sorte!

Duas palmas fracas, ninguém ouve, foram batidas ao meu lado, a fila prossegue, o cântico, as luzes jogam seu foco amarelo sobre mim, Zélia veio me animar, não gostou de minha participação, "coisa para o zé-povinho", disse. Falei nos 500 contos, ela perguntou para quê, que eu ia me matar, mas eu vou ganhar, isso sim. A carne cheira, queimada, e o homem ri, grita para a multidão, gira o espetinho sobre as brasas, carne esquenta, começa a chiar, homem ri alto, todos em volta sorriem, carne chia e vai escurecendo, quente, quente.

— Atenção, concorrente 304!

Doação de anônimo: 500 cruzeiros!

Com votos de felicidades!

Mais um, foram tantos hoje, gente educada, gente descansada, terminam o jantar, pegam mulher e filhos, "vamos ver o concurso de resistência". Ficam empoleirados e tranquilos nas arquibancadas, depois voltam para casa, vão dormir, eles deram um donativo, foram caridosos, se sentem bem. Perdi a conta dos meus, foram bastante. A balzaquiana volta, tem calça comprida, bem justa nas pernas gordas, aposto como suas coxas têm bolotas de gordura. Ela se encosta, ri, um riso de trintona insatisfeita, dois dentes escuros, ela se gruda em quem pode, quase levou um tapa, a gente não quer, não pode ficar pensando nessas coisas, mas também a gente não é de ferro. Ela se junta a mim, sua carne me aperta, não quero, mas tenho que sentir; ela se afasta, ri de novo, um riso sem lábios. Olho para cima, as luzes me penetram num banho, vou ganhar, ficar livre deles, nunca mais jogo, prometo, prometo.

— Atenção, concorrentes!

O prêmio foi aumentado de 100 mil cruzeiros, uma oferta do industrial Melani!

Tudo se confunde de novo, o ginásio roda, aqui se luta boxe, os anúncios do alto rodam também, fica um, aquele do colchão de molas, com a moça dormindo numa nuvem. Eu me lembro um pouco, um pouco apenas de tudo que aconteceu: Ivo, todos eles, vendendo coisas, eu aqui, a arquibancada, é preciso vigiar atentamente, alguém pode me ver. Parece que não existiu o mundo nesses dias, às vezes cai um silêncio tão grande sobre o tablado que a própria vida parece ter desaparecido. O 78 passa por mim, agarrado na gorda de verde, os peitos dela balançam, parecem travesseiro, é coisa boa, tem sempre cheiro de sono, toda aquela massa de pano e paina que se molda à cabeça, se impregna totalmente de sonho.

— Atenção, concorrente 161!

Concorrente 161: advertido!

A carne chia, brasa é quente, quente como este soalho, meu pé não queima mais, meu pé deixou de existir, devo ter ganho, todos os outros desistiram, deixaram o tablado, acabando, as luzes se apagando, cambaleio, o escuro surge.

— Atenção, concorrente 161!

Concorrente 161: última advertência!

A voz entrou em mim de novo, abro os olhos, o mundo surge, acenderam tudo outra vez, o cheiro ardido de suor retorna, não suporto mais, uns caem sobre os outros, movimento-me para o centro, ali se dá um jeito de enganar a fiscalização, uma cabeça cai em meus ombros, alguém me acompanha, segura meu braço, olho, vejo a balzaquiana de verde, seu riso cusparendo, ela me puxa, aperta, se esfrega, sua mão me procura, empurro-a para o lado, não posso, ela me faz ser desclassificado, é mulher suja, se alguém me vê, corro olhar pela arquibancada, pouca gente, ninguém que eu conheça; balzaquiana não desiste, uma biscate, só vai me fazer mal, me fazer perder, preciso ganhar.

"Sai daí, sua fresca! Sai que te dou um murro!"

Ouço um plaft estalado, minha mão ardeu de encontro à carne mole, me puxam, me empurram, as caras dançam em volta do palanque, sinto-me seguro, um cheiro insuportável de hálitos velhos e dentes podres me envolve, o estômago vira, meus pés estão em brasas, Zélia tem razão, estou no meio do zé-povinho, não devia ter entrado, não posso mais parar, churrasquinhos estão nas brasas, sola queima, brasa é viva, me ilumina por baixo, vermelho me faz mal, ergo a cabeça, as luzes me entram pelos olhos.

— Atenção, 567! Atenção, 567!

Desclassificado!

A voz de ninguém, uma voz descansada de mulher em microfone, voz dormida, comida; um fiscal dormido, descansado, comido, mandando que a gente não pare; o médico está no meio do tablado, agachado, mais algum caiu. Tento fazer uma estatística de quantos estão sendo eliminados por hora, os números se movem rápidos, são números de horas, números de desclassificados, números de cartas, tudo confuso, dor de cabeça, vou cair. Acenderam mais luzes, televisionam diariamente o concurso, preciso tratar de me misturar bem, ficar longe da câmera; começou nova transmissão. Um pequeno objeto, comprido, surge de repente aos meus olhos, se aproxima de minha boca, uma voz alegre pede.

— Eh! Você aí! Acha que aguenta até o fim?

Deve ser para mim, olho para o lado, há uma cara redonda, um sorriso de estímulo espalhado pelo rosto, seu rosto se resume neste riso de cordialidade, sinto uma palmadinha nas costas.

— Vamos, diga! Você está participando do programa "Luzes da Cidade", um patrocínio da aveia Eva para o Canal 15!

Você costuma usar a aveia Eva?

Me afasto, empurro o microfone com o braço, todas as famílias estão sentadas nas poltronas, comendo aveia, olhando o programa. Será que alguém me viu? Isto é o pior, pensar nisso, nem sinto canseira, só ganhar me anima agora, tudo deve estar perdido. A cabeça pesa menos, o estômago é fundo, cheio de vitaminas, pílulas, água, sucos de laranja, mistos-quentes. Olho as luzes acesas no outro canto, a odalisca está com o microfone, move-se devagar, aproveita para descansar.

— Concorrente 267!

Sua mulher avisa que passa bem!

Essa mulher manda avisar de hora em hora, ouvi trezentas vezes o aviso, o que será que eles todos querem, as luzes dão volta, as câmeras se fecham, damos voltas em torno do tablado, o funeral caminha, caminha, sem cânticos, o surdo batendo, as câmeras se abrem, as horas passam, cada hora eles dão um aviso. As luzes deram mais de 300 voltas, queimam minha cabeça, um disco toca, os negros dormem nas cadeiras, médico acordado. Negros de novo acordados, ginásio cheio, cheio, vou para o meio.

— Atenção, concorrentes!

Atenção!

Faltam apenas 20 minutos!

Boa sorte aos que ficam!

Palmas fortes, tão fortes como foram na primeira hora aqui passada. Funeral vai terminando, estamos chegando, mas é muita gente ainda, gente demais, os pretos estão tocando, Germano Mathias canta, ginásio cheio de gente, de gente que gira lentamente na arquibancada, um carrossel, Germano se requebra, está descansado, números vermelhos em volta de mim, caem para a esquerda, caem para a direita, caem para a frente, cair e não se levantar mais, dormir a vida toda, dormir uma eternidade e acordar com 600 contos no bolso, dormir no escuro, me jogar na cama, colchão de molas macio, lençol branquinho, cheiro de coisas lavadas, dentes escovados, só o silêncio, fechar os olhos, esquecer o mundo, esquecer o jogo, falta pouco, deixar o corpo escorregar mole dentro de uma banheira cheia de água quente, dormir.

— Parabéns, concorrentes!

A prova terminou!

Parabéns aos que ganharam!

Acabou, posso dormir, me estender aqui mesmo, está bom, quentinho, 600 contos é muito mais que os 50 contos que eu podia ganhar com Ivo.

— Atenção!

Sessenta e sete candidatos terminaram a prova!

O prêmio será dividido com uma compensação da emissora!

O estômago se contrai, as paredes se grudam umas às outras, mas não há dor, apenas uma cócega interna, uma cócega que me faz rir, esse riso sobe por dentro de mim, chega à boca, irreprimível, explode para fora numa gargalhada imensa.

"Veja só o contentamento desse!"

As vozes ao meu lado, as luzes fixas no teto me contemplaram três dias sem parar, o foco amarelo e frio cai sobre meu riso, não posso contê-lo mais, o estômago se aperta, as paredes cerram e comprimem para cima tudo que está dentro, levo a mão à boca, há um repuxão violento em meu interior, fico meio tonto.

"Todos devem passar pelo médico para um exame geral."

Ganhamos, todos ganhamos, 67 de nós se aguentaram de pé 72 horas, melhor se tivessem ficado os 600, sessenta e sete, 600 contos, os tambores batem, todo mundo está animado, esqueceram cansaço, novo aperto por dentro, colocaram uma garrafa de água em minha mão, uma água salgada.

— Meus parabéns a todos. O Canal 15 cumprimenta todos os participantes e principalmente os felizes ganhadores.

Uma esplêndida vitória da fibra e da resistência do paulistano!

Acabado. O carnaval acabou, Ivo, eles, todos, comidos, com dinheiro no bolso, os tamborins mais altos, mais altos, estourando os ouvidos, o microfone na minha frente, minhas impressões, a câmera cresce, um ponto vermelho nela, viro a cabeça, o chão bate em meu rosto, a grade caindo sobre mim, todo o ginásio caindo, o estômago vira mais ainda, um puxão forte, tudo sobe, fecho a boca, a ânsia me provoca dor intensa, não consigo reter, pagar tudo, pagar sem dinheiro, as cartas caem na mesa, minha boca se enche de azedo. Sanduíches, sucos, água, pão, salame, tudo de volta para eles. O vômito sai devagar, a dor cessou, estou vazio, vazio, livre, sem peso, o chão perdeu o vermelho, há somente uma poça frente ao meu rosto, um cheiro azedo no meu nariz, uma pequena lagoa calma, de líquido grosso. Deixo o rosto cair, mergulho nessa tranquilidade ardida, uma lagoa de 600 contos para dividir por 67.

RETRATO DO JOVEM BRIGADOR

Quando soube que o Dudu Aspirador, sujeito sessentão, forte e desordeiro, morrera com dez gramas de coca na cabeça, Marc exclamou: "Morreu como um herói". Aos trinta e três anos, Marc era ainda um garotão de rosto balofo e traços delicados, olhos levemente empapuçados e cabeleira enorme caída para a nuca e orelhas. Daí o apelido, Cabeludinho. Baixo e entroncado. Quase sem pelos no corpo. Um ameaço de barriga que ele sempre encolhia. Seis anos atrás, ele aparecera na redação do jornal, metido num paletó largo de autêntico *tweed* inglês e calçando uma botinha francesa, de cano bem curto. A turma achou-o meio esquisito. Ficou fazendo estágio, pois então quem quer que chegasse e pedisse passava logo a estagiário no jornal. Cabeludinho, a princípio, não conversava com ninguém, nem se aproximava. Fazia suas reportagens e caía fora, sem muita falação. Tinha jeito suave, mãos quase etéreas, maneiras delicadas, fala mansa e ligeiramente efeminada; ele se conduzia meigamente em tudo. Duvidou-se de sua masculinidade, até a noite da festa. Estávamos todos, pois quem oferecia era o diretor do jornal. O altão se engraçou sobre a moreninha que acompanhava Marc. E fingiu não tê-lo visto, ou ainda teria visto, mas não se importado. A verdade é que, ao terceiro ou quarto olhar, Marc levantou a cabeça:

"qual é o miau, aí, meu velho?". O outro sorriu, de cima, com desdém: "não é contigo não, meu chapa, é com a moreninha! Não gosto de veado". Não chegou a terminar. Nem tão cedo articularia palavra, pois Marc, repentinamente, antes que o outro esboçasse um gesto de defesa, partia, num *jab* potente, sobre o rosto do altão. Que por estar terminando de falar, ou por ter colocado a língua entre os dentes, teve dela pedaço arrancado. Não só a língua sofreu, porque Marc não se limitou a um murro. Seu braço, entroncado, desceu sobre o queixo, estômago e fígado, e o grandão caiu, supercílio partido e nariz sangrando. Se bem que, até então, não tivesse havido desrespeito, mas simplesmente distância, daí para a frente, o pessoal começou a olhar seriamente para Marc, não subestimando suas qualidades.

Já se haviam passado três meses e Marc fora alçado a repórter; e era bom. Interessava-se pelas coberturas, falava francês, escrevia bem, ou suficientemente bem para dispensar *copy desk* para sua matéria. Como todo mundo, odiava copidescagem que alterasse seus *leads* e títulos. E quase arrebentou com um que se meteu a reescrever sua reportagem sobre a chegada de um presidente a São Paulo. Ao passar para *full time*, Marc veio trabalhar comigo, que estava secretariando um caderno de cinema, teatro, páginas femininas, reportagens leves. Era a parte cobiçada do jornal, pois sempre tinha matéria com mulher e, das garotas que saíam na capa, muitas eram papadas, em troca da promoção. "Aqui vou me dar bem, pois esse troço de generalidade e *divertissement* me interessa; lá embaixo eles levam a sério o miau; aqui, vai no mole." O jornal estava no auge, Jango no poder, entrava dinheiro de todo lado, abríamos sucursais pelo Brasil afora, era um delírio de gente, edições, euforia generalizada, passava-se vinte e quatro horas na redação, no maior movimento. E Marc também. "Esta espelunca metida a bacana não passa de pé de chinelo. Mas é engraçada." Fizera amigos entre a turma, alguns bons amigos, com os quais saía, conversava, jantava. O que eu sentia, porém, é que Marc punha distância entre ele e os outros. Escolhia amizades, selecionava com quem conversar, quem devia pertencer ao seu grupo. Nós nos dávamos bem, penso que por causa do trabalho, pois ele era cheio de ideias e estávamos sempre a discutir, o que tinha nos aproximado bastante.

Quando procurava apartamento, certa tarde de domingo ensolarado e manso de verão, e rodávamos pela cidade, buscando prédios onde houvesse a tabuleta "aluga-se", Marc falou, pela primeira vez, de Carlucho. Seria o seu sócio no apartamento. Apenas para usá-lo como um come-quieto. Carlucho entraria com metade e Marc com o resto. Nessa época, Marc dizia estar com vergonha, pois vivia, praticamente, à custa do pai. "O velho não é mole não, enche o saco, diz que está na hora de eu arranjar a vida, afinal qualquer cara de trinta anos já é independente. Decido ir embora, fico uns dias fora, lá vem ele mandando eu voltar pra casa. Agora resolvi, vou ter um negócio meu, pra chegar a hora que quero e ninguém encher o saco por causa dos meus porres. A merda é se sustentar sozinho com o que a gente ganha nesse jornal." Na verdade, não tinha, ou não sabia, a razão suficiente para deixar sua casa. O pai tinha algum dinheiro e vivia à base de um nome que não tinha quatrocentos, mas duzentos e poucos anos, o que lhe bastava para possuir orgulho e ter a cabeça erguida diante dos outros. Falava de Carlucho. Que tinha dinheiro às pampas e não ligava a nada. Carlucho não só era imensamente rico, "se bem que meio pé de chinelo, sabe? O avô foi um desses italianos que desceram por aí e começaram abrindo pizzaria. O pai dele é que melhorou, abrindo uma indústria depois de 1955, quando tudo que se plantava no ramo era lucro certo. Hoje domina as autopeças". Carlucho era um caso à parte na existência de Marc. Sua admiração pelo outro excedia tudo. "Ah! Você precisava só ver os baús que ele desprezou. Nem dava bola! Uma vez arranjei pra ele uma americana que não era mole. Ela veio prum concurso hípico e trouxe seis cavalos num Caravelle particular. Bonitinha, só que tinha os dentinhos um pouco pra fora. No dia em que íamos jantar todos juntos, Carlucho foi me buscar em casa, começou a beber uísque, acabou, entrou num Cointreau, entortou o litro e dormiu até o dia seguinte. A americaninha ficou puta da vida, sabe como são os americanos, tudo no certinho, no legal, senão não funciona. Carlucho não se incomodou de perder aquele tutuzinho. Ele só quer saber é de beber e engrossar em boate. Enche a cara todo dia. Aliás, enchemos." Marc não se esquecia do plural. Enchiam a cara todos os dias. E todos os dias brigavam. Marc porque era forte e topava qualquer parada. Sabia onde se metia. "Malandro bobo é aquele que entra pra apanhar; com papai aqui não, se o negócio não anda muito mole, não estou lá." Também não queria dizer que fosse covarde e só entrasse em parada fácil.

Já apanhara muito pela noite afora. Vivera memoravelmente, ele mesmo dizia, em lutas enormes que tinham marcado seus anos através da noite. Brigas em boate, em restaurantes, nas ruas, em frente aos bares, calçadas, lutas com leões de chácara, valentões, malandros, namorados de ex-namoradas suas, com rivais no amor e na bebida. E brigas, quantas e quantas vezes, simplesmente pelo exercício, para se colocar em boa forma, "pois o bom brigador é aquele que está sempre atualizado com a técnica mais moderna de arrebentar a cara do outro". Sabia boxe. Treinara durante anos, a partir dos 17. Subira ao ringue várias vezes e não chegara a se profissionalizar. Nem sequer tentara. "Negócio de pé de chinelo. Vê lá se eu ia subir pra brigar com um negro, na frente de todo mundo, pra não ganhar nada." Fomos, uma vez, a uma academia, ele ia entrevistar Éder Jofre, que se preparava para lutar em Los Angeles, não me lembro contra quem.

Eu entrava pela primeira vez numa academia de boxe e olhava curiosamente os tipos que treinavam, esmurravam sacos, pulavam corda, faziam ginástica, se exercitavam no ringue. Marc, no entanto, mudou, a partir do instante em que transpôs o umbral. Pareceu, subitamente, se penetrar daquele cheiro de homens suados e linimentos e da atmosfera de violência que impregnava, com ferocidade, o ar. Ergueu a cabeça e caminhou, com familiaridade, entre os tipos, parando aqui e ali, até chegar frente a um pretinho que, no ringue, esmurrava, feroz, seu *sparring*. "Pega bem esse crioulo. Preto é desgraçado pra essas coisas. Nasce sem osso e é todo mole, vai para qualquer lado. Um preto assim é que me quebrou, entortando minha carreira." Naquela noite, contou, os dois tinham subido ao ringue, ferozes. Marc disposto a mostrar que sabia esmurrar e, ainda, dominado por uma espécie de sadismo que o transformava, assim que começava uma briga e o levava a esquecer tudo em volta. Alguma coisa se deslocava dentro de sua cabeça e o mecanismo não era mais normal. Enfurecia-se e agredia com toda força de que dispunha. Era como se lutasse contra o mundo inteiro e ninguém, amigos, nem nada, existisse ao seu redor. A luta com o preto devia ter importância, ele não explicou por quê. A partir do segundo *round* começou a apanhar; apanhou sem cair na lona, sentindo o sangue escorrer e ele ir se partindo por dentro, no peito, na cabeça, em toda parte. Não havia dor, apenas um entorpecimento total e o sentimento de que estava perdendo, apanhando, seria jogado ao chão dentro em pouco; e nada podia fazer contra isso, senão suportar, de pé, até o fim, o martelo que lhe socava continuamente, ele já com a defesa aberta, incapaz de se fechar, de evitar os golpes. Foi para um hospital e considerou-se liquidado para o boxe. Não para as brigas, no entanto.

Eu estava na mesa, ao seu lado, no Juão, na madrugada em que Luís Cláudio, amigo chegado de Marc, agrediu o fotógrafo de *Manchete* que andava a fazer reportagens sobre o bar. Mal o *flash* estourou, Luís Cláudio partiu sobre o jornalista, apesar de Marc tentar segurá-lo; e os amigos do fotógrafo vieram. E eram numerosos. Marc deixou-os chegar bem perto. Recebeu o primeiro com uma cabeçada no nariz e o cara se abaixou, gritando de dor. O cabelo de Marc se espalhou; ele não tirava o paletó. Se afastava um pouco, deixava um espaço livre à sua frente e erguia o pé, facilmente, à altura do rosto rival. Era a capoeira, aprendida em Salvador, com mestre Pastinha, num curso do qual ele se orgulhava; uma enorme temporada na Bahia apenas para isso. Seu rosto mudava; e vinha a transformação toda, por dentro. Deixava revelar a volúpia em massacrar, em descarregar o braço com toda violência sobre o outro. O termo era exatamente este: descarregar. Eu o vi não somente nessa noite, mas em outras; em dezenas de vezes nas suas andanças solitárias de paladino sem causa, vingador sem justiça, de rebelde sem saber. Sair com Marc era antever um enorme rolo antes do fim da noite. Pois ele começava a beber em jejum e quando resolvia jantar já estava num porre total e, no porre, nada o impedia de reagir a um olhar, frase, sorriso, mal-entendido, dos pés de chinelo. Estes eram o resto do mundo e nada escapava à sua definição, exceção feita aos sólidos nomes e às bem montadas fortunas que dominavam São Paulo.

Quando tomava o porre surgia o mundo contra o qual Marc lutava. Um universo que não tinha nada de especial à primeira vista. Era agente de todas as noites, boêmios, jornalistas, prostitutas, vedetinhas do rebolado, pintores, bailarinos, bichas, garçons, *maîtres*, donos de boate, leões de chácara, polícia, vagabundos. As coisas se solidificavam numa só; fundiam os contornos; tornavam-se iguais; toda aquela gente; eles se resumiam, sintetizavam-se numa frase, condensação de sua maneira de ver as coisas: "pés de chinelo". Eu o observei, atentamente, nos segundos que antecediam uma briga. Seus olhos se afundavam no rosto, praticamente desapareciam; ele surgia com a cara mais balofa e tremia. Não havia hesitação, nem por um momento. A impressão era que Marc se contorcia todo, se espremia por dentro, como a tentar dominar algo que o remoía, ao mesmo tempo que se erguia. Apenas instantes. Este erguer-se era questão de instantes, porém eu quase tenho certeza de que uma eternidade se desenrolava em seu interior.

Ao vê-lo de pé, as mãos crispadas, ou erguendo--as, preparadas para o murro, ou ainda agarradas à mesa, adivinhava-se que ele tremia e em sua mente se desenvolvia aquele processo de mutação do mundo exterior; o perigoso mundo que, ele imaginava, o rejeitava. O processo, pensava eu, terminava quase suavemente e quando Marc se atirava para a briga, começando sempre pela cabeçada no rosto do adversário, do provocador ou provocado, então, já estava calmo e em completo domínio de cada músculo, nervo, quase de cada célula. Precisava-se inteiro na luta; agia como gato, pulava com agilidade, um ser feito de mola. Adquiria o ar assustado de um bicho caçado a se defender contra a intrusão do caçador, do inimigo que devia matá-lo, que fora colocado no mundo para exterminá-lo. Seus gestos eram mansos, firmes, estudados e decididos. Provava o rival, espicaçava-o, atormentava-o, a medir as forças, a fim de regular as suas. Eu o vi ganhar muitas brigas apenas com o *handicap* da cabeçada que partia narizes, cabeças, supercílios. Apanhava também. Certa vez, dentro do próprio Juão, jogaram-no ao chão e partiram seis costelas com pontapés. De outra, um cara investiu com uma garrafa quebrada na borda da mesa (ele odiava esse tipo de brigador, "pé de chinelo de *taxi dancing*") e por pouco não lhe arrancou o olho direito. Marc acabou com o sujeito, enfiando o molho de chaves entre os dedos, de modo que as linguetas salientes funcionassem como soco-inglês, de pior efeito, pois cortavam a cara, se o murro fosse bem dado. Respeitava os mais fortes, sabia quando entrar na briga, quando ela era sua e não fazia provocação atoamente.

Marc ia com Francis, o colunista de música popular, garotão de 21 anos, louco para encher a cara e arrumar desordem, mas boa-praça. Iam no carro, já de cabeça alta, numa noite de maio em que, por alguma razão estranha, quase todo mundo na noite andava de pá-virada, aos porres e brigas. Um Volks com seis sujeitos passou ao lado, emparelhou, Francis xingou de veado o que dirigia, o cara respondeu qualquer coisa, Francis retrucou. Mesmo sentado à direção, o cara do outro carro quase tinha que se curvar, tal seu tamanho e entroncadura. Marc avisou, "não compra briga que não pode sustentar; não entra nessa parada que eles são em seis". Francis, cara cheia, mandou o outro tomar no cu, eles fecharam o carro de Marc e desceram. Até Francis, veio um só, "o que é, garoto? O que há?" e foi abrindo a porta, Francis saltou, levou um tapa na cara; nem murro foi; um tapa violento que quase o fez voltar para dentro. Ao cambalear, ele chamou Marc, "vem me ajudar". Marc não se moveu, "não compro essa briga, se entro, os outros seis entram, briga você sozinho com o seu cara". A surra de Francis não foi muito grande porque o outro teve dó, deu-lhe um par de socos e caiu fora. Marc não moveu um dedo, "quando uma puta velha te avisar, você obedece; tenho quinze anos de janela, e quando mandar te aguentar, te aguenta, porque a coisa não vai ser mole". Francis deixou de falar com Marc uns tempos, mas logo voltou, porque era louco por um borogodó, estava sempre metido em briga e achava Marc o máximo.

Com o tempo, Marc se incluiu no jornal entre aqueles que a redação chamava "os intocáveis". Era meia dúzia de repórteres especiais, subordinados diretamente à chefia de redação e designados para importantes coberturas, ou reportagens de fôlego. Marc se especializara em *side stories* de entrevistas ou grandes acontecimentos, escrevendo com humor e leveza. Fazia nome na imprensa, era conhecido. Continuava trabalhando, ainda, em meu caderno, de modo que, por essa época, eu o conhecia razoavelmente. E digo razoavelmente, porque esse era o máximo a que Marc se permitia nas suas relações. Nos anos todos que passamos juntos, ele conservou sempre uma barreira, mesmo para os mais chegados.

Todos os dias, pelas duas horas, quando o pessoal começava a chegar, sentávamo-nos em volta da mesa grande na redação, lendo os jornais do dia, telefonando, conversando, esperando serviço, jogando palavrinhas. Nunca havia nada a fazer até três horas e era nesse momento que a gente ficava sabendo as coisas acontecidas na última noite, e se falava das meninas, se gozava os outros jornais, principalmente os da direita. Muitos dos casos de Marc, de suas aventuras e sua vida foram desfiados nessa hora de *farniente* que antecedia o espalha comandado pelo chefe de reportagens. Era a última briga, a mais recente engrossada, o porre do Carlucho. "Ontem foi um sarro daqueles. Saímos com duas gatinhas muito linha de frente. O pai delas tem nota de bilhão pra cima. A mais bacaninha se gamou pelo Carlucho. Também, com aquela pinta, não é sopa. Fomos no Djalma, larguei uma nota de cinco mil pra cima do *maître*, cada vez que passava em frente à minha mesa, indagava se tudo estava bem, nunca se esquecendo do: 'satisfeito, Doutor Marc?'. Só o dinheiro pode te dar essa sensação de dono das coisas. Quem tem manda e pode pisar quem quiser que todo mundo vem te lamber, entendeu? No fim, assinei a nota, Carlucho distribuiu gorjeta pra todo lado. Fomos pro Juão, as meninas queriam ir pra casa, estavam vendo as coisas meio tortas. Na hora de assinar, o Cotrim não queria deixar, disse que eu tinha cento e sessenta contos na pindura, me deixou numa situação. Eu ia partir para a briga, mas o leão de chácara lá não é mole não. Se não fosse isso, hoje o Cotrim estava mandando o cordão pela rua, com muito acompanhamento. As meninas ficaram assustadas, pediram pro Carlucho levá-las embora, o desgraçado saiu sem me esperar. Chegou na esquina — ele foi em casa me esperar, só pra contar isso —, meteu a mão na perna da gatinha, quis dar um beijo, ela bronqueou, levou a mão na cara. Você não tem buraco, é isso, disse Carlucho. A coitada era virgem da cabeça aos pés, e ainda foi expulsa do carro, no meio da cidade, ficaram soltas na madrugada."

Se eu tentasse contar todas as estórias de Marc, estaria desenvolvendo variações em torno do mesmo tema. Em volta da mesa, gostávamos de provocá-lo contra Adones, o redator esportivo, metido a brigas e também firme em qualquer parada. Adones tinha sua dose de coragem, ou bravata, não sabíamos bem. Só que não recuava diante de um embate, bom ou mau, fosse ganhar ou perder. A turma tinha gana especial pra ver uma luta entre os dois. Adones tinha seus 45 anos e fora boxeador na juventude e também um muito bom brigador. Era um tipo curioso e não havia assunto que não conhecesse. Era um sujeito grande, careca e bonachão que gostava de futebol, boa comida e luta livre. Nós provocávamos constantemente, esperando o grande encontro. Até que Marc, dentro da própria redação, desafiado, amassou-lhe o chapéu, botou o pé na sua barriga e o obrigou a pedir água.

Logo em seguida a ter publicado uma reportagem contra uma família de importantões que andavam no noticiário policial, por causa da mulher de um deles que fora internada como louca, depois raptada do hospício pelos amigos, num bode danado que não saía da primeira página, Marc foi procurado por uns tipos estranhos. Não estava. Os caras esperaram, depois se foram. No dia seguinte, ele surgiu na redação com equimoses por todo rosto, mancava e tinha o braço destroncado. "Me acertaram; saí daqui, na avenida Brasil me cortaram, me tiraram do carro." Tinham lhe batido à vontade, era noite, a avenida deserta. "Mas conheço uns deles, estão sempre no Frevinho. Não vai ter miau comigo. Acerto eles, um por um. "E se algum desaparecer, vocês sabem." Desde então passou a usar, no lugar da cinta, entre os passantes, coberta pela camisa esporte, uma corrente. Dessas grossas correntes que nas lambretas fazem ligação motor à roda traseira. "Cancha internacional, velhinho. Esses pés de chinelo vão aprender com o papai." Um *cowboy* no oeste, com suas 45 nos coldres, não se sentiria mais confiante e seguro. Marc, aos vinte e dois anos, fora morar em Paris. Desfrutava o resto de dinheiro que o pai tinha. Foi para estudar, mas largou o colégio, misturou-se aos bandos que vagabundeavam pela *Rive-Gauche*. Unia-se a grupos de estudantes, à esquerda radical ou aos fascistas e partia para grandes incursões contra outros, em comícios, manifestações, conferências. Não tinha simpatia por esquerda, ou direita. Não tinha a mínima convicção política e ria de nós, ou daqueles que defendiam o jornal e sua linha. Nos dois anos que passou em Paris não esteve senão com desordeiros e brigadores. Era seu elemento. A gente que compreendia, gostava e admirava. Se um tipo caía, derrubado por um bom murro, Marc o respeitava. Odiava a polícia, a farda, qualquer tipo de militar. "Uns putos, no mundo inteiro são iguais, só sabem bater de revólver e cassetete e protegidos em grupos."

Nas incursões pela *Rive-Gauche*, nas epopeias dos seus vinte e dois anos, ele admitia ter tido mais coragem, ser mais louco, não ter medo do sangue, além de brigar pelo prazer, pelo gozo que lhe trazia e quanto maior o litígio, mais interessante, e quanto mais pessoas estivessem envolvidas, maior brilho e apoteose. Aprendeu com eles o truque da corrente. Atravessavam a cidade, a fim de dissolver um congresso comunista, ou um comício fascista. De bota, com salto duplo para bater no peito do adversário e jogá-lo por terra. Em lugar de cinturões, as correntes de lambretas, que partiam cabeças, rostos, braços, aleijavam. Havia um manejo especial, para que funcionassem, e não cortassem a mão e também não batessem e voltassem, ferindo aquele que a manobrava. Durante meses, Marc andou com a corrente ao redor da cintura, procurando seus agressores. Nunca os encontrou; ou, se encontrou, nada fez, nada disse.

Nesse tempo, no jornal, existia Celina, uma repórter bonitinha. Morena, muito magra, dessas magras de manequim elegante, cabelos compridos e pretos e óculos de grau, enorme. Era engraçadinha e a turma a chamava pelo apelido de Memeia, a bruxinha da Luluzinha. Marc é quem dera o apelido e ela sabia, era carinhoso. Celina saía muito com Marc. Das moças que conhecíamos era a única que se aproximava realmente dele e o tratava com certo carinho. Tinham sido namorados. Era o que corria, mas eles nunca afirmaram ou desmentiram. Fora mesmo Marc quem a trouxera para o jornal, tirando-a da escola de jornalismo. Eles se conheciam de antes. Das primeiras noites, quando o Juão Sebastião Bar nascia e era só movimento e surgia o *twist* em São Paulo e todas as bossas ali eram admitidas, chegava-se a rezar o terço no meio de um animado samba. Saíam juntos. Ela explicou mais tarde que não fora bem namoro. Achava-o tão triste e solto no mundo que se interessara por ele. Um homem com cara de garotão que parecia frágil e escondia alguma coisa por trás da vontade de brigar. Nunca dera vexame com ela, ou com suas amigas. O grupo de Celina era pequeno, três ou quatro pessoas. Marc dera em cima de Elory, garota *mignon*, loirinha, de sorriso enormemente aberto, iluminando as coisas à sua volta. Saíra com ela uma vez e, depois, Elory tivera medo, ele bebia e falava em quebrar tudo, virar a mesa, acabar com os "pés de chinelo". Elory não deixou Marc por deixar. Simplesmente, disse, era impossível estar ao seu lado gostosamente, desfrutando a companhia de um homem em quem se está interessada. Primeiro, era nele a vontade, mais que vontade, necessidade compulsiva, de ser alvo de atenção, a todo instante. Vontade de ser dono, reconhecido como senhor, como um importante no mundo e que nada contasse, além dele. Ficava aflito e desesperado se descobriam que não era exatamente uma pessoa acima das outras, pois, dizia, podia não ter o dinheiro, mas o nome importava muito na vida de um homem. O rompimento com Elory deu-se com razões das duas partes. Marc soube que ela não tinha dinheiro e o pai era um funcionário graduado no Ministério da Fazenda, somente isso, nada além. E ele procurava um baú. "Nenhum dos homens com quem saí me deixou tal sensação de insegurança", confessou ela a Celina. "Eu nunca sabia o que ele ia fazer no instante seguinte. Sair com ele era ter medo, era participar do seu medo, ele vive assustado".

O episódio Elory passou e, ou foi esquecido, ou recalcado, uma vez que nunca se sabia com Marc como andavam as coisas, se ele sofria e sentia. Jamais houve queixa. "Agora tenho uma menina legal", anunciou Marc, num sábado que tínhamos sido convocados ao jornal, por causa de uma greve geral. Lá estavam secretários, fotógrafos, *copy desks*, gráficos, todos à espera de que a greve explodisse numa tragédia, pois os operários tinham sido bloqueados pela Força Pública na sede do sindicato, não queriam sair, e os soldados iam entrar e tirar, a pau, o pessoal. A menina, continuou ele, vinha do interior, mas tinha cancha de Europa, um tu tu sem fim e ia bem para seu lado. Saltava satisfeito no meio da redação e aceitou, alegremente, a incumbência de coordenar a equipe que cobriria a greve. O pau já começará a comer, a Força Pública tinha conseguido invadir a sede, baixavam a madeira, prendiam, havia mais de 16 feridos. Marc entrou num bolo de pessoas, soldados batiam, o sangue dele ferveu quando viu o fotógrafo do nosso jornal ter a máquina arrebentada, o filme aberto, e ainda levar cacetada. Partiu sobre o guarda; para apanhar. Fomos buscá-lo na detenção do Hipódromo, onde passou cinco dias, sem que tivéssemos conseguido localizá-lo. Sujo, barbudo, com o saco cheio, xingando os guardas, "pô, esses pés de chinelo de merda me meteram numa cela sem nada, sem privada, sem água; eu acerto um, ah, se acerto". Éramos quatro para acalmá-lo, "sempre disse que o negócio de polícia é arreglo com puta, por que fui me meter? Ainda mais pra defender pé de chinelo". Estava irritado porque perdera o encontro com a namoradinha nova. Dias sem telefonar, sem se ver. "E a menina é importante pra mim, puxa como é, vocês nem sabem! Desta vez saio desse negócio todo!"

Perdeu a namorada por outra razão. Em cinco dias ela se mandara para outro e Marc, uma noite, marchou até sua casa, bateu à porta, veio a empregada, depois a menina. Quando ela chegou, ele encheu a boca e largou uma escarrada no rosto surpreso. Os golpes recebidos na greve tinham-lhe abalado o fígado deficiente por causa dos porres. Porres que se sucediam há anos e tinham se tornado parte de sua vida, assim como a ressaca, a dor de cabeça no dia seguinte. Fígado semidestroçado que batidas de cassetete, socos, o dormir no chão da cadeia, tinham tornado incômodo. Marc vivia amarelado, e sua disposição não era a mesma. Pouco antes de primeiro de abril, revelou-se fotógrafo. "Pô, eu sabia fotografar há muito tempo, é que aqui neste jornal nunca se estimulou ninguém, nem eu ia gastar filme meu." Quatro vezes por semana, a capa do caderno B era sua. Interessava-se, discutia com os fotógrafos, vivia cheio de revistas, procurava, estudava cortes, metia-se na diagramação. Tinha encontrado uma coisa que se colava a ele.

Dias antes do golpe, quando todo mundo falava em Jango, Exército, revolução, pelas seis horas da tarde, Marc olhava, como fazíamos habitualmente, o povo nas filas de ônibus que se estendiam em frente ao jornal.

Operários, comerciários, funcionários públicos, vendedores ambulantes, jornaleiros, milhares e milhares de pessoas. Não era olhar de desprezo, que nunca teve por ninguém. Era uma espécie de surpresa e compreensão de ver que aquela gente vivia e andava e continuava apesar de tudo, e tinha suas alegrias, e amigos. "Olha aí o povo que vocês defendem. A generalada está com comichão no rabo fazendo revolução contra esse povo. E os pés de chinelo não ligam. Nem contra, nem a favor. Se cagam. Vocês também se cagam, vocês de esquerda, intelectuais. Todo mundo fala em povo e ninguém quer ser povo. Vocês vão se foder, porque o negócio todo vai virar. Já me avisaram, os amigos da família, pra deixar o jornal, porque vai ser fogo."

Continuava a sair à noite. Sua pele era cada vez mais pálida, seus olhos amarelos, um amarelo só dentro da cara, assustador. Bebia. O pessoal mandava obedecer ao médico, ele tinha feito exame, o fígado ia se arrebentar. "Melhor. Melhor apodrecer moço, que velho é uma bosta." O jornal foi fechado após primeiro de abril, com os militares no poder. Marc não apareceu por vinte dias nos encontros que a gente mantinha, na casa de um amigo, acompanhando a situação. E uma manhã, acordou três manhãs depois. Setenta e duas horas inconsciente. Não teve forças para se levantar da cama, "vou tombar como pé de chinelo, antes caísse com um soco na cara". Morreu pedindo que tomássemos um porre geral no Juão.

A MOÇA QUE USAVA CHUPETA

Sandra vai acordar. Sem despertador, sem que eu a chame. Quando o horizonte fica vermelho-amarelado e a massa de edifícios mergulha numa luz indistinta, ela ergue a cabeça. Puxa as tiras da persiana e olha a rua, coça os olhos. Quando acorda, parece perdida, assusta-se com tudo. Abre a persiana. Nunca deixa acender a luz, antes que esteja totalmente escuro.

— Nem hoje fez muito sol.

— Não.

— Será que vai esfriar mais ainda?

— Pode ser.

— Ui, meu pé tá gelado. Nada no mundo esquenta ele.

— Hum, hum.

— Vem cá, benzinho. Perto de mim.

Arrasta o "o" do benzinho, transforma-o numa longa palavra à qual tenta dar um sentido carinhoso. Tenho e não tenho vontade de ir. Ela já me diz muito pouco. Centenas de vezes menos que a primeira noite, quando tirou a roupa, e me abraçou. O apartamento penetra agora numa fase em que móveis e objetos tomam formas indistintas.

Apanho o livro, deito-me ao seu lado, o sol desapareceu, ficou a claridade de fim de tarde, o frio recomeçou. Puxo uma ponta do cobertor, toco suas pernas, são quentes. Ela se aproxima, me olha.

— Tá triste?

— Não.

— O que é então?

— Não é nada.

— Como num é nada?

— Nada, ora.

— Num quer contar, num conta. Depois, vem me pedir pra te falar as coisas.

— Nunca pedi nada.

— Nem que peça, num digo.

— E então?

— Tenho a Sandra. Quer contar pra ela?

— Não estou triste, só cansado.

— Uma outra?

— Outra o quê?

— Outra mulher.

— Mulher o escambau!

— Pode contar.

— Não tenho o que contar.

— Cê é que sabe. Pior que eu. Num diz nada. Entrocha tudo.

— O que você quer?

— Olha! Faz uma coisa: te empresto a Sandra, cê fala com ela. Sandra sabe todas as minhas coisas e nunca disse nada pra ninguém.

— Sou tonto para ficar falando com uma boneca?

— Sandra é especial.

— Uma boneca de borracha que enche o saco.

— Num fala assim dela. Me dá um beijo, benzinho?

— Agora não.

— Tenho culpa de cê tá assim?

— Não.

— Me dá mal-estar. Num gosto de te ver assim. A gente num veve em paz...

— Vive.

— Vive o quê?

— Diz palavra direito. Vive e não veve.

— A gente num vive em paz, há mais de uma semana e té-té-té, hein, benzinho?

— É o trabalho. Estou me dando demais!

— No começo cê me levava a passear. Vamos ao boliche?

— Não tenho saúde para aguentar boliche. Vai com a Marta.

— Quero ir cu'cê. Tem vergonha de mim?

— Vergonha?

— Claro, num quer saber mais de sair comigo. Vergonha de me verem. Sabem que sou puta.

Estendo os braços, ela se aninha, é confortável, gostosa de se apertar. Levanta o rosto, encosto meus lábios aos seus, ela avança rápido, me dá forte mordida, apanhando o lábio inferior.

— Desgraçada. Deteste isto.

— Te arranco um pedaço. Aquela hora num quis me beijar, agora viu!

Viro de costas, ardendo de raiva. Ela me deixou o corpo todo marcado, mordidas e chupadas. No braço tenho uma, o sangue se acumulou num círculo vermelho, a princípio, roxo no dia seguinte. Depois foi se rodeando de uma auréola amarela, sangue velho e pisado. Os braços estão marcados pelos dentes. No começo era engraçado, todavia virou mania e isso me deixa louco da vida, tenho vontade de esganá-la quando me morde. Apanho um livro, está escuro demais para se ler. Não quero acender a luz, está bom assim, a cama junto da parede, e a parede é todinha em vidro, dando para o terraço e para a cidade. Nós dois aqui deitados, no alto, a cidade sob a gente, é uma sensação gostosa ver os prédios pardos, sem cor, ainda sem iluminação. Daqui a pouco vão se abrir retângulos pequeninos de luz em cada um deles, formando desenhos sem simetria, de preto e amarelo. Os luminosos não se acenderão; antes era bonito, os tons verdes, vermelhos, amarelos vivos, *neons* que corriam, formando desenhos; agora, a energia está racionada. São Paulo é escuro, à noite; um poste aceso, outro não. Olho Sandra, ela está com a boneca na mão, junto à sua boca, murmurando. A boneca é de borracha e quando comprimida, assobia. Uma criança loirinha, ajoelhada, rezando; o loiro do cabelo desbotou, e a pele adquiriu um moreno de sujeira, a boneca parece mulatinha, de lábios muito cor--de-rosa. Tem o mesmo nome que a dona. Esta não se move, fica com a boneca encostada ao rosto, morde seus pezinhos, depois aperta as bochechas, empurra a cabeça. O rosto da boneca toma formas estranhas. Sandra ri, vira-se para meu lado, a fim de ver se estou acompanhando. Tento não sorrir, mas a boneca fica realmente engraçada. Volto-me para o romance, não leio uma linha, só acompanho as palavras, meu pensamento está longe, não coordeno. Largo o livro. Recosto a cabeça. A silhueta de Sandra se desenha na claridade avermelhada que ainda está no ar, sobre os prédios. Uma luz amarelo-laranja repousa em seu pescoço. Sandra, a boneca, está caída junto ao seio pequeno e empinado; apanho-a, e no gesto aperto ligeiramente, um assobio fino nasce em seus pés.

— Me dá a boneca.

— Deixa eu segurar um pouco.

— Vai conversar com ela, né?

— Que conversar? Já disse que não sou bobo.

— Num mente.

Atiro Sandra ao chão, do outro lado do apartamento. Ela emite um assobio curto ao ser prensada contra a parede.

— E agora?

Sandra não se moveu. Soluçou e virou-se de costas.

— Estava brincando. Vou já buscar a boneca.

— Num precisa.

A voz estrangulada, de início de choro. Chato isso, ela nunca chorou, nem sequer ameaçou. Sinto vontade de me mostrar duro, maltratar. Talvez assim a conserve sempre a distância, na hora de mandá-la embora será fácil. Uma sirene atravessa a praça e corre na direção da rua Augusta. Sandra leva as mãos aos ouvidos; aperta-os.

— Já sumiu?

Aceno com a cabeça, ela se descontrai, estava toda repuxada. A luz amarelo-laranja vai se diluindo sobre seu corpo. Tenho um pressentimento súbito de eternidade. Ao mesmo tempo as coisas me parecem inúteis, inúteis como estar nesta cama, falando com esta menina, pensando no mundo, olhando a cidade.

— Tenho pavor de polícia ou ambulância. Num existe coisa mais, triste. Deus me livre de ir presa.

— Não precisa ter medo.

— Mas tenho, desde pequena, té. A polícia levava a gente, uma vez fiquei uma semana no Juizado e eles num sabiam o que fazer de mim. Tinha fome e frio.

— Já passou.

— E ambulância, então? Elas são brancas, mas pra mim são negras. Carregam gente doente, gente ferida, gente morta.

— Que gente morta? Ambulância? Está louca?

— Ambulância pra mim é morte.

Os lençóis brancos se destacam pouco no escuro; olho-os e penso: esta é a cama, os lençóis a definem, não fossem brancos e nada existiria debaixo de nós, flutuaríamos no espaço. E sobre o lençol existe Sandra, os cabelos loiros caídos sobre o travesseiro.

— Pega minha chupeta.

— Não vai deixar disso, não? Está grandinha.

— Pega. Num custa nada.

— Como você enche.

— Me dá um beijinho.

Rápido. Leve aflorar de lábios. Sem a mínima sensação. O beijo, aos poucos, vai perdendo o gosto, a gente conhece os lábios, o gosto daquela boca, as variações que possa ter. Morder o lábio inferior, colocar a língua no céu da boca, deixar os lábios entreabertos, fazendo com que o beijo fique sonoro, enquanto os lábios sofrem cócegas; depois descer, beijar seu pescoço; e descer mais. Os beijinhos vão significando cada vez menos, porém elas insistem, não se cansam. Tenho impressão de que há mulheres que beijariam um só homem a vida inteira, por medo, ou por frieza de imaginação. Não acho a chupeta no lugar de costume, à beira da estante, junto ao livro de Scott Fitzgerald que estou para ler há meses. Não quero acender a luz, fico apalpando, dou com aquela borracha presa ao barbante. Colocada a chupeta na boca, Sandra se transforma, de um modo que me assusta. O rosto fica meigo, os olhos suaves perdem a dureza e o cinismo adquiridos na boate. Desaparece o olhar profissional duro e frio, inexpressivo, olhar que pede e oferece e cobra pelo que oferece. Olhar morto para a luxúria. Tenho observado que os olhos de Sandra, na boate, aumentam e adquirem um mortiço que se comunica a todo rosto. Todavia, antes de surgir nos olhos dela, está no ambiente; pesa sobre a gente. As pupilas dilatadas fazem desaparecer a saliência existente entre a pálpebra e a sobrancelha. E abaixo é a olheira, permanente, que aumenta ou decresce, dependendo de ela estar cansada, deprimida, ou quando chega pela madrugada, após ter feito muitos programas. Até para mim, uma noite, quando passei pelo Teco's, ela dirigiu o olhar morto e frio. Como se não me separasse, ou não tivesse conseguido provocar dentro de si, em tempo, a mutação, para ver não o cliente, mas o homem a quem se entregava todas as noites, porque gostava. Com a chupeta na boca, desaparecem os seus 16 anos. Ela me devolve nova dimensão: Sandra menina; tenho a certeza de que se tentasse lhe tirar a chupeta, ela choraria. Acendo a luz, apanho o livro. Consigo ler, vou passando as páginas, lentamente percebo que ela também lê trechos, depois fecha os olhos.

Volto à mesa, penso em Lúcia. Há menos de uma hora eu estava no teatro, ao seu lado, no camarim, conversando, precisava lhe dizer que estou cheio de Sandra. A porta entreaberta trazia um cheiro de paredes recém-pintadas a cal; um ventinho frio vinha pelo corredor, em alguma parte da Bela Vista estavam queimando folhas secas. No camarim, o aroma de cosméticos. Fiquei recostado num divã, ouvindo o barulho dos outros camarins, e pensando que eu gostava bem mais de Lúcia, principalmente nestes momentos, cheia do brilho provocado pelas quatro luzes de cem velas, dispostas ao redor do espelho em frente. Ultimamente tenho vindo lhe contar tudo. Diferente, muito diferente da outra, Lúcia é alta, tem pernas compridas, é morena; um dia disseram que eram pernas de Anouk Aimée. Sinto-me bem no seu camarim, apesar de um pouco chateado. No entanto, sei que esta chateação é frescura minha, sempre fingi chateação e angústia para chamar a atenção e fazer os outros pensarem que sou um inquieto. Com Lúcia não pega, posso chorar e berrar, posso me enfiar numa casca e não dizer palavra, Lúcia sorri, não consigo chantagear em cima dela. Isto me deixa louco, mas, também, é um desafio e, desde o momento em que compreendo a coisa assim, como disputa, resolvo enfrentar, porque é engraçado, e é um jogo até certo ponto interessante. Com Lúcia converso sobre todos meus livros, posso levá-la ao cinema, discutir o filme; não perdíamos projeção da Cinemateca, conseguia os ingressos com Fátima, que organiza os programas e toma conta de tudo. Várias vezes tentei falar de Sandra, Lúcia respondeu, "problema seu, resolva-o e não me meta em complicações". Então penso: talvez eu seja incompreendido, mas não é culpa minha gostar de mais de uma mulher com tanta facilidade e também se não me apego totalmente, é uma questão não de comodismo, ou mero interesse. É que existe em minha vida uma série de coisas que pretendo fazer e que vou pôr em execução, de modo que não posso me compromissar com nada, preciso de mim inteiramente livre e só. Não engrenei ainda bem o que são estas coisas. Todavia, elas estão aí e súbito, chegado o momento, tenho de estar em completa disponibilidade. Lúcia, contudo, está colocando uma alternativa que não me agrada, e preciso dobrá-la. "As coisas não podem ser tão fáceis como você pretende. Não tem dado certo porque te falta coragem. Não vai fundo. Com você aprendi uma coisa ruim: ficar de pé-atrás, apesar de gostar, e saber que também gosta de mim. Mas é só a gente estar junto para mergulhar naquela tensão sem fim que escangalha comigo. Foi por duas vezes. Não volto mais, não quero sentir a mesma chateação quando você vai e fico sozinha, sabendo que, depois de semanas ou meses, terá tentado com outras e retornará. Nunca te vi bem assim, como agora, sua cara é irradiante, é cara de saúde. Fica com essa menina, te conheço pra saber que ela te modifica, melhora. Deixa de ser bobo, de ir e vir. Se me quer tem de ser de uma vez. Quero ser tudo para você. E você tudo para mim. Pode ser uma imagem romântica de moça burguesa, mas é como quero as coisas. Nem mais, nem menos."

Cochilei, estou adquirindo o hábito de ler e dormir, ou ler e ir pensando, pensando, distanciar-me. Ao cochilar, apoiei o olho em cima da mão, e o nó dos dedos comprimiu o globo, estou vendo enevoado no lado esquerdo. Vou ao banheiro, faço massagem com toalha e água fria, acho um colírio de Sandra, líquido amarelado que arde. Volto à sala exergando melhor, deito-me na cama novamente, Sandra se movimenta com gestos lentos, apalpa os lençóis, acha a chupeta e a coloca na boca.

— Entrocha esse livro.

— Que é isso?

— Fica o tempo todo lendo esse livro, nem olha pra mim.

— Estou olhando.

— Agora também num conversa mais, nem responde o que falo, né?

— Uma hora me encho.

— E daí?

— Escuta aqui, benzinho. O que tá acontecendo? Antes cê era cheio de atenção. Ia me buscar na boate, vinha, fazia nenê todos os dias. Ah, como me fazia gozar, e té-té-té.

— Ainda faço.

— Como ontem? Precisei pedir e suplicar. Num é assim que quero.

— Como é, então?

— Benzinho, eu já tenho tanto porblema.

— Problema.

— Problema, problema, problema.

— Assim, fala até aprender. Se prestasse mais atenção no que digo, tinha aprendido um monte de coisas. Mas você não quer saber de nada.

— Quero, benzinho, e faço força, mas demora.

— Podia ir mais depressa.

— Dá um beijinho. Gosto tanto de te beijar.

— Dou.

— Num gostei desse. Frio e rápido.

— Não tem outro.

— Num gosta mais do seu tchic-tchic.

Eu a chamei assim no primeiro dia em que conversamos na boate. No Teco's. Ela riu. Perguntou: "o que é isso?" Respondi que nada, só um barulhinho com a boca, para chamar sua atenção, e ela riu. Perguntou: "o que cê tem? Parece triste?"

— Não. Sou assim.

— Tá tristinho, cavalheiro. Num pode ficar assim. Olhe sua turma, toda animada.

— Esses aí são baratinados.

— Num toma nada?

— Não. Não posso beber.

— Por quê? Tá doente?

— Estive. Tive hepatite faz uns seis meses, me proibiram de ácool e outras coisas.

— Aquela também?

— Não. Essa não!

— Ah!

— Por quê, ficou preocupada?

— Nem um pouco. Isso num quer dizer nada para mim, cavalheiro.

Entrava gente sem parar, era sexta-feira, alguém a chamou para uma mesa, ela pediu licença, saiu batendo a bolsa comprida nas pernas. Uma loirinha bem-apanhada, o cabelo caindo em franjas na festa, perninhas bem-feitas, nem grossas, nem finas. E me veio a vontade de ficar com aquela menina, nessa noite. Mesmo porque eu andava atrasado, estava a fim de pegar alguém, mas escolho muito, não é qualquer uma que me agrada. A loirinha, todavia, já estava sentada perto de um cara alto e de um negrinho de nariz amassado e conversava animadamente. Eu os conhecia, não ia me meter. Um tinha sido jogador de futebol, dos primeiros brasileiros a jogar no Inter de Milão, jogava pra chuchu, era chamado "diabo do estádio". Depois voltara com dinheiro, ficara na malandragem. Chamava-se Vicke e se associara a um preto baixinho, o Ademar, que vivia pela noite. E apesar de ter vida louca no mundo, era campeão brasileiro de pesos-médios e ia a Roma disputar o título mundial, pois era o primeiro no *ranking*. Nunca entendi como Ademar pudesse ser alguma coisa no boxe, entortando no copo e nunca dormindo à noite, inteiramente sem regime e controle. Vicke e Ademar vendiam proteção às casas. Contra eles mesmos. Quem não pagasse, estava ameaçado de vê-los provocarem briga com outro cliente e aproveitarem para fazer uma quebra em regra. Vicke passava a mão no ombro da loirinha e sorria. Uma hora, virou-se para meu lado, viu-me olhando fixamente, fez um gesto com a cabeça, como a perguntar: o que há? Voltei o rosto, não estava disposto a apanhar. Também não adiantava querer sair, naquela noite, com a menina. Conhecia o Teco's e sabia como funcionava. Ali, era diferente. Você não escolhia. Nem havia um garçom servil a levar recados (Bento até era rude a este respeito e se recusava a levar recadinhos, o que a gente considerava uma besteira de sua parte). Também não havia uma cafetina gorda e pintada, que te assaltava à porta, te empurrava para uma mesa e vinha logo com garotas e bebidas. No Teco's, você devia ser conhecido e, para ser conhecido, devia se tornar *habitué*, frequentar, no mínimo, uns dez dias seguidos, conversando com todo mundo. E fazer amizade com o porteiro; dar gorjetas; conquistar a simpatia de Bento; da paraíba que controlava a caixa; fazer-se íntimo, o quanto possível (mas nem tanto) de Cláudia, bichinha de trinta e quatro anos com cara de dezenove, gerente da boate. Então, se começava o acesso às meninas. Setenta por cento delas diriam: "estou cansada desta vida, quero sair". Quinze por cento falavam no tamanho da gratificação. O resto se dividia, sendo que Marilda, a mais nova de três irmãs prostitutas, queria apenas uma coisa na vida: ir para um inferninho melhor. No Teco's, antes de sair com uma garota, era preciso ter aprendido o nome de todas e batido papo com quase todas. Manifestaria vontade de sair com esta e aquela, porém, elas só iriam contigo depois de conhecimento prévio. Portanto, a gente é que era escolhido. A vantagem é que o lugar era bonitinho, tinha bom uísque e as meninas eram bem cuidadas, limpas e bonitas. O que cada uma cobrava equivalia a uma semana de trabalho de qualquer um de nós.

Ali comecei com Sandra. Numa dessas sextas-feiras, em que todo mundo saía e se dirigia ao mesmo lugar, para jantar. A noite começava pelo Clubinho, onze horas, meia-noite. Também, servia apenas para jantar, porque havia uma convenção de velhos e bêbados e um conjunto desgraçado que martelava piano, bateria e ouvidos.

Reunindo, resultava um barulho aumentado várias vezes, pois o Clubinho, sendo porão e tendo paredes e teto em cimento armado, jamais possuiu equilíbrio acústico. De maneira que aquele cubículo fechado ecoava vozes e gritos e misturava a música, formando um bolo que ia aumentando à medida que a noite avançava. Até que, à certa altura, porque já não se suportavam as caras das velhas, o Clubinho virava um inferno e o jeito era sair. Começava a romaria pela Vila Buarque. De bar em bar, sem beber a não ser num e noutro inferninho, de amigos como Holiday, Le Barbare, L'Amour ou Snobar. Andando pelas ruas cheias de árvores; de letreiros pequenos, vermelhos e verdes iluminando parcamente a calçada; e cafés de esquinas, cheios de músicos, malandros, gigolôs, cafajestes, guardas-civis, leões de chácara; e os motoristas de táxis, as centenas de táxis que se alinhavam em fila dupla pela Bento Freitas, Major Sertório, General Jardim; um mundo vivo e gostoso, bom de se respirar, animado, cheio, entusiasmado e ao mesmo tempo vagamente triste, de madrugadas insones, com filés no Moraes e sopa de cebolas no Gratiné. A gente caminhava e entrava e saía e tornava a entrar, sem apanhar mulheres, apenas enfieirando, esperando pelas quatro ou cinco da manhã. Nessa hora, as que tinham voltado às boates não estavam a fim de fazer programas pagos e queriam apenas cavar o jantar com o "resto da noite". E o "resto da noite" eram todos que aguardavam, pacientemente, a boca da madrugada. Nessa hora entrávamos com a conversa e tudo não custava mais que um jantar, geralmente no San Quentin, onde tínhamos enormes descontos. E além do "resto da noite", existia o rebotalho. Os que não tinham apanhado nada e iam terminar no Siroco, onde, pelas sete ou oito horas, pegavam boca na canja e no picadinho que sobrava na cozinha e Branca, para não jogar fora, distribuía, sem cobrar nada: era a "sopa do Zarur" que terminou pouco depois, porque começou a aparecer muito vivo de malandragem. Sandra nunca entrou no resto da madrugada, nem fazia programas depois de duas horas. Foi a primeira dificuldade em encontrá-la. Durante um mês seguido, depois de vê-la a primeira vez, fiquei frequentando o Teco's, e nada dela aparecer. Perguntava, as outras meninas diziam que estava fazendo programas de dia e não gostava muito da boate. Numa sexta-feira de pouco movimento, chovia como desgraça, a Vila Buarque estava deserta, ela apareceu. O rosto parecia com o da atriz May Britt, molhado, no simples trajeto de descer do táxi e andar três metros, tal o aguaceiro. "Boa noite, cavalheiros, cês vão bem? Quem me empresta um lenço?" Foi para o banheiro, demorou-se um pouco. Quase só nossa turma estava no Teco's. Os estranhos já tinham meninas ao lado, de onde achar eu que minha chance era razoável. Sandra voltou, jogou-se no sofá comprido que corria em toda a extensão da parede. "Porra, que cheiro de maconha naquele banheiro. Aposto que Vilma teve puxando fumo, a desgraçada." Cruzou as pernas, trazia uma meia rendada, com um desenho todo complicado, percebeu meu olhar sobre a perna. "Um amigo meu, um dentista muito distinto me deu por causa de um pograma." Falava curiosamente, tinha dificuldade em ultrapassar o erre. Pediu um *cherry* e ficou a conversar com Duda. Nessa época, ela andava gamada pelo Anuar, um de nossa turma, que não lhe dava muita bola; talvez por não gostar dela, talvez para se fazer de gostoso. Anuar, em seis meses de namoro, fora com Sandra duas vezes e, uma delas, obrigado por Duda que o empurrara, durante uma suruba. Por sinal disseram que ela não participou da suruba. Tirou a roupa, permaneceu de longe e depois ficou com Anuar, só dando quando o pessoal todo se foi. Ela engolia o *cherry* calmamente, observando, atenta, cada um de nós. Eu tentava flertar, ela não dava a mínima. Levantei, fui ao telefone, fingi falar, voltei e me sentei ao seu lado.

Entrei com a conversa; ela olhou, sorriu. "Num adianta vim louco babando, não! Num vou saí com cê." Virou o *cherry*, agarrou o braço de Anuar. "Cê hoje vai comigo de qualquer jeito. Num aguento." Saíram. E Duda para mim: "ela é díficil e esse cara ainda fica empatando. Cão de horta, não come e não deixa ninguém comer". Fomos encontrá-los no Patachou às cinco horas e ela estava de porre. Abraçou Duda: "Cê é um paizinho pra mim; preciso de um paizinho". Dormiu sobre a mesa. "Olha aí, Anuar, o que você faz. Vê se satisfaz a menina. Bem que o Remo diz, você é pica fria." "Pica fria é a mãe dele." "Então o que espera para comer logo uma mina como essa? Se fosse eu." "Por que o Bernardo não entra na jogada? Está louco por ela. Faz uma reportagem. É bonitinha e não tem jeito de puta." "Faço. É só ela querer." "É o que ela mais quer." "Combina amanhã." Sandra telefonou na tarde seguinte, fui buscá-la à saída do Canal 9. "Oi." Apertou a mão, gostoso. Eu queria ir ao cinema.

— Vamos ao Rio Branco.

— Na avenida Rio Branco?

— É.

— E fazer o que no seu apartamento?

— Bem, o que a gente faz...

— E por que assim tão depressa?

— Sei lá, você é que apressou a coisa.

— Eu?

— Claro que é você.

— Escuta aqui, cavalheiro. Cê chega, té-té-té e me diz: vamos à Rio Branco. A Rio Branco cê conhece tão bem quanto eu. Só dá apartamento de michê. Logo, tô certa. Cê é bem grosso.

— Olha aqui, você não entendeu.

— Não. Sou boba.

— Escuta. Sabe para que te convidei?

— Pro apartamento.

— Não. Pro cinema. Pro Cine Rio Branco.

— Mas, é cinema mesmo?

— Então, o que havia de ser?

— Sei lá! O que passa?

— *A Grande Guerra.*

— Num gosto de guerra, nem de morte.

— É comédia.

— Olha, cavalheiro, prefiro jantar.

Pegou minha mão, ao entrar no táxi. No Ela, sentamos numa mesa de pista, bem junto à orquestra. Caco Velho cantava seus sambas e batia o pandeiro. Sandra segurava minha mão. Seu rosto estava bem junto de mim. Uma belezinha. Gostei dela. Comecei a gostar naquele instante. É uma coisa fácil para mim, gostar. Seu queixo se apoiava na mão, a covinha saliente.

— Me perdoa?

— Perdoar o quê?

— Do que pensei, na hora em que cê chegou.

— Deixa disso.

— Num fica bravo, não. Mas te xinguei como louca.

— Xingou, é? Do quê?

— Tudo quanto é nome. Pensei: igualzinho os outros. Todo mundo só quer saber de uma coisa: trepar!

— Bem, você tem razão.

— É impressionante como nunca encontrei alguém que falasse de outra coisa.

— E por que esperava que eu fizesse?

— Não sei. Duda me falou muito du'cê. Disse que podia me ajudar. Por isso telefonei, marquei encontro. Mas quando cê chegou e falou na Rio Branco, fiquei puta da vida.

— E me xingou, hein?

— Nem queira saber.

— De nomes muito feios?

— O mais bonito era cafetão.

— Bom repertório você deve ter.

— Claro. Onde moro o que pensa que é?

— Nem sei onde você mora. Não sei nada de você, a não ser que trabalha no Teco's.

— Pode dizer o que sou.

— Deixa disso. Onde é que você mora?

— Perto da Paulista, numa travessa. Quase todas as menina do Teco's e do L'Amour mora lá.

— Que pensão de donzelas, hein?

— Pro cê vê. A Neide controla tudo o que é dela.

— Neide?

— A sócia do Teco's e de outras buates por aí. Tem três apartamento, aluga cama e dá comida às meninas. E explora! Todo mundo deve prela.

— Você deve ganhar um bom dinheiro na boate. E ainda deve?

— Neide sempre arruma um jeito. Vende pras meninas vestido e joia. Conjuntinhos, joia, fantasia. Todo mundo compra.

— E por que não cai fora, aluga apartamento seu, ganhando o que ganha por programa? Muito melhor.

— Sei lá. Esforço a barra, e quando vejo, meu dinheiro foi todo.

— E não tem amigo que te sustente?

— Amigo é atraso de vida. Vê se vou ficar amarrada num cara. Só por muito amor, né!

Encostava o rosto. Juntinho. O olho dentro do meu. Sorria gostoso. Apertava a ponta de meus dedos. Pedi um uísque, ela não quis beber, ficou na coca-cola. Caco Velho tinha terminado o *show*, um quinteto tocava bossa-nova. O pianista era albino, de um branco que fazia mal.

— Num consigo olhar esse pianista. Se sacode todo, entorta o pescoço. Parece baratinado. Ui, que mal-estar.

O pianista inclinava a cabeça, junto ao teclado, como se quisesse ouvir o som. Depois, emitia um pequeno ganido, enquanto carregava sobre as teclas, com toda força. O foco de um *spotlight* direto sobre o conjunto. A pista de danças vazia, os casais em volta conversavam, ou namoravam. Sandra indagou se eu dançava, respondi que não. Ela também não, ou melhor, vez ou outra. Se tivesse uma boa batucada, ficava louquinha e se esbaldava. Todavia, detestava o carnaval. "Ainda bem que, no último, reunimos um grupo e fomos pro Guarujá, numa fazenda com praia, longe de todo mundo. A gente passava o dia inteiro na boa vida, tomando banho de sol, tudo mundo nu, e ninguém se preocupano cum nada. Foi um sarro, e té-té-té, e no fim das contas me diverti e ainda ganhei setenta contos." Falava rapidamente e enrolava as palavras, tinha coisas que eu não entendia, pedia que repetisse, ou falasse devagar. Veio a nota e já era Claudette Soares quem estava cantando, esperamos um pouco mais. O *spot* se apagou, acenderam luzes amarelas. Sandra ergueu os olhos para o teto, um sorriso leve nos lábios.

— Olha que engraçado isso, benzinho.

— Benzinho, hum? Está melhorando.

— Olha aí, cê já tinha visto, né?

Os aros de bicicletas, pendentes do teto; a acústica controlada por painéis feitos com caixas de ovos, as paredes parecendo incompletas, o balcão apoiado sobre centenas de garrafas deitadas, iluminadas por trás, de cores diversas: o Ela, Cravo & Canela.

— Tinha visto, meu bem?

— Tinha. Venho sempre aqui.

Era a primeira vez, mas ela não precisava saber. Saímos, começara a chover, nenhum táxi na porta. O porteiro, com o guarda-chuva e um apito, ficou no meio da rua e se passaram dez minutos até que chegasse um Chevrolet esculhambado. O vidro da porta direita não fechava bem, entrava água, nos encolhemos a um canto. Direto ao meu apartamento. Acendi as luzes, ela abriu os braços. A primeira coisa que viu foram os gatos, nas molduras verdes. Dez, sobre a parede. Tirou os sapatos, caminhou em direção à estante, virou, sem olhar os livros, ficou diante da parede, de costas para a mesa, a olhar os retratos, das amigas, de escritores, diretores de cinema, toda gente que gosto e admiro. Quis saber um a um, quem eram e o que faziam. Demorou-se sobre Lúcia achando-a linda, dizendo que parecia um sonho, nem era de verdade. "O que ela faz? Tenho impressão de que já vi esta moça. Num vi?"

— Ela é artista. Era manequim. Agora desistiu.

— Desistiu? Por quê?

— É uma longa história. Um dia te conto. Você deve ter visto Lúcia nas revistas. Saiu muito. Era famosa.

— Coisa mais linda. Cancha desgraçada. Olha só. Num é qualquer uma não. Quantos anos tem?

— Hoje... uns vinte dois, vinte três.

— Puxa, um dia quero ser manequim.

— Por que não?

— Quantos ano ela tinha quando começou?

— Uns dezesseis.

— Cê conhecia ela?

— Desde o começo. Mas não vamos falar dela. E sim de nós.

— Que cara é essa, de repente?

— Nenhuma.

— Olha, tenho também dezesseis. Tenho tanta vontade de fazer alguma coisa. Bem qu'cê pode me ajudar.

— Ué, o que eu puder fazer, faço.

— Promessa. Todo mundo promete.

— Se estou dizendo que faço, é porque faço.

— Olha, a mamãe tem anos de cancha. Estou na vida há dois anos e sei tudo.

— Puxa!

— Goza. Vai gozando. To acostumada. Um dia mostro pru'cês. Pra essa laia toda.

Penso em papá-la, nada mais. Fico irritado quando mulher começa com onda, com vai não vai. Não custa fazer uma reportagem, e colocar sua fotografia em meia dúzia de jornais. Para isso tenho amigos. É só empurrá-la de um para outro. Sandra se aproxima da cama, tirando a saia. A peça branca cai delicadamente de seu corpo. De meias, calcinha e blusa, ela se aproxima da parede, junto à cama, no outro lado da estante. Olha a fotografia, a única que tenho separada. É Lúcia, poucos instantes antes de entrar no palco: a melhor foto dela. Jamais, depois, ou anteriormente, essa expressão de prazer, felicidade, se viu nos olhos de Lúcia. Seu maior espetáculo. Ela parecia saber, naquele instante, o que iria se passar e o sucesso que seria minutos depois. Sempre teve enorme autoconfiança. Sandra acompanha meu olhar. Não me canso de ver a foto, contemplar este rosto, ele me renova. Sandra sorri. "Cê gosta dela?" Não respondo; nunca falo a respeito de Lúcia com ninguém. Foi muito bom e muito mau, no final. Nem parece terminado, do modo como aconteceu. Ficou no ar, nem eu, nem ela, sabemos ainda o que houve. Talvez nunca se saiba. Estas coisas são assim; a gente tem e de repente não tem mais; e mesmo que se tente segurá-las escapam. *Don't Gamble With Love* é o que Paul Anka canta num disquinho vagabundo que ganhei de uma gravadora. Sandra senta-se no tapete, diante da vitrola portátil, e tira a blusa, joga sobre a cadeira. Tem gestos decididos. Seu corpo é bonito, enxuto, muito branco. A vontade de que ela venha imediatamente para a cama sobe enorme, sento-me ao seu lado, beijo seus ombros, ela diz "já vem o louco babando", e sinto-me ridículo se beijo seus ombros — isto se faz em cinema e na televisão. Também se não beijo que vou fazer? Não a trouxe aqui para ficar olhando. O resto da roupa desce. Sandra é sem pelos, branca e lisa. Ainda sentado, puxo-a para mim e encosto meu rosto às suas coxas.

Dormiu em casa e pela manhã puxou a cortina de plástico da *kitchenette*, perguntando onde estava o café. Respondi que havia apenas nescafé e ovomaltine e talvez ela não encontrasse açúcar. Trouxe para a cama uma xícara quentíssima de nescafé forte. Vestia minha blusa de pijama.

— Cê gosta bem forte, ou fraco?

— De qualquer jeito.

— Experimenta esse. É a única coisa que sei fazer, como dona de casa. Também, nunca ninguém me quis como dona de casa. Só querem saber de mim pra uma coisa. É que sou boa de cama, né, benzinho?

— Na cama, é ótima, e no café, uma desgraça.

— Olha pra mim quando fala.

— Estou vendo a praça.

— Cê vê todo dia.

— Gosto de olhar, pela manhã.

— Meio-dia num é manhã nenhuma.

— Meio-dia? Puxa!

— Pra que essa pressa? Hoje é domingo.

— Mais tarde eu trabalho.

— Até no domingo?

— Não vê que o jornal sai na segunda-feira?

— Nunca leio jornal.

O despertador vive parado, esqueço-me de dar corda, sempre que preciso olho para a torre da igreja da Consolação. Sandra dá corda, "gosto deste barulhinho", acerta os ponteiros, devolve-o à estante.

— Já reparou no relógio?

— Reparei o quê?

— Hum, hum! Pra mim os ponteiros são o pau do relógio.

— Mas, dois?

— Dois, eles são diferentes de nós.

Dou risada, ela abre a porta, sai para o terraço. O pessoal deixa a igreja, terminou a missa das onze e meia. A praça fica colorida de vestidos estampados e casacos azuis, verdes, vermelhos.

— Domingo é gostoso, olha, nenhum carro, nada, a praça é só da gente. Vamos dar umas volta por aí?

— Tenho coisas a fazer de tarde.

— Num quer ir não vai. Se tem outro pograma, pode dizer.

— Não tenho programa nenhum.

— Então?

— Então... primeiro, não tenho vontade de sair, fico a semana inteira fora de casa, domingo quero ficar na cama, lendo. Nem para almoçar vou descer. Segundo, se você quiser fazer alguma coisa na vida, precisa aprender a falar direito.

— Me ensina que aprendo.

Arrumou o apartamento. A empregada não vinha há quinze dias, havia uma vasta camada de pó. Abriu a janela, porta, varreu, escovou, espanou. Me encheu um pouco, queria ler, e a poeira não deixava. Sandra parecia contentinha, cantava, terminei descendo, fui almoçar no Gigetto que, aos domingos, pulula de famílias e crianças. Quando voltei, ela tomava banho.

— Deixa eu te pedir uma coisa, benzinho.

— Pede.

— Jura que num acha ruim. Se quiser, diz sim; se não, diz não, e pronto.

— Desembucha.

— Deixa eu morar aqui?

— Olha, não sei não. Sabe como é. Tem um monte de macetes.

— Num te incomodo. Num se preocupe comigo. Continuo minha vida até melhorar e sair daquela merda de buate. Cê continua com a sua. Tá?

— É muito bom assim. Mas logo degringola.

— Te juro que não. Num te amolo. Comigo num tem mosquito. Cê pode trazer aqui quem quiser, é só me avisar, e té-té-té, pra mim não aparecer. E eu trabalho na buate.

O plano era bom. O inverno estava aí, um corpinho quente daqueles, todas as noites, não caía mal. E a economia? Se eu tivesse que pegar mulher ao menos 3 vezes por semana abria um rombo no orçamento.

— Sabe o que é também — continuou ela —, onde moro é uma bagunça. Num posso ter nada meu. As meninas pega minhas brusas...

— Blusas.

— Brusas... brlusas... blrusas.

— Olha: blusas, fala devagar.

— Blrusas... blusas. Oba! Sabe, benzinho, pega minhas blusas, sapato, fazem uma anarquia. São seis meninas num quarto e sala. No quarto, os beliche, na sala os armário. As menina passam o dia inteiro dentro de casa jogando buraco ou pif. Se ficar lá, fico maluca. Por isso quero vim pra cá. Fico mais sossegada.

— Vem.

Saiu de baixo do chuveiro e me deu um beijo.

— Coisinha pequena, mas tão boa.

Era uma tarde fria, mas havia sol. Ficamos na cama, conversando, ela contando coisas do inferninho e por mais que eu tivesse perguntado, recusou-se a dizer como fora deflorada. "Por que todo homem pergunta isso? Se eu fosse contar todas as vezes que me perguntam, tinha que responder duas milhões de vezes a mesma coisa. Depois, cê num tem cara pra me pedir pra te contar uma coisa dessas e num gosto de falar. Pronto. Que é, qué tirar sarro comigo?" Gostava de beijar e morder. Procurava os lugares mais carnudos e fechava os dentes, se deixasse, ela arrancava tranquilamente um pedaço. Pouco antes da hora de eu sair, ela ficou a mexer e remexer na estante, olhando os livros, tirando, cheirando o aroma do papel novo. "Já leu tudo isso?" "Não. Li a maioria, e vou ler tudo. É só ter tempo." "Puxa vida. Precisa sê inteligente, não?" "Mais ou menos." "Tão pequenino e tão inteligente." Nos primeiros dias, me chamava de baixinho, o que detesto, porque sou meio baixo e não quero ser, acho que tenho certa panca e quando alguém diz que não, é um desastre. Todavia, logo achei uma forma. Descobri, à luz do dia, que Sandra possuía um buço. Invisível quase. Foi por acaso que disse: "bigodinho", e ela pulou. Desde então, fizemos um acordo, nem eu seria baixinho, nem ela teria bigodinho.

Sandra ficou. Não me preocupava. Tinha por ela o mesmo desejo da primeira vez. E ela me trazia a experiência de todas as suas noites reunidas. Começou a gostar de mim. Modificou o apartamento, chamou a atenção da empregada que devia vir toda semana e nunca aparecia. A cada três dias fazia faxina, batia tapetes, trocava lençóis. Eu já me acostumara aos lençóis se encardirem pouco a pouco, até um momento que, chegando de dia em casa, via que o branco fora uma cor remota e então trocava. Sandra me dava uma vida doméstica que não me agradava nem um pouco. É incômodo ficar com uma pessoa que tem a mania da limpeza, vive a se preocupar com o chão, a poeira, os tapetes, a roupa lavada, os ladrilhos do banheiro, o sapólio. Era um prazer sensual que ela parecia encontrar em ter uma casa à sua disposição. Tratava o apartamento como se fosse um reino, quatro paredes onde se sentia mulher; pequeno mundo que devia ser bem conservado. "Qualquer dia vai querer trazer a mãe", eu pensava. Sandra falava muito de sua mãe, a quem visitava toda semana, levando dinheiro. Comprara, para a velhinha, geladeira, liquidificador e outros aparelhos domésticos e vivia espremida pelas prestações. Não era uma ou duas. Eram dezenas de dívidas, grandes e pequenas, sapateiro, costureira, dinheiro emprestado, conta de loja, outra costureira, Neide e não sei quem mais. Uma confusão que se constituíra no sorvedouro de seu dinheiro. Ganhava muito. Ela contava, à noite, ao chegar da boate. Do garoto que dava 100 mil para três dias num fim de semana; o dentista que só pagava em cheque e nunca a gratificava com menos de 20 mil; um cara de Goiás, magrelão, só ossos, que pagava de 50 mil para cima; um funcionário graduado do Ipesp que lhe dava trinta mil e não a deixava tirar as meias, para que as pernas roçassem e fizessem cócegas. Tinha um, especial, que saía sempre com ela e que todas as meninas da boate disputavam. Comerciante de 50 anos e muita nota que a levava à *garçonnière*, sempre pelas cinco da tarde. Tirava do guarda-roupa, cuidadosamente, uma roupinha de marinheiro, com calças curtas e o gorro. O traje estava sempre passadinho, em ordem, cheirando coisa lavada. Vestia-se, apanhava uma pastinha cheia de cadernos em branco, livros do terceiro ano escolar, borrachas, lápis, caneta. Ficava em meio ao quarto e entregava à garota uma varinha comprida. E apanhava; apanhava pra valer da menina (não precisava nem mesmo tirar a roupa) que devia, também, gritar: "vai pra escola! Por que faltou à escola? Por quê? Sem-vergonha, vai já pra aula". Ele terminava assim, sujava todo o uniforme. E pagava enormemente. Três vezes por semana fazia isso. Era disputado, porém ele sempre preferia Sandra, com seu jeito de menina.

Trouxe também sua boneca e as três chupetas. Dependurou-as num canto da estante. Nos primeiros dias ela dormia com a boneca nos braços. Eu me assustei na primeira vez que cheguei, pois, quando me inclinei para acordá-la (ela voltava tarde, porém mais cedo que eu), apertei a boneca, que assobiou. Depois de algumas semanas, a inquietação, os trejeitos nervosos (durante o sono, tinha repuxões, como se fosse epilética, num grau moderado), o ar desconfiado, tinham quase desaparecido. Falava mais devagar, tentava articular melhor as palavras, fazia pausas, pensava. Só não conseguira, ainda, se libertar de uma série de pequenas mentiras e ficava sem jeito quando eu a desmascarava. Assim foi com o médico. Um dia acordou e sua menstruação cessara, estava no segundo dia. Foi para a boate, à noite, e, quando voltou, sangrava e o sangue era coagulado. Tinha dores horríveis. O sangue desapareceu. Ela se recusava a ir ao médico. Duas vezes disse que tinha ido. "Não tenho relações contigo, enquanto você não for ao médico." Surgiu depois um corrimento. Aquilo me deixava enojado, chateado. Não gosto de perturbações deste tipo. "Num vou ao médico, benzinho. Tenho pavor. Eles me põem medo. Num quero que eles ponham a mão na minha pombinha. Num sei por quê, mas num quero. Além disso, num tenho nada, amor. Foi um cara com um negócio muito grande que me feriu o útero. Isso passa, cê vai vê como passa. No médico tem aquela cama branca, aqueles armários de vidro, os ferro. Eu num aguento." Passava na farmácia e tomava doses e doses de terramicina, comprava tetrex que ia engolindo, usava óvulos Decadron. As caixas e pastilhas e envoltórios se amontoavam em volta da cama. Eu não a tocava. Ela sentia. "Cê é nojento." "Eu?" "Sim, ocê. Num é nojento de nojento. É que cê tem nojo das coisa. De mim. Quando chego com a boca cheirando álcool, porque bebi uma coisinha, tira um sarro louco. De manhã não gosta de me beijar, cobre a boca com o lençol." "Ora, isso é natural em todo mundo. Há uma série de coisas que a gente deve ter. Eu tenho essa." Tirou a chupeta da boca.

— Cê num me beija mais como antes. É nojo, claro que é. Por quê?

— Não tenho nojo nenhum. Se tivesse, tinha desde o começo.

— Tem nojo, sim. É da chupeta?

— Que chupeta, que nada. Não tenho nojo.

A chupeta tinha cabeça de carneiro, ela enrolava o cordão em torno do pescocinho do animal. "Enforco ele. Coitadinho." E desenrolava tudo de novo. Puxava a coberta para cima da cabeça. "Num quero mais te vê. Puxa, como você é mau. Esperô eu ficá gamada, para depois me desprezar. Por que fez isso?" Eu tinha que dizer não.

— Claro que é. Num liga mais pra mim.

— Ligo.

— E gosta? Quanto?

— Duas gotinhas e um quarto.

— Duas gotinhas e um quarto num quero. Quero mais.

— Com o tempo gosto mais.

— Mas faz mais de um mês qu'cê só gosta duas gotinhas e um quarto!

— Vai aumentar. Espere.

— Ah! Que té-té-té... Me leva no cinema?

— Pra ver o quê? Já vi quase tudo.

— Vai sozinho, num é? Por que num vai comigo?

— É que você nunca está em casa. Ou então, saio direto do jornal.

Terminamos no Metro, era domingo, filas por toda parte, "este é o último domingo que saio à noite. Daqui para a frente cinema só nos dias de semana", ela querendo olhar cartaz indagando de cada fita, "se cê quiser, disse, eu também posso num sair mais contigo; é só falar; tem vergonha de mim, né?" A estória do filme era a de Tiko, um garoto haitiano, e sua amizade por um tubarão. O peixe o seguia por toda a parte e ronronava como gato. Eu virava o rosto e contemplava Sandra, o perfil, o leve sorriso, uns olhos bem abertos e brilhantes. Ela acompanhava tudo, inclinada na cadeira e os cabelos loiros, a franja, refletiam a luz vinda da tela; havia uma espécie de luminosidade ao redor dela, inteira. Torcia por Tiko e seu tubarão e vez ou outra, olhando para mim, perguntava: "esse lugar existe, benzinho? Então, será que a gente vai lá, um dia?" Acompanhava outro trecho e descobria, "sabe, o tubarão parece minha boneca, né? Ele anda atrás de Tiko, os dois sozinho, eles se falam, eles se entende", admirava-se de existir peixe azul e peixe rajado, e quando Tiko corria perigo, juntava as mãos, cruzava os dedos e mordia os lábios.

Sarou. Sumiram as dores, o corrimento, tudo. Passaram-se algumas semanas em que foi à boate todas as noites. Estava pagando as dívidas, queria ver se ficava apenas com as prestações. No entanto, sempre aparecia com uma coisa nova, um sapato, um tecido. Certo dia, comprou um bordado. "Pra fazer quando tiver em casa te esperando. Vô deixar a buate assim que arranjar emprego melhor." Eu avisava: "emprego fora da boate não vai dar nem para você comer. Esse negócio de manequim de fotografias é bom, mas você vai dar um duro louco". "Num faz mal. Eu quero dar." "Então me dê, e já." Gostava de ir ao cinema, dizia que ia fazer umas roupinhas só para sairmos juntos, as roupas da boate eram muito manjadas. Começou a ter ciúmes e a me controlar.

Telefonava para o jornal, queria saber o que eu estava fazendo, onde ia, se tinha almoçado, terminava sempre mandando um beijão. Outras vezes era para me informar.

— Olhe, benzinho, arranjei dois programinha pragora de tarde.

— E por que me diz isso?

— Pru cê saber que de noite num vou na buate, fico co'cê, tá?

Passei a chegar mais e mais tarde. A primeira briga foi pequena. Ela retirou Sandra do seu canto na estante e ficou longo tempo falando com a boneca. Quando acordou, no dia seguinte, tinha os olhos vermelhos. Chorara. "Isto não foi o que combinamos. Não está no acordo. Nem um pouco. De modo que você não pode ficar com esse negócio."

— Descurpa... Ahn! Desculpe, bem. Tenho um medo enorme e pavoroso que ninguém nem pode saber. No primeiro dia que entrei aqui, me senti bem. Era uma casa gostosa. Engraçado, fiquei invocada cu'cê no primeiro minuto, depois passou e vi que se queria conseguir alguma coisa era contigo. Cê num me olhou como puta. No dia seguinte, eu num queria mais sair do apartamento, foi o primeiro lugar em que me senti bem, com todas as suas coisas, seus livros, os gatos, os retrato na parede, a vitrola. Sabe de uma coisa? Nem na minha casa era assim. Num sei explicar, me desculpe. Espera. Sabe, né, quando cê tem uma coisa que gosta e fica alegre? Eu fiquei alegre quando entrei aqui. E pedi pra ficar, pois se tivesse de ir embora ia sentir uma grande tristeza. Eu nunca disse pra ninguém.

Também num tinha ninguém pra dizer, mas cada vez que entro num apartamento, ou num hotel, fico triste e com a garganta amarrada. Cê não acredita, mas fico mesmo tontinha, a cabeça dá voltas. Logo passa, é rápido. Acontece quando peço a chave na portaria, ou no elevador. E aqui num houve nada disso; era como se fosse meu lugar. Por isso tenho ciúmes du'cê, como tenho de suas coisas.

— Não foi o acordo que fizemos.

— Eu sei, benzinho. E num quero qu'cê se incomode com isso. É uma coisa minha, sabe? Combinamos, tá combinado, cê é livre, faz o que quer. Mas, me deixa sentir ciúmes, me deixa gostar du'cê.

— Não. Detesto esse negócio de ficar chorando e controlando.

— Num controlo ninguém.

— Telefona toda hora para o jornal, me procura, quer saber o que fiz o dia inteiro. Não é controle?

— Nossa, benzinho! Gosto de saber o qu'cê faz. De ouvir cê me falando e té-té-té. Eu me sinto sozinha. Sempre me senti. E agora é diferente. Tenho cê. Num vai me dizer que num gosta nem um pouquinho de mim?

— Gosto. Um pouquinho, claro. Caso contrário, você não estaria aqui.

— Um pouquinho quanto? Uma gotinha?

— Duas gotinhas e um quarto.

— Ainda? Olha, meu bem. Num te telefono mais. Pronto. Tá bem assim?

— E o que adianta? Fica depois com a cara amarrada, e um ar de censura. Assim não se pode continuar.

— Vai me mandar embora?

— Depende.

— Num me manda. Faça o que quiser, mas me deixe aqui. Cê não sabe o que é ter alguma coisa na vida. Eu tenho agora. É um pouquinho só, mas é mais do que tudo que já tive reunido. Vou melhorando. As meninas, quando vou lá na Neide, me dizem: Sandra como você está diferente. Até engordou. Tá falando melhor. Nem com cara de putinha dizem que tou. Entende o que quero dizer, meu amor. Faz o que cê quiser, mas me deixe aqui. Traz quantas mulheres quiser. Dorme com todas, mas deixe um pouquinho pra mim, se não for pedir muito. Vai com todas as mulheres da cidade. Vai no Teco's e pega todas que todas querem sair na reportagem.

— Cala a boca, vá! Não enche. Está dizendo bobagem. A gente vivia bem, podia ter continuado. Agora não, você está jogando tudo fora.

— Está bem. Vamos esquecer, passa um pano, o acordo continua.

— Ora!

— Diz que gosta de mim.

— Gosto.

— Me dá um beijinho.

— Agora não.

— Entrocha.

Levou um tapa; ficou me olhando fixamente. Senti vontade de pedir desculpas, porém o desejo de ser machão dominou. Era uma experiência ser machão, bater na mulher. Os olhos fixos. Não chorou. O rosto tremia, mas ela não chorava. Não havia uma só lágrima. Se eu gostasse um pouco mais dela, juro que era eu quem ia chorar. Ficou deitada de costas; passou a mão na chupeta e colocou na boca; sempre falando com Sandra.

Nessa mesma tarde fui assistir a uma peça num teatrinho novo que o grupo do Múcio havia construído, na rua Santo Antônio. Era uma estreia e Múcio me apanhou logo na porta. "A gente vai precisar de você para ajudar na promoção da peça." Estávamos no corredor da entrada, quando ele falou: "você vai se apaixonar por uma menina, ou eu não te conheço nem um pouco. Ela é sensacional. E todas as manias que você tem em matéria de mulher se concentram nela. Inteligente. Você não pode usar truque nenhum, tem que reformular tudo. Quero ver, porque vai ser um desafio para você e vai ter de aceitá-lo". Depois do espetáculo fui lá atrás. Tinha um monte de gente em volta da moça. Múcio apanhou-me pelo braço. "Vem, vou te apresentar." Então eu vi, era Lúcia. Sorridente. E me abraçou. "Quanto tempo." Múcio ficou olhando. "Você é o fim, nem me disse." "Eu não sabia. Podia saber?" E tão pouca gente tinha conhecimento; fora uma coisa tão nossa, cheia de altos e baixos, porém, nossa, inteirinha, partilhada totalmente pelos dois. Meses e meses, e a separação e novamente meses, um tempo tão bom que eu não podia esquecer. Aquilo estava dentro de mim. Dentro dela também, a ânsia de um pelo outro. No entanto, era nos encontrarmos para tudo se arrebentar, sem que soubéssemos por que as coisas aconteciam. Ela pensava em sua carreira de manequim, eu ficava no jornal. E depois abandonara a passarela, mudara-se para o Rio, em seguida entrara para o teatro. Voltou para São Paulo trabalhando para o Oscar Ornstein em *My Fair Lady*. E terminara no grupo de Múcio. Nessa noite, ela me contou todas as coisas passadas e que estavam se passando. "E você?" Eu estava meio triste, somente isso, melancólico agora que ela tinha voltado e estava ali, viva, existente outra vez, à minha frente, a fim de ser tocada, sentida. Sem ser minha.

Dois meses depois, em seguida à reportagem que saiu de Sandra em *Fatos & Fotos*, Armando veio me procurar. Precisava de uma garota para um *show* especial no Teatro de Arena. Era sua primeira produção, queria fazer bem-feito. Uma fábrica de sabão e fertilizantes organizara uma convenção de vendedores e ia encerrar com um espetáculo para os representantes que tinham vindo de todo o país. Durante três dias Sandra irradiava alegria e cansaço e só falava na sua participação e como Armando lhe dava cada vez mais coisas, ia aparecer, e as falas que tinha a decorar. "Me ajuda a pronunciar as palavras, benzinho." Passava o resto do tempo sobre o roteirinho memorizando cada palavra. Mandei-a escrever as mais difíceis, várias vezes; sua letra era em garranchos, de criança em grupo. Contente, preocupada o dia todo com o seu papel. Um tipo da televisão disse a ela para dar um pulo no Canal 7, fazer um teste, "logo, logo, benzinho, vou deixar a buate. Que bom". No sábado do *show* aprontou-se bem cedo e mesmo assim chegou atrasada ao teatro; nunca conseguiu chegar em tempo. Ao voltar, abriu a carteira, mostrou quinze mil cruzeiros, "não precisei dar pra ninguém, não é bacaninha?" E não se aguentava, começava a contar tudo.

— Ahn! Olha bem, olha aqui, sabe. Eu abri e fechei o *show*.

— Que bom, hein?

— Bom mesmo, ahn, ê... ê... Estô tão contentinha!

— Claro que tem de estar.

— Sabe? No começo ficou tudo escuro e o Armando, né, tê-tê-tê, anunciou, né, e acenderam as luzes, eu tava lá no alto, né, do lado de uma caixa de um metro. Aí, té-té-té, a música tocou, sabe, essa música só de bateria, bem forte e eu abri a caixa.

Eu nunca a vira tão excitada.

— Abri a caixa, né: Extrato de Branco, anunciou Armando. E começou então, né, a sair arroz prateado, té-té-té, e as meninas, viu, bem, começaram a distribuir na plateia caixinhas, né, com Extrato de Branco. Então o Jô fez umas graças de divertimento. Eu morria de rir lá atrás. Era um bofe pra conferir. Depois entrei de novo como a mulher das cavernas, todinha de branco, e a Zuleika estava de romana e Zilda em grega e Dayene de mulher moderna, né. Então quando apareci na terceira vez, um rapaz disse: olha aí, essa é protegida, e como eu tava perto dele, sabe, cê conhece o Teatro de Arena, não? então pude me virar e dizer: olha aqui, cavalheiro, sou protegida pela minha pele. No fim, veio o final e o sorteio e Zuleika entrou com a antena de televisão e eu com o cartaz de muro. E no cartaz tinha uma moça loira e eu tinha repartido o cabelo igual ela, e então todo mundo pensou que eu fosse a menina do cartaz.

— Foi tudo bem, então? Ótimo.

— Só no final, aquele rapaz foi no fundo e disse que me conhecia da buate e, né, se eu queria sair com ele, e então, té-ré-té-té-té, aquela conversa mole e eu respondi: olha, cavalheiro, vai à puta que te pariu que eu não sou mais disso.

— Não precisava ter falado assim.

— Ah, benzinho, cê é que num sabe. Só engrossando com eles. Depois, sabe o que é isso, é viciamento da buate.

— Viciamento? Vício.

— Vício, é. Mas daqui a pouco num falo mais assim. Se ocê não quer, não falo. Já num falo tão mal, falo? Tenho aprendido, num tenho?

Eu não andava muito entusiasmado, tinha ido ao teatro ver Lúcia, ela ensaiava, nem teve tempo de falar comigo, ficou ao lado de um garotão com jeito de bicha que a abraçava e segurava suas mãos. O pior é que ela queria vir falar, estar um pouco ao meu lado, como eu também queria. Acabei indo embora, o troço me encheu. Passei o resto da tarde ouvindo discos de Isaura Garcia, não sei por que, eu estava com humor para ouvi-la. Sandra tomou banho, atirou-se à cama.

— Estou no prego.

— Dorme bastante. Descansa.

— Cê vem também?

— Mais tarde.

— Por que num descansa? Olha como tá, essas olheiras.

Colocou a chupeta de carneirinho na boca, ficou contemplando o disco.

— Põe Rita Pavone.

— Não tenho vontade de ouvir Rita Pavone agora.

— Uma música só.

— Não.

— Só uma. *Che m'importa del mondo.*

— Mais tarde.

— Tá bem. Cê é que manda. Falando nisso, num cumpriu a promessa.

— Que promessa?

— De traduzir a letra.

— Uma hora traduzo.

— Sei, uma hora, um dia, um ano. Entrocha.

— Não vamos brigar, tá. Não tenho saúde para estar brigando.

— Vem me dá um beijo pra mim dormir.

— Já vou.

— Puxa, só um beijinho. Antes vinha correndo. Num quer mais?

— Quero.

— O que eu fiz pru cê? Num tá contente comigo?

— Por quê?

— Tenho me esforçado bastante, num tenho? Puxa, num paro de andar, vou a todo lugar qu'cê manda, a essas agências e fotógrafos. E cê num tá satisfeito nunca.

— Então?

— Faço força, num é o que cê queria?

— É.

— Então vou indo bem. Só falta mesmo cê gostar de mim.

— Gosto. Não fica repetindo a mesma história.

— Já descobri qu'cê só finge que gosta.

— Não finjo nada.

— Cê tem medo de se gamar.

— Por que medo?

— Medo que depois eu não vá embora, cê é volúvel, se enche logo.

— Ora, no momento em que me encho, ninguém me segura a nada.

— Qué apostar?

79

— Apostar o quê?

— Faço cê gamar fácil.

— Muita gente tentou.

— Elas num sabia o que eu sei. Nem tinha cancha.

— Por que não tenta?

— Vou tentar. Cê é como eu. Tem mania de conquistar e depois larga.

— Você é assim?

— Ahn, ahn. Se invoco com uma pessoa vou até o fim. Depois de gamado, o cara não me interessa. Foi assim com o Anuar e só porque ele se fazia de gostoso.

— E por que você faz isso?

— Sei lá! Porque sim. Por que os cara num vão gamar em mim?

— Convencida, hein?

— Que nada, sei quem sou. E cê é igualzinho. E resiste a mim. Diz, diz por quê.

— Porque o jogo é gostoso.

— Num é só isso.

— É. Claro que é.

— Num é. Olha o que tô te dizendo. Cê pensa que não, mas te conheço muito mais do qu'cê imagina.

— Lá vem a história.

— Tem coisa aí, benzinho. Cê está sempre triste.

— Ora, é o meu jeito.

— O que elas te fizeram?

— Elas?

— Claro, a gente é assim por causa do que elas fizeram.

— Eu me lembro, e um dia me vingo. Aquelas cu-doces de Araraquara.

— O que é que tá dizendo?

— Nada.

— Num fala pela bunda. Fala pra fora.

— Falava do meu jeito.

— Jeito nada. Outro dia cê tava aí todo alegrinho, cantando, pulando que nem macaquinho. Tirou um sarro louco.

Faz caretas. Tem uma habilidade enorme em imitar gente. Vira e revira os olhos, alarga a boca, faz beicinho, põe a língua de fora. Talvez um dia venha a ser boa comediante.

— Por que não vai trabalhar na televisão?

— Vô. Já te disse que um cara me mandou lá.

— Corre atrás dele.

— Vô correr. E só espero que num seja igual aos outros. Sabe, já apareceu na buate mais de vinte caras dizendo que era da televisão e iam fazer teste.

— Mas eram da televisão?

— Alguns eram.

— E por que não insistiu, não foi atrás?

— Eu não, meu bem. Tem uma coisa comigo. Ninguém anda de sapato no meu telhado. Eu ia lá, entrava na sala deles. Quase morria de vergonha.

— Por quê?

— Eles me olhava como se pensasse: o que essa putinha quer? E o pior é num poder fazer nada.

— Acho que você exagera. Eles olham assim todo mundo.

— Mas num gosto que me olhem.

— Mas eles olham.

— Num gosto. Fico logo invocada. Se demora, quebro o maior pau. Ahn! Não desvia o assunto não. Fala aquilo pra mim.

— Aquilo o quê?

— De ficar por aí pegando mulher.

— Deixe pra lá.

— Ora, entrocha a estória então. Duda me contou das suas mulher.

— Quê?... Meia dúzia de vedetinhas muito mixurucas.

— E essas bacanuda que tem aí na parede?

— São as mulheres que sonho pegar e não tem jeito. Uma e outra consegui.

— E por que não põe eu aí?

— No devido tempo.

— Conta, benzinho. Que bobagem, diz logo.

— Tenho culpa? É fácil. Só fazer reportagem. Depois conversar.

— E se a mulher não se interessa por reportagem?

— Entra a conversa, firme.

— Ah! Não tou dizendo?

— Sabe de uma coisa? Eu quero ter um monte delas.

— Cê não ficaria só comigo?

— Não.

— Não?

— E te digo mais. Você é a terceira mulher que mora aqui.

— E as outras?

— Só de passagem.

— Ahn...

— E ainda, você é a melhor delas.

— Melhor?

— Na cama. A mais completa. Mulher pra burro.

— E cê gosta só por causa disso?

Aninha a cabeça no meu ombro e ouço o soluço e sinto a pele molhada. Ergo o braço para o interruptor; a luz. Ela chora mansinho.

— O que é isso?

— Fiquei tão contente!

— Contente e chora?

— Nunca viu chorar de contente? Fico tão alegre de ser mesmo mulher pru'cê.

— Bobagem.

— Também, benzinho, faço tudo pra te agradar.

— Sei disso.

— Duda me disse que se eu te agradasse, cê podia me ajudar.

— Por isso só é que você me agrada?

— Num tem nada uma coisa cotra. Gosto du'cê. Cê não tem nada, mas gosto du'cê e pronto.

— E daí?

— Me arranja bastante coisa pra fazer. Quero ser modelo.

— Modelo?

— Hum, hum. Cê já viu as minhas fotografias?

Trouxe uma pastinha de couro marrom que lhe tinha sido dada por um caixeiro-viajante, seu freguês. Fotografias 13 por 18, tiradas pelo Cícero, um turco que eu conhecia, trabalhara em jornais, e vivia explorando e ganhando um dinheirão em fotos de sacanagem que vendia às pampas. Mais de um terço das fotos de Sandra tinham sido tiradas diante de espelhos. Poses de todos os tipos. "Sabe o que os fotógrafo diz, bem, que, quando poso, parece que vai sair tudo esculhambado e depois saio ótima." A covinha profunda no queixo se salientava, dava a ela um jeitinho todo especial. Eu podia arranjar trabalho para ela. Mandei-a a um amigo que precisava de modelo para um anúncio de meias. Ela voltou à tarde, toda satisfeita e sorridente. "O cara é ótimo e prometeu me dar as foto, depois. Será que posso dá colher de chá pra ele." "Colher de chá?" "É, fazer um programinha? Ele é tão simpático." "Olhe aqui, aprenda uma coisa. Não misture tudo. Tá." "Mentira, bobinho, disse isso só pra ver. Queria ver se cê ia ficar bravo. Ficou. Tem ciúme." No dia seguinte buscou as fotos, estavam muito boas, iam ser incluídas na *Manchete* e *Claudia*.

— Agora vou mostrar preles.

— Mostrar pra quem?

— Mostrar preles que bigorrilho num é milho. Mostrar pras meninas do Teco's, pros que frequentam lá. E pra minha mãe. Pena que meu pai morreu. Aquele desgraçado é que precisava ver. Ver bem cos dois olhos. Morreu antes, o safado.

— Não tinha nenhuma estima por ele?

Seus olhos estavam fixos em mim; as mãos cruzadas e apertadas; os olhos eram mortiços.

— Ele era um bêbado. Sabe como morreu? Podre. Em pedaço. Num tinha mais fígado. Só um pedacinho que depois se desprendeu. Ficava um buraco no lugar. E o pulmão foi inchando, até estourar. Depois murchou. Ele tinha tuberculose e bebia. Bebia o dia inteiro e num trabalhava. Minha mãe dava duro e eu passava o dia num prédio de apartamento na esquina de casa. Lavava corredores, arrumava cozinha, limpava vidro. E quando voltava pra casa, via meu pai dormindo. Bêbado. Um dia, depois que voltei do grupo, fiquei virando cambotas num gramado perto de casa. Era um dia lindo de sol. Eu virava e virava, contentinha. Aí vi meu pai que me olhava com olho inframado...

— Inflamado...

— ... inflamado, Ah! Que merda essas palavra. Mas então, meu pai me olhava. Parei. Ele veio né e puxou meu vestido e me agarrou e me bateu. "Fica aí mostrando as pernas pro bairro, sua cachorrinha." Me levou pra casa e me deu uma surra, em frente da minha mãe. Aí eu disse: "pode me batê, que um dia eu vô embora, vô ser uma artista". Apanhei como doida. Minha mãe num se mexeu. Tinha pavor. Também ele nunca levantou a mão pra bater nela. Só dizia palavrão, um mais cabeludo que o otro. Minha mãe é pequeninha, um pouco corcunda. Depois, outra vez, eu estava lavando os pés no tanque e vi meu pai ali do lado, com o olhar de bêbado, e me observando. Num disse nada. Olhava e olhava e depois foi embora. Dormia e bebia e vinha comer alguma coisa. Tinha cinquenta anos e fazia muito tempo que num tinha relações com minha mãe. Minha mãe num podia, tava atacada de bronquite. Nem por cima, nem por baixo. Ela se sufocava, passava mal. E acho que meu pai num teve relações uns dez anos; num sei como se arranjava. Me odiava, me batia, quase me matou uma vez; e sempre me olhava longamente. Nunca acreditou em mim, ria e zombava e me xingava. Por isso é que ele precisava vê agora. E devo a cê, benzinho.

— Que o quê. Se você não tem esse rostinho. Esse corpo. Nada feito.

— Eu sei, mas quem é que me arranjou uma oportunidade? Eu dizia, dizia ao Duda que tava esperando uma hora. Dizia pras meninas também que ia aparecer alguém. Foi cê.

— Hum, ótimo!

— Mas num precisa ficá com essa cara, não. Vou desaparecer.

— Desaparecer?

— Isso.

— Ora, deixa de onda.

— Cê me invoca muito, benzinho. Principalmente nestes últimos dias. Sabe o que vou fazer? Fazer um buraco no chão. Bem grande. Depois vou levando um fogão, uma geladeira, uns armários e bastante comida.

Olhava o sol batendo nos carros, no estacionamento da praça. A tarde parecia interrompida, eram duas horas, nenhum ruído. Há sempre um instante assim, que dura segundos apenas dentro das vinte e quatro horas. Uma imobilização total no mundo.

— Depois ficava lá, até o mundo se acabar.

— E se o mundo se acaba e sobra só você?

— Num sobra só eu. Porque antes de descer eu faço um nenê com alguém e levo ele pra baixo.

Me via escrevendo, ao seu lado. Olhava, eu virava a página, dobrava o caderno. Ela se recolhia ao seu canto, punha o dedo indicador na boca e mordia-o levemente. Súbito:

— Num faz mal. Estou alegre, como nunca. Posso deixar a buate duma vez. Num vou mais lá e pronto. Fica contente também com isso? Num vou mais ser putinha.

Não vê-la mais ir à boate representava a perda de uma certa excitação. Menos pelo dinheiro que, possivelmente, eu teria que lhe dar, havia uma sensação curiosa naquele corpo que voltava a cada noite, depois de ter deitado com dois ou três homens. Tinha recebido todos eles dentro dela, por minutos, e vinha a mim; seu cheiro era diferente, se bem que nunca ela entrasse na cama, pela madrugada, sem antes tomar um demorado banho. Ficava quinze minutos no banheiro e entrava sob os lençóis cheirando a sabonete e pasta de dentes. Antes disso não me permitia tocá-la, roçá-la com os lábios: "estou com cheiro de homem, benzinho". A sensação que sentia quando ela partia para a boate, sabendo que ia para se entregar, essa eu não teria mais; e as coisas ficaram um pouco pálidas. Agora seríamos iguais a todo mundo, apenas um casal dentro de um apartamento.

Agora, a noite encobriu totalmente a cidade e os retângulos amarelados surgiram nos edifícios. Sandra levanta-se, cruza a minha frente, de calcinhas. Olho-a. Não sinto nada, nem um pingo de desejo. Estou na fase mecânica. Se faço é para não dizer que não sou homem. Vez ou outra, sim, chego desesperado e a noite não tem mais fim. No entanto, neste momento, olho e é nada. Sou zero; ela é nada, uma pelada a mais dentro deste apartamento. Ontem à noite cheguei de porre total. Quando Sandra me procurou eu estava sonado, nada acontecia em mim, o organismo era insensível. Ou teria sido anteontem? Não sei mais; não me preocupo. As coisas vão correndo. Sandra não quer ir embora. Falamos sobre isso várias vezes. Ameaçou fazer escândalo até na rua. Eu disse que era coisa de mulher vagabunda. Respondeu: "E foi sempre o qu'cê pensou de mim. Nem um dia achou que eu pudesse ser alguma coisa melhor. Há meses que procuro progredir, dia a dia. Quantas coisa aprendi, cê me ensinando. Eu nunca vou poder falar mal nem um pouco du'cê. Só posso ficar triste por não ter gostado de mim. Só peço isso, não se separe, pensando que sô uma putinha. Diz que não, diz, diz. Vai, diz!". Dorme todas as noites com a boneca. E todas as noites quer fazer amor. "Não sei quando tudo acaba. Quando acabar, quero ter certeza de que gozei um pouco." Tem Lúcia. Às vezes penso nesta mania obsessiva de trocar, mudar, aceitar o desafio. Múcio desgraçado; sabe quase tudo de mim. Talvez tenha alertado Lúcia, talvez esteja a me gozar. Ou os dois juntos a me gozar. Imaginou se fosse mesmo isto? Tenho vivido no camarim dela praticamente todos os dias destas duas últimas semanas. Ela é indiferente, vez ou outra, profundamente. Não namora ninguém, não gosta de outro. Sei que conto ponto. Na quinta-feira, fomos jantar, ficamos frente a frente na mesa e ela roçava minha perna com o pé. No dia seguinte, mandei-lhe uma carta num papel vermelho que me trouxeram da Itália. No sábado, fomos num grande grupo jantar no Patachou e, súbito, Múcio resolveu ir ao Ela, Cravo & Canela. Custou a pegar táxi e quando chegamos estava lotadíssimo, o porteiro brigava com uma turma que queria entrar. Ficamos no meio daquela gente, o porteiro foi se enervando. Puxei Lúcia pelo braço, subi em direção ao Juão, mas também ali estava superlotado, o pessoal se espalhava pela calçada, tentava meter dinheiro na mão do porteiro e do *maître* que estava à porta. "Não adianta querer ir a lugar nenhum, no sábado. Vão estar todos assim, melhor voltarmos lá, saímos justamente na hora de pedir a comida." "Chato é ficar sem comer nada." Ninguém decidira nada a não ser Múcio que queria ir ao Baiuca, todo mundo reclamou, além de chato, era caro e serviam pouca comida. Aquilo me encheu, andei em direção ao Mackenzie, dei a volta, desci pela Maria Antônia. Eles me pegaram na esquina da Amaral Gurgel. "Vem conosco." "Não. Estou de saco cheio. É esse sábado besta na cidade. Não adianta querer sair. Vou pra casa." Lúcia desceu, "vou contigo, posso?" Agarrou-se em meu braço. Passamos no Gigetto e nos empanturramos com filé tártaro; ela não gostou, a princípio, daquela carne crua, porém, depois de bem preparadinho, achou uma delícia e comeu o dela e parte do meu. Andamos muito antes de ir para casa. Eu pensando no momento em que Sandra viesse. Foi muito rápido, totalmente no escuro, ela gritou quando ameacei acender a luz. Eu de estômago cheio, com medo de Sandra surgir e dar bolo e temendo uma indigestão, ou ataque qualquer. "Mande-a embora, que venho morar contigo. Cada vez que entro aqui sinto que posso. Mas antes, vamos conversar muito. Passe amanhã no teatro, tá?" Nunca tive mulher melhor na mão, cheirosa, toda fresca, cheia de desejo, chorando quando atinge. Engraçado como tenho sorte com problema de mulher limpa, pois Sandra chega a exagerar, passa desodorante em todo corpo, não fica um pedacinho, é mania. Levei Lúcia para casa, voltei ao Gigetto, a noite estava fresca e gostosa, fiquei tomando batidas e tentando achar um meio de me descartar de Sandra. Receio que ela faça escândalo, que me encontre em algum lugar com Lúcia e dê vexame.

A noite de domingo avança, o relógio da Consolação bate oito horas. Daqui para a frente conserva-se mudo, prendem os sinos. Sandra termina o banho, atravessa a minha frente seminua. Tem a chupeta na boca. Veste-se devagar, pergunta que sapato deve pôr, acrescenta que hoje não ficará muito tempo na boate, virá logo para não me deixar sozinho. "Pode ficar a noite toda se quiser. Não me importo."

— Num vamos recomeçar. Num fizemos as pazes?

— Eu não.

— Como não?

— Eu tenho um problema e preciso te contar.

— O quê? Será que a gente num tem sossego? Será que a gente só viveu bem no comecinho?

— Não dá certo, Sandra. Você tem de ir embora.

— Ir embora?

— Ir embora! Colocar as coisas nas malas, me entregar a chave e dizer adeus.

— Cê num quer dizer o que diz.

— Ora, você entendeu bem. Vai embora! Vai embora, que não aguento mais.

Me olha fixo. Como no dia que bati nela. Sem chorar, apenas os músculos do rosto tremendo. E os olhos se tornando mortiços. Desde que viera definitivamente, desde que deixara a boneca, intocada, na estante, eu não vira o mortiço voltar aos seus olhos. Nem mesmo na boate, diante dos fregueses. Agora, ele retorna. Ela passa a mão no cabelo e joga-o para o lado; é um gesto duro; a mesma dureza da noite em que ela entrou no Teco's, na sexta-feira de muita chuva. Não tenho jeito para dizer estas coisas. Fico com pena. Se ela continua a me olhar assim e, pior, se rebentar no choro, amoleço e, então, nunca mais ela se irá. Curioso como, num segundo, passam-me pela cabeça quinhentas mil imagens diferentes de Sandra. Ouvindo Paul Anka na primeira noite; chegando da boate, pela madrugada, e me acordando com um beijo; eu chegando e tirando a boneca de seus braços; as chupetas pendentes da estante; e os cineminhas à tarde, a vez em que a levei para almoçar na casa de Apolo, o fotógrafo de publicidade, um dos maiores de São Paulo, e os testes que ela fez elogiada por fotografar bem; e a foto dela encostada no meu ombro, num jeito meigo e terno; e os livros que ela se esforçava por ler, perguntando o que significavam as palavras difíceis; e o trabalho para enfrentar o R, até conseguir dominá-lo. Dizem que, quando alguém se mata, nos segundos finais da vida, quando não há mais remédio e só resta a morte, a pessoa vê sua vida desfilar todinha, num instante, como se fosse um filme de alta velocidade; e este carrossel é como o sonho que parece durar eternidade e é sopro de segundos. Não há mais jeito entre eu e Sandra; está morto. Eu me esvaziei; talvez nem seja por Lúcia; pode ser esta necessidade que existe dentro de mim de caminhar para a frente.

— Vamos fazer uma coisa. Vê se dá certo? Eu vou por uns dias. Cê pensa. Se num sentir falta, num volto mais. Se sentir saudades, volto e fico pra sempre.

— Você não existe mais, Sandra. Entenda. Não significa mais nada! Não adianta ficar dois, três dias fora. O jeito é ir para sempre.

— Mas a gente pode tentar.

— Vai ser pior! Começo a me irritar e vou aumentando, aumentando até o estouro e ninguém pode segurar.

— Bobagem! Se a gente se gosta um pouquinho, contorna as coisas.

— Não é crise. É o fim.

— E eu? Que vou fazer?

— Sei lá. Você é grande. Se arranja.

— Não me arranjo sem cê. Era uma espécie de pai, eu me sentia amparada. Cê me deixa, volta tudo de novo.

— Você aprendeu o suficiente para fugir destas coisas. Conhece gente boa. Arranja um apartamento para você.

— Eu nem dizia mais besteira, nem palavrões.

— Então? Melhor.

— Me conta por quê? Ao menos isso. Será pedir muito?

Falava, imóvel como uma estátua. Os olhos secos, fundos, desaparecendo dentro do rosto. Sem tremer. As mãos apoiadas à mesa. Tinha certeza que se ela largasse da mesa, cairia para trás. Desejava que chorasse, que se arrebentasse em lágrimas, desesperada. Minha mãe dizia que sofre mais quem não chora. Eu sentia o choro preso na garganta de Sandra; e poderia sufocá-la. Um mal-estar enorme me invadiu. Sofria por ela. O ar criança em seu rosto, o mesmo ar que ostentava quando colocava na boca a chupeta. Era a criança que implorava. Então pensei: "fui capaz de provocar tal amor". E me sinto orgulhoso. E o seu sofrimento era o meu; e o meu era maior ainda porque não podia dar solução. Nada mais a fazer. O que se passara se extinguia lentamente, naqueles instantes. Eu disse:

— Lembra do início, quando fizemos um acordo e eu te pedi, supliquei, te avisei quando não gostasse de mim? Que uma hora ia ser duro, eu te magoaria enormemente. Que eu iria te machucar tanto e tão profundamente como você jamais sentira na vida?

— Cê não me magoa. Porque num sabe nada de mim. Nem o quanto gosto de você. E se vou embora é porque, assim, cê acha que vai ser mais feliz. Tomara que seja. Eu vou guardar todos os dias que passei aqui. Cê num sabe como são importantes. Num pode saber.

— Olha, me perdoa. Não me queira mal, é a vida, sei lá por que as coisas acontecem assim. Acontecem, não é?

— Pode ser. Num faz mal. Tentei, puxa como tentei! Não tenho culpa, ninguém tem.

— Talvez a gente possa continuar a ser bons amigos.

— Não. Num quero mais te ver.

— Deixa de ser boba. Daqui uns tempos tudo passou.

— Só quero saber uma coisa. Quem é a outra?

— Não existe.

— Num mente pra mim, logo na hora que tudo acaba. É a do retrato?

— Não. A do retrato acabou há muito tempo.

— Jura que não mente?

— Juro. Fica tranquila. Acredita?

— Quase. Sabe? Todos esses meses passei pensando na moça do retrato e na forma como cê a olhava. Lembro do primeiro dia que entrei aqui e vi a moça. Lembro quando virei e cê tinha os olhos nela. Não me enganou. Vivo no meio de muita gente e o suficiente para conhecer as pessoas. Num sei nada, mas sinto as coisas dentro de mim. Eu vi as revista qu'cê guardou. Todas as revistas que têm essa moça. Sentia um ciúmes bárbaro e jogava minha vida como cê ia voltar prela. Num foi uma decepção, entende? Compreendia esse amor qu'cê sente, porque é igual ao meu. Nem sei se foi sincero este tempo todo. Diz, ao menos que foi.

— Nunca fui mais sincero em toda minha vida. E se quero que você se vá é porque não gosto de te ver sofrer, já disse, não gosto de te magoar.

— Então, dá um chute só porque não quer magoar? E se eu num fosse embora?

— Ia eu.

— E o apartamento?

— Foda-se o apartamento, foda-se você, todo mundo. Não me enche mais!

— Cê é um bobo, homem das cavernas. Pensa que só porque me apaixonei pru'cê é um homem lindo. Besteira, rapaz! Você está enganado, cavalheiro. Num é nada disso. Fica correndo atrás das outras e vai ver cada chute que ganha. Vai, seu bobo.

— Tontinha, tenho pena.

— Eu num quero sua pena. Sei viver sozinha. E muito bem. Eu é que tinha pena du'cê. Sabe por que vim pra cá? Porque cê me parecia só. Ah! Meu Deus, como parecia solitário e desamparado, sem ninguém. Cê precisava de mim. Com todas as mulheres que diz ter, é de mim qu'cê precisava. Sai deste jornal e veja quantas cê consegue.

— Pare de falar. Só fico com mais raiva. Pare, pare, pare...

— Está bem. Num dou mais um pio.

— Até que enfim. Mas vai embora?

— Vou pensar. Esta noite tomo um pilequinho e cê vai me aguentar. Tenho que ser chata, bem chata, ao menos uma vez.

Colocou uma suéter minha, cinza, de gola fechada, dizendo que era a última vez e depois devolvia. Apanhou a bolsa.

— Eu só queria uma coisa. A última. Cê faz?

— Depende.

— Diz que faz.

— Mas se não sei. E se não puder?

— Cê pode. Diz.

— Como você é irritante. O que é?

— Faz?

— Faço.

— Me leva pra jantar no Gabriela, Cravo & Canela.

— Ela, Cravo...

— No Ela. Pela última vez? Começou lá, termina lá.

Eu não a ouvia mais. Via seus olhos dentro dos meus, e Caco Velho cantando sambas e batendo o pandeiro. Tinha vontade de soluçar e o soluço não saía. Foi bom não ter saído. Sandra desaparecia, não tinha mais voz, corpo, nada.

Levou suas coisas embora na manhã seguinte. Voltou à pensão da Neide. Eu disse para não fazer isso e sim alugar um apartamento, ela deu de ombros. "Não quero mais saber de conselhos seus, rapaz." Antes de ir embora, quis deixar Sandra comigo. "Pra você não ficar só. Pra falar com alguém, quando tiver triste." Sem que ela visse, enfiei a boneca na sua mala.

Um mês depois, Lúcia veio ter comigo, em casa. Trazia pouca coisa. Uma valise e meia dúzia de vestidos. "Vida nova, começo tudo de novo." Na primeira tarde ficou arrumando o armário, lavou o banheiro, colocou nossas escovas de dentes uma junto à outra. Trouxe um chinelo para debaixo da cama. Limpou o terraço e deu arrumação nos livros. Jamais permiti que qualquer pessoa mexesse nos livros. Ela bateu o pé. "Não moro em apartamento desarrumado. E olhe essa mesa e essa bagunça de papéis. É melhor que a gente se entenda, ou não fico um só minuto aqui." Eu esperava. A promessa do seu corpo, dela na cama sob mim, gritando como fazia sempre. Foi à noite. Quando cheguei, Lúcia lia uma peça. Sentei-me ao seu lado, beijei seus ombros. Ela tirou a roupa. Seu corpo bonito, enxuto, moreno. E a vontade de que ela viesse imediatamente para a cama subiu enorme. Ela me empurrou, "espere um pouco, acabo já isto aqui". Não a trouxe aqui para ficar olhando. Ela terminou e se aproximou com um sorriso. Encostei meu rosto em suas pernas nuas. Sentia que este desejo nunca mais iria se acabar.

Lúcia passou os dias, os três primeiros, ensaiando sem parar. E à noite estava demasiado cansada para qualquer coisa. Na primeira semana, nos encontramos na cama uma vez. Friamente. Toda a vontade que eu tinha dela ficava estrangulada, não saía. Por duas vezes cheguei a pensar que tinha ficado impotente. Trouxe livros de sacanagem para casa, a fim de me animar. Pensava em Sandra, e como ela era quente e sabia tanta coisa. Lúcia ria e virava-se para o lado, a ler suas peças. Passou-se um mês. Desisti de apanhá-la à porta do teatro. Múcio indagava o que acontecia. "Não é nada. Essa é uma chata." "Não é. Apenas é diferente das outras." Todavia, eu continuava a achá-la chata. Não era a mesma dos primeiros dias. Ria das coisas que eu dizia, que pensava. Deixei de conversar. "Que diabo trazer esta menina pra cá. Não dá certo, por que insisto?" Recordava Sandra, seu jeitinho, como cuidava de mim. Lúcia foi-se embora na primeira briga, por causa das pilhas de livros. Uma fresca. De marca maior. Respirei aliviado. E queria Sandra cada vez mais. Com a sua boneca, suas chupetas. À noite, passava a mão no travesseiro, imaginava que ela estava ainda na boate, viria mais tarde; e acordava pela manhã, a cama vazia. A poeira se acumulando no chão, os ladrilhos do banheiro se cobrindo com fina camada de lodo preto, a pia encardida. E o café, os erros, os discos que ela tocava o dia todo. Procurei-a no Teco's diversas vezes. Suas amigas lhe davam recados; diziam que ela os recebia e não comentava. Um dia, esperei. Sandra chegou; apenas me olhou. Entrou. Fui atrás. Sentei-me ao seu lado. O olhar duro e mortiço caiu sobre mim. "O que o senhor quer, cavalheiro?" Tentei sorrir, gozar a frase. "Falar com você. Volte." O olhar era o mesmo. "Vai tomar alguma coisa? Não pode ficar sentado aí sem beber nada." Chamou o garçom, pediu um *cherry* e para mim uísque. "Faça uma despesa. Quer sair comigo? Sabe as bases agora? Não sou a mesma, saí no jornal, tou famosa. Minha cotação no mercado subiu." Levantei-me. Saí. Fiquei rondando, rondando. Entrei mais duas vezes no Teco's; ela desaparecera. Na outra semana, apareci todas as noites. Ela somente me cumprimentava.

Uma tarde eu a vi entrando num táxi. E foi como nos filmes policiais, meu táxi seguindo o dela. Pela avenida Rio Branco. Logo depois do Palácio do Governo virou à direita. Ultrapassei seu carro que tinha parado no meio da quadra, desci na esquina. Saí rápido e voltei a pé. Ela esperava com certa impaciência o troco. Recebeu e começou a atravessar a calçada. A rua estava vazia, o táxi partira. Apressei o passo, Sandra me viu. Parou no primeiro degrau de uma escada que conduzia a uma velha, mas conservada casa. Uma luz morta e o verde cinza de gravuras envelhecidas. Ela imóvel, a mão esquerda no corrimão, a direita solta à frente, segurando a bolsa. O rosto firme, os olhos erguidos, olhando para a frente, como que atentos a uma objetiva fotográfica. A franja que lhe caía sobre a testa se abrira e os cabelos estavam separados para os lados. A escada era de ferro batido e madeira e, junto ao corrimão, atrás dela, trepadeiras verdes subiam pelo ferro. Por trás, de um poste, vinha a luz branca de uma lâmpada, a primeira a se acender no início da noite. A lâmpada se destacava de todo o fundo verde esmaecido de árvores e vegetação. O poste: roliço, cheio de florões esculpidos no ferro que subiam e se enroscavam até alcançar o topo. E a luz aumentava de intensidade. Sandra me olhou. Alguns segundos.

— Onde você vai? — perguntei.

— Aqui.

— Sei que é aqui. E o que é aqui?

— Uma casa.

— Estou vendo. De quem?

— Do dono.

— Não me responda assim. O que você vai fazer?

— O qu'cê acha?

— Não acho nada. O que é?

— Ora, cavalheiro, o que posso fazer? Às seis da tarde entrando numa casa que num é minha?

— Programa?

— E dos bons. Por isso, num me atrasa a vida.

— Por que não vem embora? Comigo.

— Contigo? Ir embora?

— Falo sério, vem.

— O que vem? O que está pensando? Que é chegar e dizer: vem, que me atiro em teus braço?

— Não quero que se atire em meus braços. Apenas que venha conversar.

— Conversar. Qué esperar? Depois do programa eu talvez converse. Fica aí, cê sabe, meus programinhas são rápidos.

— ?...

— E cê reparou uma coisa. Uma coisa que sempre me ensinou. Viu como estou dizendo programa, direitinho? Viu?

— Vi.

— E não diz nada?

— Meus cumprimentos pelo progresso. Mas, chega de besteirinha. Vem comigo.

— É uma ordem, ou pedido?

— Pedido.

— Se fosse ordem, eu ia. Cê perdeu a autoridade.

— Por que não fala a sério?

— Só posso levar na gozação. Tiau. Tenho hora marcada.

Avancei um passo. Ela ameaçou subir os três degraus restantes. E no momento em que se moveu, mudou a expressão. Agora eu sentia o olhar vago e mortiço. Começava a vê-la mal, a sombra descia cada vez mais, ela se recortava contra o poste. Imóvel.

— Vai embora.

— Não vou.

— Então fica.

— Vem aqui.

— Num adianta mais. Pode vim louco babando que num adianta. Acabou.

— Não quer conversar? Cinco minutos?

— Depois do programa.

— Por que finge? Sei que não é nada disso.

— Estou dura, cavalheiro, e preciso de dinheiro. Tiau.

— Espera.

— Num entendo. Você mesmo disse um dia: comigo é assim, acabou, acabou de vez por todas. Estamos terminados. Num adianta forçar a barra.

Dei dois passos à frente, ela correu, abriu a porta, entrou. Olhei. A porta tinha uma cortina leve, ela seguia por um corredor. Restou aqui fora a rua deserta, uma estranha avenida dos Campos Elísios, onde eu jamais passara. Rua de casas apodrecendo, amarelas, algumas com letreiro e tabuletas, "aluga-se", "pensão familiar", "quartos para senhoritas". Enormes, imponentes, outrora; mansões; pardieiros de torrinhas, largas varandas, grades rendilhadas e trabalhadas, altos portões. E árvores e jardins devastados, cheios de lixo, mato, ervas daninhas, plantas secas, mirradas, roupas dependuradas em varais. Alpendres compridos, cheios de vasos semiquebrados, latas de querosene com folhagens plantadas; folhas, plantinhas, parasitas. E uma velha gorda, de cabelos cor de mel, sujos, os lábios pintados num vermelho que secara e rachara, regava as plantas com uma panela amassada de alumínio. Um rádio ligado, voz monótona rezando o terço; bater de pratos e panelas, cheiro de comida. E o silêncio envolvendo a cidade. Fui andando, dando voltas e mais voltas no quarteirão, passando sempre frente à casa em que Sandra entrara. A noite caiu de vez, em frente ao Palácio do Governo a guarda era trocada, as luzes acesas, um movimento incessante. Parado. Frente à casa, olhando-a. Escura, nenhuma luz fora acesa. Tentei olhar pelos lados, ver o fundo. Nada. Passaram alguns carros e depois outra vez calma. Talvez Sandra tivesse saído enquanto eu dava uma volta. Mas eu veria, ela iria andar, buscar um carro, eu encontraria. Bateram nove horas na torre do Coração de Jesus. A casa escura, fechada.

Até que um sábado, de muita chuva e pouco movimento, eu, sentado no sofá comprido que corria em toda extensão da parede do Teco's, bebia Cointreau tranquilamente, pensando em tanta coisa que ali começara. E vi, à minha frente, Vicke e Ademar.

— Andamo de campana pra te achar.

— Eu?

— É, meu chapa.

Eu quieto, sem saber o que eles queriam, receoso dos dois, que sorriam ironicamente.

— Olha, chapa. A mulher tua tá marruda que não é moleza, não.

— Que mulher?

— Sandra.

— Sandra?

— Cupincha nossa. Tá de moringa quente contigo. Pediu até que a gente te desse biaba.

Me encolhi na cadeira; se não conhecesse os dois não teria tanto medo. Eles batem pra valer.

— Tá com panca de marra, meu chapa? Por quê?

— Eu não. Que nada. Pra que é que vocês me procuravam?

— Pra te entregar um paco.

— Paco?

— Não paco pacau. Um legal.

Ademar tirou a boneca do bolso. Sandra. A menina loirinha ajoelhada. Ele apertava e ela assobiava. Colocou-a sobre a mesa.

— Manera agora, tá? Num se faz de escamoso, não, e leva o brinco.

Vicke acrescentou:

— Tinha mais, nego. O recado.

— Isto, chapa. É pru'cê falar com a boneca, quando tiver bronqueado, ou triste. Atocha a fala aí que a Sandra disse: a boneca é legal na tua fala!

98

Ademar deu um murro esmagando Sandra na mesa. Houve um agoniado e prolongado assobio. Em seguida, a borracha se distendeu, voltando ao normal. Ergui-me, cuidadosamente; apavorado; se Ademar me desse um murro, me achatava todinho ali mesmo. Peguei a boneca.

CAMILA NUMA SEMANA

ao som de Nara Leão

Camila aconteceu, ao voltar da aula de italiano, uma tarde. Sentou-se ao lado de Múcio, à minha frente, atirando os livros para uma cadeira. O bar estava cheio, fazia calor e todo mundo bebia cerveja e chope. Os copos suavam e a bebida gelada dava uma sensação de frescor. Camila usava o cabelo curto, cortado rente, e por ser loirinha e ter olhos claros, me lembrei de Jean Seberg em *Acossado*. Ela pediu caju. Bebia o suco e olhava concentradamente o canudo, de modo a ficar vesguinha. Numa tirada foi até ao fim. Múcio apanhou um dos livros, sociologia, do Mannheim, e folheava, cheirando as páginas. Quando ouviu o glu-glu na ponta do canudinho, Camila ergueu a cabeça. Percorreu a mesa e o bar com os olhos apertadinhos, depois fez pfuuuu com a boca. Fixou-se em mim, enquanto eu sentia uma pulsação rápida, contente pelo olhar. Ainda azul e frio. Múcio disse meu nome. "Conheço. Já te li uma vez", disse ela. Ergueu a mão direita, exclamando: "oi". Passou a conversar com Múcio e meus dedos gelaram de tanto rodar o copo. Camila me olhava. Me deu uma contração na barriga. Sempre dá, nessas horas. Desviava e me voltava, sabendo o momento exato em que seus olhos viriam de Múcio para mim. Ela fazia biquinho, apertando os lábios, e virava os olhos, fixando a ponta do nariz. Na terceira vez, virei também, fiquei totalmente vesgo, me deu uma dor no canto esquerdo. "Tem fita do Ingmar Bergman no Normandie. A gente pode pegar a primeira sessão da noite." Acendiam as luzes, os carros vinham com faróis rompendo o início de penumbra, fomos a pé, dando encontrões. Custou a atravessar a São João, Camila andava sem olhar, derrubou a pasta de um homem de bigodinho fino e narigão, que ficou resmungando, enquanto ela continuava, sem olhar para trás. "Acho um cocô esta hora, não dá nem para se andar. Por que essa gente tem de sair justo agora do serviço? Essa hora é tão boa e é pena esperdiçar com eles, nem enxergam." Virou-se, rápida, o biquinho formado, "vai passar a mão na tua mãe, japonês". Faltavam vinte minutos para começar a sessão, o porteiro olhou demorado a minha permanente, ao nos ver cortar a fila que era grande. Anotou o número e continuou a me olhar, desconfiado. Quando se virou, uni o polegar ao indicador, em círculo, e mandei-o tomar. Camila riu. Ela ficou sentada entre nós, voltando-se para mim e fazendo com a cabeça um sinal de "viu só?", enquanto Múcio falava, explicando por que não gostava de Ingmar Bergman. Quando o filme começou, Camila se inclinou para o meu lado. O suficiente para que nossos braços se roçassem disputando o encosto. O cotovelo escorregava, eu perdia o equilíbrio. Quando toquei sua mão, ela retirou-a; e sorriu. Nesse momento senti. Vontade. Enorme, a me tomar e a me deixar intranquilo na poltrona. Camila tinha gestos nervosos acompanhando a fita. "Parece macaquinha", eu disse. Fazia uma série de movimentos bruscos, seguidos de calma, para retomar o nervosismo. Depois abandonava o filme e me olhava. Eu também. Tanto que, a certa altura, ficava tudo embaralhado pela fixação e o não piscar. "Olha a tela, senão o que vai dizer depois na tua coluna?" Empurrou meu rosto com o dedo e depois enfiou o dedo no meu ouvido, fazendo cócegas. Estremeci. Afinal quem escreve sobre cinema deve ter uma vaga ideia do que está se passando. Mas eu não me incomodava um pingo com o Bergman e sua virgem violentada. E no final, misturados à gente que saía, ela procurou minha mão e fomos até a porta, seguros pelos dedos. Ela franziu o nariz e vi então que era mesmo muito engraçadinha. Senti tristeza. Da impossibilidade de não tê-la naquela mesma noite. Eu queria, e podia ter certeza que ela também. E ia pensando. Desejo é isso, é o que se quer na hora, não se pode adiar. Amor precisa ser feito no instante que se sentiu a mulher: cheiro, o jeito de ser, a vontade que se desprende. Porque a gente está preparado e aquilo está entre as pernas da gente. Quando entramos no táxi e Camila ficou colada em mim, percebi. Também ela queria. Quando se descobre alguém querendo a gente, é uma festa. E tudo participa. A gente passa a contar. Múcio me deu um beliscão, quando Camila se inclinou para pagar ao motorista. "Paga aí!" Ele não tinha dinheiro. "Deixe, que não vou ficar, preciso voltar." "Te esperamos, vê se vem, tá?" Franziu o nariz, bem gostosinho. Ficaram na Cantina Roma. O jornal estava confuso e agitado, o pessoal se espalhava pela redação. Assim era nos últimos dias e havia um ar de satisfação. Falavam em golpe da esquerda e na preparação que se fazia. Tinha sido anunciado um grande comício no Rio de Janeiro, quando as refinarias seriam encampadas e a reforma agrária assinada. Camila devia estar começando a comer, segurando o garfo com aqueles dedos finos. Olhei os meus. Os que ela tinha pego no cinema. "Não lavo mais as mãos." Tive um amigo que fez assim durante uma semana e terminou com as unhas sujas. Duda, ao meu lado, dizia: "olha! eu acho que está começando um grande tempo para nós".

Capoeira que é bom,
não cai;
se um dia ele cai,
cai bem

Acelero o passo. O velho, sentado na cadeira do engraxate, lê o grossíssimo jornal dominical. "Será que devo ir de sapato engraxado?" Moedas de todos os tipos e países; notas antigas de quinhentos réis, cinco mil-réis, quinhentos mil-réis; e os pedacinhos de papel coloridos manchando as pequenas mesas e sendo examinados atentamente. A praça da República está cheia de gente encapotada. Moços que consultam catálogos de selos; e velhos a discutir valor, munidos de lente e pinça. Dezenas de bancas se espalham pelo miolo da praça, junto às pontes sobre os lagos. Ali trocam, vendem, compram, mostram peças raras, procuram, abrem amizades; até meio-dia, mais ou menos. Encontro Camila na porta do prédio.

— Você é a única do mundo que marca encontro às 7 da manhã!

— E daí?

— Daí nada!

— Se está achando ruim, pode voltar e dormir.

Franziu o nariz e me estendeu a mão.

— Não. Até que é gozado. Mas o que a gente vai fazer?

— Andar por aí.

Me olha.

— Não trouxe malha, nem nada? Não tem frio?

— Nem um pingo. Mais tarde esquenta, você vai ver. É sempre assim pela manhã.

Achamos um bar na Major Sertório com mesas na calçada. Ainda estão fazendo café e nem abriram direito.

— Não é mais gostoso? Acho uma delícia andar assim. E com você então, puxa! Viu? A gente nem disse nada, de lá até aqui. Não é bom assim? Parece que a cidade é só da gente. Um dia saí a pé e fui até o Fasano de Santo Amaro. Só tinha eu. Mas, sabe, eu tive medo que você não voltasse pra casa, hoje. Ou voltasse tarde e não ligasse pro meu bilhete.

Encontrei debaixo da porta, às três e meia. "Não se esqueça! Venha me buscar às sete. Não se esqueça. Te espero na porta. Camila." Ficou louca, pensei. Nunca vou conseguir acordar essa hora. Coloquei o despertador. Camila tem a mania de bilhetes e cartas. E das palavras. Uns dias depois de termos nos conhecido recebi o primeiro.

"Não quero te ver mais. Você me faz mal e não me leva a sério. Está sempre com um ar gozador. Quer dar a impressão de que está sempre por cima. Não me procure. Me procurar é bobagem. Não saio mais com você."

Joguei o bilhete na panela maior, uma de ferro fundido, dessas que no interior usam para cozinhar feijão. Tenho três pelo chão. A maior é para bilhetes e cartas das meninas. As outras duas: uma para correspondência de amigos e outra para lixo. Às vezes, quando estão cheias, mando tudo para baixo, pelo tubo do incinerador; as coisas morrem ali. Múcio me disse que o primeiro indício de que Camila está apaixonada são as cartas. Bilhetes, cartas que manda entregar, põe no correio, ou deixa debaixo da porta. Algumas compridas, onde retrata seu dia, ou se abre, quando está na fossa. Outras vezes, apenas duas ou três linhas. Ou uma frase só. Como a que veio depois do primeiro bilhete:

"Esquece o que disse. Saio sim!"

Envia as histórias que escreve, os artigos que pretende publicar no jornal da faculdade, uma merdinha muito malfeita. Quer que eu dê opinião. Depois, frente a frente, quando tento discutir, ela sacode a cabeça e diz não, se quiser, devo escrever resposta. Três dias atrás recebi uma história que tinha a primeira frase boa: "era uma vez um elefante pederasta". Depois se perdia, não sabia como acabar.

Quando achei o bilhete ontem, não pensava vir. Lembrava-me que à tarde tínhamos ido à Iara, na Augusta. Ela estava só com o vestido por cima do corpo. Vestido e calcinha, disse, piscando o olho e fazendo um não com o

105

indicador esquerdo. Tentei beijá-la. Ela se virou, rápida, para o outro lado. Depois:

— Vai me buscar amanhã, bem cedo.

— Cedo? Que horas?

— Sete. Tá bom?

— Sete? Isso é hora de ir dormir!

— Ora, não faz pose. Você dorme uma vez por ano às sete da manhã.

— É o que você pensa!

— Que conversa boba. Hoje estamos de veneta. Bem que disse no bilhete. Vamos parar de nos ver.

— Não muda de assunto. Amanhã às sete.

Pela facilidade com que pulei da cama, achei que devia estar gostando dela. Um sol frio e somente eu a atravessar a rua em direção à praça da República.

> *quem diz muito que vai,*
> *não vai,*
> *E assim como não vai,*
> *não vem*

— Você gosta de Nara?

— Bacaninha ela.

— Bonita?

— Nunca vi. Só de fotografia. Acho ela bonita.

— Eu não!

— Faz uma coisa que sempre faço. Põe o disco e fica olhando uma fotografia. Tem aí O *Cruzeiro* com uma reportagem. Vê como ela fica alinhada!

— Alinhada? Que gíria mais 45! Me diz: você gosta de bossa?

— De alguns caras. Tem muito cara enganando. Mas gosto.

— Por quê?

Ela pergunta e vai folheando O *Cruzeiro,* deixou o disco rolando no "Maria Moita". Encontra as fotos de Nara e deixa aberta a revista sobre a cama.

106

— Você tem atração por ela?

— Tenho. Uma menina que canta assim é bacaninha.

— Ela canta mal.

— Pra quem não presta atenção. Você ouve duas vezes e gosta, depois vai gostando mais e mais.

— E a bossa? Você não falou da bossa.

— Eu acho que daqui a alguns anos vão falar da era da bossa, como falaram da era do *jazz*. E a gente está vivendo essa era.

— Só que não tem Scott Fitzgerald.

— Eu gostava de ser. Um dia vou escrever.

— Um dia? Por que não começa logo?

— Estou pensando.

— Não pensa. Escreve. Que o tempo está passando e daqui a pouco acabou.

Ela põe "Maria Moita" de novo, fica estendida na cama para o lado da vitrola. Olho Camila, quieta.

— O que deu em você?

— Nada. O que é?

— Tanto fricote. No fim, a gente veio parar onde os dois queriam.

— Acha que tem de ser de cara?

— Bem, mas não precisa levar uma semana, não?

— Sabe, uma semana até que é pouco. Tem menina por aí que leva anos. Tem outras que só casando.

— E como se aguentam? Isso é que fico pensando, às vezes. Acho que não existem.

— Vai pensando! De repente, você topa na pedra e quebra o dedo.

— Se existem, é um grupo reduzido. Devem estar numa reserva. Como índio nos Estados Unidos. Uma reserva para as virgens.

— Me diz uma coisa. Com que espécie de gente você anda? Com quem convive?

— Ora, a mesma gente que você.

— Não sei, não. Não parece. Não é o tipo de gente que me cerca.

— Não? Eu sou o tipo que te trouxe pra cama. E agora?

— Agora nada. Por quê? Acha que estou arrependida? E vai ficar orgulhoso?

— Sei lá! Você é esquisita, sabe?

— Esquisita porque não vim dormir contigo no primeiro dia?

— Não. Não te convidei no primeiro dia.

— Se tivesse me convidado, na primeira noite, aquela do cinema, eu teria vindo. Mas você fez bobagem dando cara de sério. Principalmente mandando rosas vermelhas no dia seguinte.

— Mas, você gostou, não gostou? Foi um gesto bacana.

— Bacana? Detesto rosas vermelhas. Tenho horror! Ainda mais essas de floricultura. Deitadinhas na caixa de plástico transparente. Como se fossem cadáveres. É a impressão que tenho cada vez que recebo rosas vermelhas. Defunto no caixão...

— Você é mórbida!

— Mórbida nada. É que tem coisas ridículas mesmo!

Camila estende-se sobre o lençol azul e o sol cai sobre seu corpo. Em tal intensidade que não há um único ponto de sombra. Ao nos deitarmos, ela disse:

— Levanta a persiana.

— Mas vão ver a gente, dos outros prédios.

— Eu não me incomodo. Deixa o sol entrar.

A persiana subiu e a claridade veio com violência. A cidade quieta debaixo do mormaço. E o corpo de Camila, descoberto. Brilhando os seus cabelos, os dentes, os olhos e a leve penugem loira que cobria suas coxas. E me pertencia. Existia, debaixo da luz. "Quero que você me faça tudo. Tudo o que souber", pediu. Tudo. A esta altura não há mais nada a fazer. "Você seria capaz de se deitar comigo, agora, lá embaixo, no meio da praça, com o povo olhando?" A forma de seus lábios, a brancura dos dentes, a sua pombinha carnuda e macia me excitam. "Não. Ninguém faz isso. Não é possível." "Não, mas a gente podia tentar. Só de pensar fico molhadinha. Quer tentar comigo?" Então quer mais. Suavemente. "Enquanto o sol estiver, ficamos aqui." Chega um instante em que peço para vir a noite, surgir uma sombra, uma nuvem correr, tapar o sol, cobrir tudo, chover talvez. Mas o céu é limpo.

eu chorei;
perdi a paz;
Mas o que eu sei é que ninguém nunca teve mais;
mais do que eu.

"Chega de Juão", disse Camila uma noite, "chega de ver frescuras." E surgimos no Lancaster, onde há meses eu não aparecia. Os Clevers tocavam alucinadamente *twist*, hully gully e chá-chá-chá e tudo era abafado e barulhento. Barulho que me agradava. Comecei a dançar, até que Camila me puxou para a mesa. "Quem dança *twist* tem bunda alegre e cara triste." Encostou o joelho no meu, ficou sacudindo as mãos. "Você nunca tinha me trazido aqui. É gozadinho. Agora a gente vem sempre?" Não havia movimento essa noite e o Lancaster era bom assim, vazio, a gente podendo dançar, ou ouvir os berros desesperados do sax que colocava "Olhos Negros" em ritmo de *twist*. Então Cláudio Fossinha — porque vivia sempre deprimido — apareceu à minha frente: "Pensei que não ia te achar. Me mandaram te procurar lá no jornal. Passei aqui pra tomar algum antes de enfrentar a noite e depois ia dizer que não tinha te encontrado. Você vai viajar."

"Para Curitiba", disse o secretário, estendendo um maço de dinheiro trocado, apanhado na distribuição. "Se precisar mais, telegrafa. Mas eles vão pagar tudo: Rui está arrumando a máquina e os filmes. Você pode rachar com o pessoal nessa reportagem. Só vai você, mais nenhum outro jornal. É tua chance, velhinho. Você andava encostado!"

Contrabando de café no Paraná. "Um negócio bacana", disse Camila, "e eu gostava de ir junto". "E por que não vem?" "Ué, se for por mim. E como a gente faz?" "Olha, eu te dou algum dinheiro, você vai, pega um hotel. Amanhã, ou depois. Eu dou um jeito de ficar em Curitiba, acerto com o Rui, ele vai sozinho com os caras da fiscalização, depois me traz os dados. Todas as noites, às dez horas, vou para a confeitaria Iguaçu e fico te esperando. Tá?"

Na perua tinha um inspetor de alfândega, dois agentes da fiscalização do Ministério da Fazenda, um tipo que não cheguei a saber o que fazia e o chofer que não disse palavra no trajeto. Eu não gosto de conversar em viagem e o inspetor me relatava seus vinte e sete anos de funcionalismo. A cada três frases apertava as mãos e estalava as juntas dos dedos. O homem não tinha sono. A BR-2 corria debaixo de nós. Rui encostara a cabeça ao vidro, os agentes tinham os olhos fechados e o indefinido dormia com a mão dentro do paletó, como se fosse sacar a arma. Todos tinham arma. Até Rui, que gosta muito deste gênero de reportagem.

Curitiba. Eles subiram para os quartos, fiquei embaixo, numa cadeira de palhinha. O hall era de ladrilhos vermelhos com gregas. Eu não queria dormir. Ouvia os apitos e vagões fazendo manobras, barulho de engates. Pensei em Camila. E era uma coisa alegre pensar nela.

Duas noites depois, na Iguaçu me aproximei da mesa. Ao beijar, ela me mordeu a ponta do lábio. O garçom olhava. Ela colocou o dedo na testa e girou, depois apontou para seu peito: "sou meio maluca". O garçom virou as costas. "Sustenta a tua menininha que ela ficou dura." Pediu um sanduíche e um guaraná. "Já andei por aí. Chatinho este lugar, não é? E o fotógrafo? Foi sozinho?" Foi. Eu trabalhava com o Rui há muito tempo. No início fizéramos dupla. E o prêmio semanal de reportagem foi nosso tanto tempo que nos colocaram fora de série. Em seguida, peguei a crítica de cinema e a secretaria. Finalmente tinha meu espaço fixo. O que não me contentou quanto eu esperava. "Descobri hoje uma coisa engraçada. Estou nervoso." Camila encheu a bochecha de ar, fechou um olho. "Nervoso?" Voltou ao normal. "An, an! faz tanto tempo que não saio para reportagem que estou sentindo dor de barriga! Assim era, quando comecei. Saía para a rua e ficava nervoso por qualquer bobagenzinha. Depois, aquela tensão, que até era agradável, desapareceu. Voltou agora. Até que gosto. Ficar sentado dentro daquele jornal não é vida para mim." E ela: "pois eu te digo uma coisa. Gostava de ter ido com o pessoal. Pensou? Trabalho mais bacana? Investigação, tiros, briga, corridas, perseguições, os navios sendo carregados à noite com o café, a chegada da polícia, metralhadoras? Você foi bobo em ficar". Com o polegar e o indicador formara um revólver e atirava. "Isso é muita fita que você anda assistindo." "Fita nada. Eu gostava de ser bandida. Ou que você fosse o bandido e eu a tua garota. Garota não! A tua zinha, como eles dizem nas legendas dos filmes! Polícia não gosto de ser. Tenho uma raiva danada de polícia!"

Enquanto caminhávamos para o hotel, ela ia para o canto das esquinas, olhava cuidadosamente, atravessava a rua correndo e me mandando esperar. Diante das portas andava pé ante pé; escondia-se atrás das árvores. No meio de um quarteirão escuro, me salvou de três tipos suspeitos, provocando verdadeira fuzilaria. Entrou no hotel, tirou os sapatos, o porteiro não estava no balcão, ela apanhou a chave e me fez subir em silêncio ao quarto, onde fizemos amor com a luz acesa.

Os garçons corriam das mesas ao balcão. As meninas tomavam sorvetes, e os rapazes, à sua frente, sacudiam a cabeça. Todas as noites nos sentávamos ali e todas as noites era igual. Ventiladores enormes zumbiam nos cantos.

— A gente vai ficar muito tempo aqui?

— Não depende de mim. Tenho que esperar o fotógrafo.

— E ele demora?

— Sei tanto quanto você. Já se foram há mais de uma semana.

— E nós mofamos aqui!

— Mas está bom, não? Longe de São Paulo. A gente sozinho. O lugar é sossegado.

— Bom. O que adianta estar bom? Estamos perdendo tempo.

Sobraram no prato as pontas do pão, o resto do sorvete derreteu-se em torno do figo em calda. Camila parou de atirar caroços de azeitonas no rapaz à frente e se abanava com o cardápio. Tinha pingos de suor embaixo dos olhos. Nas vitrinas iluminadas, nas cadeiras e garrafas, percebia-se uma camada vermelha. "Mais nada?" O garçom esperava e o guardanapo no braço tinha a tonalidade da poeira. "Não. Traz a nota."

— Vamos andar, sentar aí na praça, ao menos deve estar menos abafado.

Camila começou a andar com as pontas dos pés enfiadas para dentro. Em volta de nós o povo parecia caminhar com solas de borracha e era como se estivéssemos do outro lado de um vidro, vendo-os se moverem. De uma janela desceu o som de um *twist* em italiano, Camila se remexeu no ritmo, percebeu os rostos se voltando, murmurou: "viados, todos viados".

Na praça, os jatos do chafariz, às vezes, perdiam a rigidez e oscilavam, a noite refrescava-se um instante, os moços abriam a camisa. Num banco, uma velha abrira as pernas e com um cartão empurrava o ar para dentro, enquanto tinha os olhos fechados. Atravessamos entre casais de namorados, velhos, garotos de terno preto com os sapatos sujos de poeira, olhando os bustos de bronze que coalhavam canteiros e as palmeiras recortadas no fundo da noite.

As palmeiras altas, imóveis. O povo aumentava na praça, que era o lugar mais fresco. A velha parara de se abanar com o cartão, mas continuava de olhos fechados. Camila não quis sentar-se ao seu lado.

— Vamos praquela rua. Não consigo ficar parada!

Então, o padre surgiu, correndo. Com a faca na mão. Uma faca de cozinha, enorme. E atrás do padre, a uma distância de vinte metros, vinham os moços. Ofegantes, num acelerado desordenado. "Matemos um comunista por dia", gritavam os da retaguarda, no ritmo sincopado das vozes em uníssono que rezam "Hora Santa" na igreja. "Não sei o que é, mas vai dar bolo em algum lugar. Vem." Camila corria ao meu lado, na calçada oposta. Na segunda esquina um novo grupo parecia estar à espera e uniu-se. Eram, agora, quatro padres. O terceiro grupo, comandado por um sacerdote manco, trazia paus e cartazes. "Está chegando a hora de acabar com as patifarias vermelhas", dizia uma legenda em azul e vermelho. "A ação dos colégios particulares é justa, nobre e patriota." "Estudantes querem desmoralizar o ensino." "Ensino público é corrupção!" Faixas escritas em algodãozinho. Surgiam agora das esquinas, portas, becos, árvores. Tomaram a rua e os dois passeios. Já não se entendia as frases gritadas. À frente, formando uma coluna negra e compacta, os padres. A multidão nos rodeava e não havia meio de recuar, se quiséssemos. Dois garotos conversavam com Camila, mas eu não podia ouvir nada, queria me apressar para ver os padres, seus rostos carregados de ódio. Como se deles, fosse para onde fossem, dependesse a salvação do mundo. O manco era feroz e saltava tão rapidamente com a perna mais curta que perdia o equilíbrio, ameaçava cair para a frente, se recompunha, saltava de novo, perdia o equilíbrio. O rosto carregado de pelancas deixava apenas os olhos saltados. Ao seu lado ia um moço de óculos, cabelo à escovinha, olhar assustado, com as mãos erguidas e a desmunhecá-las graciosamente quando pretendia estimular a turba. Camila se apoiou ao meu braço. "Essa era a marcha pela manutenção da escola particular.

Já tinha acabado, mas eles se uniram de novo por qualquer coisa. Os padres denfendem a mamata deles!"

Súbito, estacaram. Morreram os gritos, os passos, e no ar quente da noite ouvia-se respirações arquejantes. Um instante apenas. Porque de uma série de alto-falantes veio voz firme, levemente nasalada.

"Pois o tempo dos privilégios de alguns e as regalias de certa classe estão chegando ao fim. A escola pública é a única forma de alfabetizar o povo. Mas, esses que do público dizem defender o povo são os primeiros a organizar marchas, movimentos, concentrações, para que a escola seja mais cara! Portanto proibida ao povo! Nem violência, nem nada vão atemorizar os estudantes."

Estudantes foi a última palavra. Por que um guincho se elevou da coluna de padres. Nem grito, exclamação, berro. Foi um ganido. O padre manco saltava espumando. O da faca unira as mãos em prece e abaixara a cabeça, conservando a lâmina da arma presa entre as palmas. O delicado se ajoelhara e escondera o rosto. Nos outros que formavam massa preta e sem rosto, não se percebia senão aquele som, logo dominado pelo alarido dos estudantes.

— Chega de servir os vermelhos!

O grupo do comício se voltara rapidamente e encarava o ajuntamento. Como numa cerimônia litúrgica, os padres se adiantaram e inclinaram a cabeça. Avançaram em passos iguais e rápidos, enquanto os do comício recuaram. Sem saber se deviam conter o ataque clerical e sem mesmo erguer as mãos para bater, pois era estranho o rival pela frente. Se afastaram até ficarem comprimidos contra o palanque, sem saídas. Aí, viram a faca. Tomaram a decisão. Abriu-se um claro ao redor do padre que a manejava. Sem saber manobrá-la, o próprio padre mostrava-se surpreso e a erguia, desajeitado. Mas, pronto! Ao seu redor, reuniram-se estudantes com os cabos que tinham sustentado as faixas, agora em pedaços pelo chão. Isto, em menos de segundos.

Formou-se um amontoado de gente a se socar; e pedras voavam; e garotos subiam nos postes e árvores a arrebentar fios; e princípio de fogo no palanque. A massa comandada pelos padres cercou os do comício. E surrava. O padre manco estendeu-se no chão umas três vezes, depois se encostou a um poste e gritava: "Por Cristo deemm-lhesss, o que merrrecem estes verrrmelhas!" Eu puxava Camila para junto de uma porta e a conduzia para fora do miolo da briga. Hesitação, quando apareceu a polícia. Os socos se imobilizaram, os cacetes desceram, as mãos largaram as pedras, enquanto os policiais marchavam. Esperavam. Os dois grupos. A adesão. Adiantaram-se os padres; o da faca, sem a faca, escondida ou perdida. Os policiais se abriram em fila, lado a lado, e marcharam sobre os do comício que recuaram e, em seguida, correram e se enfiaram pelas esquinas e portas e saltando muros. Restou a multidão curiosa, misturada à turba da marcha. Os padres estavam rodeados por garotos e sorriam, colocando mãos paternais nas cabeças dos meninos.

No hotel, pedi ligação para o jornal. O dia começava quando consegui passar a notícia.

Rui voltou após uma semana:

— Foi uma merda! Esses caras estão arreglados. Fiquei o tempo todo em Paranaguá sem fazer nada. O pessoal passava de um escritório pro outro. Iam pra delegacia. Ficavam no bar do hotel jogando sinuca. Que tinha coisa, tinha. Porque eu via eles mexendo com uma papelada dos diabos. Uma hora lá, um que era o mais legal deu um pulo. A gente estava numa comissaria de café. Remexeram tudo, depois se trancaram numa sala. De noite, fomos num porto particular para ver um embarque clandestino. Eles sabiam que era clandestino, que estavam metendo a mão, que era uma negociata dos diabos. Só dois cabras reclamaram, mas ficou por isso. Tudo muito esquisito. Esse negócio não cheira bem. Você não acha que a gente deve investigar sozinho?

— Eu não. Por quê?

— Porque tenho uns dados.

— A gente levava um ano, não conseguia nada.

— Vamos meter os peito. Pode ser que dê.

— Pode ser. E depois? Se der?

— A gente estoura.

— Ficou bobo? Totalmente. Não vamos estourar nada!

— Vamos tentar.

— Eu não.

— Eu já sei. É essa menina!

— Que menina, que nada. É que eu sei, Rui. Estou no jornal há bastante tempo, pra saber. Não sai nada.

— Bom, mas a gente faz. Se não sai, não temos nada com isso.

— Sete anos naquela porcaria e ainda acredita nela. O jornal te perturbou.

— Tá bom, velhinho. É pena. Você não é mais tão bacana assim. Não é como a gente fazia antigamente, quando chegava a dormir na mesa da redação durante as greves.

— O que posso fazer? Não estou mais pra me chatear.

— Tá bom, tá bom. Agora, a gente vai pra Belo Horizonte.

— Fazer o quê?

— Continuar.

— Já me enchi dessa besteira. Mesmo sem ir pra lugar nenhum. Vai você pra Minas.

Deixamos Curitiba num cargueiro da FAB. Em Belo Horizonte não vimos o tempo, encerrados quietamente num quarto de sexto andar, diante de uma praça monótona. Dormíamos a manhã toda, à tarde ficávamos estendidos na cama, deixando o sol bater na gente. A pele de Camila era branca. E repetíamos. Até que a tarde caía e o silêncio enorme dominava a cidade. Íamos todas as noites a um cineminha poeira, sempre com pouca gente, a não ser no sábado, quando um bando de garotos lotou tudo, gritou, bateu pés e assobiou com o *far-west* e o seriado. Foi no domingo, pelas quatro horas. Rui chegara, nada tinha conseguido, estava preocupado com a matéria para o jornal. Até aquela hora eu mal reparara nas faixas de algodãozinho ordinário. Rui perguntou o que eram. Olhei para baixo. Eram dezenas, como se tivessem nascido nas árvores. O povo chegava e ia rodeando o palanque. Mais e mais gente. Rui apanhou a máquina. "Vou ver o que é isso, talvez dê alguma coisa, pra não dizerem que a gente está fazendo nada por aqui." O povo aumentava surgindo das ruas laterais, apressado. Mulheres de associações, em branco; em preto, com fitas amarelas, com fitas vermelhas, com fitas azuis; e véus. A praça se animava. Até que não havia mais canto e as pessoas que vinham pelas ruas não tinham outra solução senão ficarem distantes. Gente subia ao palanque. Moleques nas árvores. Eletricistas experimentavam alto-falantes. Camila junto de mim. E enquanto o cântico começava junto ao palanque eu tirava a roupa. A minha e a de Camila. E nos deitamos, a fazer. Quando terminamos (e ela tinha lágrimas, porque sempre que fazíamos ela parecia chorar) fomos para a janela. Um padre falava, rouco, os alto-falantes eram ruins, não se entendia nada. Houve novo cântico. Uma voz pausada soou na praça. Os alto-falantes funcionaram e a voz chamava para o terço em conjunto. "A família que reza unida permanece unida! Oremos, irmãos, para que o nosso Brasil seja salvo. Somente preces farão com que Deus nosso Senhor nos ouça e nos dê forças, a fim de que aniquilemos o ultraje de nossa pátria, entregue aos vendilhões." Houve um silêncio. A voz de uma velha rompeu o ar da tarde que parecia cristalizado. "Em nome do pai, do filho e do espírito santo. O primeiro mistério..." Eles responderam. Uma só voz. Camila, encostou-se a mim. Macia. Passei a mão em suas coxas, subi. Ela me tranquilizava. Ouvimos as vozes. Terminaram de rezar. "E marcharemos com Deus, pela pátria e pela família. Pela salvação deste nosso Brasil. Para que nossos filhos tenham moral. O comunismo não vencerá. Estamos alertas para arrancá-lo do seio desta Nação que é democrática e livre. Não seremos escravos do jugo vermelho. Marchemos, irmãos. Santamente. Em conjunto." Abraçando-a, eu sentia o gozo vir, e me apertava a Camila que virava a cabeça para me beijar.

vou por aí,
esquecendo que você passou,
me lembrando coisas que perdi,
sem saber onde estou

Davi quer ir ao Snobar, não sai de minha mesa, mexe nos papéis. Mistura apontamentos que levei mais de hora para colocar em ordem e começar a escrever. "Faz rascunho, como um colegial", diz, ao me ver tirar da máquina outra lauda, corrigir, rasgar, colocar nova folha. Me mandaram escrever todo o material, dando o máximo de documentação, e levar diretamente ao diretor-presidente.

Davi lê as anotações. Diz: "tira uma cópia disso tudo que é interessante; peça ao Rui para fazer as fotos em duplicata; não entregue de mão beijada, não."

— Como "de mão beijada"?

— Isso é fogo. Você sabe. Viu quem está metido? Tem até um financiador do jornal.

— Furou minha matéria.

— Bidu.

— Por isso me mandaram de volta?

— Claro. E vão usar essas reportagem para segurar a casa e manter dinheiro vivo.

— Entrei. Não faz mal. Se é assim, também quero minha parte.

— Sua parte? É pau na bunda. Deixa de ser bobo!

— Tenho minha parte. Mato nas diárias. Não vai ter nem graça. Um pelo outro, minha viagem vai sair bem barata.

Escrevi até tarde. O pessoal se debruçava nos rádios. "O pau come. Olha o sucesso do comício. Não demora muito. Vamos ganhar esta. Fácil. Quero comer o saco de muito reacionário por aí."

vou por aí,
num caminho que não é o meu,
encontrando o que não quero ter,
procurando o que não vou achar.

E então:

CHEFE DE POLÍCIA DECRETA PRONTIDÃO EM SÃO PAULO
Medida preventiva devido ao comício das reformas na Guanabara

CARAVANA DA REFORMA:
PRIMEIRO TREM SAI HOJE DE SÃO PAULO

DESAPROPRIAÇÕES
DECRETO SAI AMANHÃ

JANGO: COMÍCIO NÃO
AMEAÇA O POVO:
FOME SIM

EXÉRCITO E POVO UNIDOS:
COMÍCIO
PELAS REFORMAS

MINAS: POVO REAGE
CONTRA NOVAS
BANDEIRAS DO IBAD

ENCAMPADAS AS REFINARIAS — SAIU O DECRETO DA SUPRA
22 MIL ACLAMAM AS REFORMAS

SUPRA PEDE TROPAS FEDERAIS
PARA PROTEGER CAMPONESES

Uma tropa de choque da Força Pública e quinze investigadores do DOPS provocaram ontem à noite pânico na Praça da Sé, quando passaram a usar seus cassetetes impedindo agrupamentos naquele local. Aqueles que se localizavam junto aos alto-falantes das rádios para ouvir a irradiação do comício foram espancados. Os alto-falantes foram arrancados dos postes.

por isso ando,
falo,
sem sequer saber onde vou

Beijava-lhe a boca, o rosto, escondia o rosto em seu peito. Gostava tanto dela que queria vê-la feliz um minuto. "Quer se casar comigo?" Não me importava um pingo se desse certo, se durasse um mês, um dia. Nem pensava que casamento seria chatice e que minha vida poderia estacionar com ele. Sentia apenas que Camila ficava contente. Ia ser na igreja, no civil, com padrinhos, alianças. Via seus olhos brilharem e ficava contente também. Ela estava feliz. Duas horas feliz, três dias, uma semana. Eu sentia que estava dando esta felicidade a ela; bastava isso. Depois, podia vir mesmo uma vida inteira de desgraça. Porém, eu sei que não viria. Porque há dentro de mim, sempre e mais e mais, a capacidade de amar muito, intensamente. Sempre odiei estes períodos vagos e desesperantes em que fico seco por dentro. Prefiro a intranquilidade dessas grandes paixões, a incerteza do que vai ser amanhã, porque assim minha vida se enche, mais e mais, e eu pulso, sinto sangue, músculos, células, dor e alegria e choro e riso e prazer e outra vez dor, tudo misturado. Não me sinto uma planície sem cor.

acabou-se o nosso carnaval;
inguém ouve cantar canções;
ninguém passa mais brincando feliz

A água fervida, os feijões pulavam dentro do caldeirão. Pretos. Caroços pretos. Depois minha mãe levantava o caldeirão, os feijões paravam. Temperava e punha no fogo, eles pulavam outra vez. Assim as cabeças do povo. Juntas, comprimidas através da Barão de Itapetininga. Imóveis nas cópias diretas das fotografias que se espalham sobre a mesa. O chefe de reportagem espalhou tudo, mais de trezentas fotografias. Eu me debruço, a olhar uma por uma. Movimentando rápido, fica a impressão de que aquela gente está andando. Eles andaram. Começaram às quatro horas na praça da República, quando passei em direção ao jornal. O povo teve feriado. O comércio cerrou as portas. Funcionários públicos deixaram as repartições. Desde as primeiras horas da tarde eles desceram para o centro. Comprimiram-se nas calçadas para ver a marcha passar; não tomaram parte. A marcha era a folga. Os homens riam e observavam os moleques que penetravam entre os magotes de mulheres e iam se aproveitando, as mãos soltas pelas coxas e traseiros; alguns traseiros e coxas virgens do toque-homem. E elas vibravam mais intensamente. Ao toque macho e à excitação da marcha. Mais tarde voltariam para suas casas e sonhariam com novas e contínuas manifestações. As mulheres. Tantas como nunca se pensou existir em São Paulo. Se agrupavam em filas, em grupos, aos borbotões, davam as mãos, formavam alas, umas com as mãos nas costas das outras. Distribuíam folhetos. Mulheres: altas, baixas, feias, gordas, magras, de óculos, sem dentes, pretas, brancas, bem-vestidas, com uniformes de associações, moças, velhas, maduras, balzaquianas, em sapatos da Augusta, sapatos de plástico, sandálias, chinelos, cabelos tratados, cabelos oleosos, cabelos sujos. A distribuir folhetos, a erguer cartazes, estandartes, dísticos, flâmulas, bandeiras, terços. Aí estão, fixados nos contatos. Há rostos contorcidos, bocas abertas em gritos: *um, dois, três! Brizola no xadrez!* Falas, chamados, cânticos, berros, histeria: *e se sobrar lugar, põe também o João Goulart.* Dor. Alegria. Uma desossada, morena, de lábios chupados, olhar falta-de-homem, pernas finas e tortas, leva o cartaz em cartolina: SE NECESSÁRIO DEFENDEREMOS NOSSA LIBERDADE À BALA. E padres, de braços com outros padres; e as mais lindas meninas de São Paulo, de braços com outras meninas mais lindas; e deputados, de braços com outros deputados; e industriais, de braços com outros industriais; e comer-

121

ciantes, de braços com outros comerciantes; e vereadores, de braços com outros vereadores; os dignatários, de braços com outros dignatários; unidos, apertados, num amplo e histórico e homossexual abraço. Caminhando. Viaduto do Chá, Patriarca, Direita, Sé. O povo se comprime nas calçadas e olha. E há fotografias cheias de pequenas manchas brancas: papel picado descendo dos edifícios. Cavaleiros: dragões da Força Pública tocando clarins. Mulheres sorrindo; trintona comandando a ala das faixas: ACORDA, POVO. CONSPIRAM CONTRA A TUA PÁTRIA. E o capacete de 32, a faixa no braço, as condecorações, revolucionário segurando o cartão: RESPEITO À CONSTITUIÇÃO OU IMPEACHMENT. A massa. Os feijões saltando; parados no caldeirão fora do fogo. A Sé. Povo nos abrigos de ônibus; sobre os abrigos, nas árvores, nas janelas dos prédios. Na Catedral, eles falaram. A foto mostra o padre de braços erguidos, terço na mão e uma grande mancha de suor nas axilas. Uma só massa. Na marcha. As mulheres grisalhas, as meninas jovem-guarda, as operárias Filhas de Maria. Com Deus. Na escada, eles falam. E as fotos se espalham. Todos ali. Os de 32, de 30, de 24. Constituintes. Ligas de Senhoras. Associações. Fascistas da época dos galinhas-verdes. Capitães de indústria, contritos. Pela Pátria. Solenes, sérios, sisudos, carregados. Pela Família. Tropas da Força Pública, da Guarda Civil, do II Exército, da Polícia Militar espalhadas. Pela liberdade.

— Essa marcha foi foda, não?

— Já entramos bem, disse Bernardo.

— Bem?

— O negócio está virando. Sabe qual é a ordem?

— Não.

— Vamos ter que abrir primeira página inteirinha!

— Inteirinha?

— Ordem de cima.

— Esse diretor é um cagão. Só porque o negócio aperta vai dando sua arranjadinha.

— Veio pedido. Que pedido, ordem!

— Ordem de quem?

— Agências de publicidade. Quase todas. Quem é que você pensa que vem organizando isso tudo? A turma daqui?

e nos corações
saudades e cinzas foi o que
restou;
pelas ruas o que se vê;
é uma gente que nem se vê;
que nem sorri;
se beija; se abraça

As vinte e oito manchetes:

1 – SUPRA DESAPROPRIA TERRAS
2 – MENSAGEM DE JANGO, AO CONGRESSO: REFORMA DA CONSTITUIÇÃO
3 – OPOSIÇÃO QUER DERRUBAR JANGO ANTES DAS REFORMAS
4 – METRALHADA A FACULDADE DE DIREITO DO LARGO DE SÃO FRANCISCO
5 – FACULDADE OCUPADA
6 – AS SENHORAS PAULISTAS VÃO À RUA
7 – AÇÃO CATÓLICA CONDENA EXPLORAÇÃO DA FÉ E RENOVA APOIO ÀS REFORMAS
8 – SARGENTOS ENVOLVIDOS NO LEVANTE DE BRASÍLIA FORAM CONDENADOS A 4 ANOS
9 – JUREMA EM SÃO PAULO DEFENDE A LEGALIDADE
10 – ADEMAR EM PORTO ALEGRE: JANGO NÃO ESTARÁ NO GOVERNO EM 65
11 – CHEGOU A VEZ DOS REMÉDIOS: GOVERNO QUER RELAÇÃO DOS PREÇOS
12 – DOM JORGE: IGREJA ESTÁ COM AS REFORMAS
13 – TRÊS MIL MARUJOS SUBLEVADOS NÃO ACATAM ORDEM DE PRISÃO
14 – TENSÃO NO PAÍS COM A GRIPE DA MARINHA

15 – ALERTA NA CGT: GREVE CONTRA PERSEGUIÇÕES
16 – ESTUDANTES PAULISTAS FARÃO PASSEATA PELAS REFORMAS
17 – LIBERTADOS OS MARUJOS: JANGO DOMINOU CRISE
18 – GOLPISTAS EXPLORAM A CRISE DA MARINHA
19 – MINAS EM PÉ DE GUERRA
20 – ADEMAR: QUEM TIVER ARMAS QUE ME MANDE
21 – JG AOS SARGENTOS: MEU CRIME É DEFENDER O POVO
22 – TRAMA GOLPISTA CONTRA GOULART ESTÁ EM MARCHA
23 – BANCOS FECHADOS EM TODO PAÍS
24 – MINAS: INTERDITADOS POSTOS E DEPÓSITOS DE GASOLI-
NA – EXÉRCITO MARCHA CONTRA A GB
25 – PARANÁ EM ARMAS
26 – TANQUES NAS RUAS DO RIO
27 – CENSURA ESTADUAL NAS RÁDIOS E TV
28 – JANGO CAIU

e no entanto é preciso cantar;
mais do que nunca é preciso cantar;
é preciso cantar e alegrar a cidade

Todos, ou quase todos, nessa tarde tinham seus rádios ligados e ouviam a rede da democracia, e seus corações de funcionários, de comerciários, escriturários, serventes, empregados de serviços públicos, contínuos, chefes de seção, publicitários, balconistas, seguiam atentos o tom solene, histérico ou cínico dos locutores que as rádios e televisões tinham colocado para ler os noticiários. Seus corações se alegravam à medida que tomavam consciência, pelo rádio e a televisão, de que o exército da democracia estava vencendo, desbaratando as hordas vermelhas que ameaçaram o País. E picavam o papel, lentamente, com espátulas, tesouras e giletes, em tamanhos iguais, sistemáticos, metódicos, papéis para serem jogados à rua, no momento exato em que as emissoras, pela rede da democracia, anunciassem a vitória definitiva, final, irreversível, vitória de Deus, da família, da justiça e da liberdade, a vitória deles e do povo e de todos. As janelas, as milhares de janelas de São Paulo se abriam para o céu cinza do inverno que começava; um céu acachapante, caindo sobre as pessoas e edifícios. E o povo nas ruas caminhava. Comprava. Tomava cafés. Ia ao cinema. Trabalhava. Ficava nas esquinas. Bebia nos bares. Sentava nos bancos das praças. Ouvia os rádios. Era um grande acontecimento festivo. Apenas. Pois as pessoas passavam com os transistores nos ouvidos; enquanto outros paravam diante das lojas de eletrodomésticos, vendo as televisões ligadas, ouvindo os rádios, passando para a frente as informações, depois seguindo, calmamente. Corações de funcionários, comerciários, bancários, escriturários, serventes, secretárias, chefes de seção, contínuos, publicitários, balconistas, corretores, agentes imobiliários, especuladores, caixas, vendedores, representantes, seguiam atentos as palavras. E também os outros. Aqueles que já sabiam. Antes de todos. Nem precisavam rádios ou informações. Aguardavam tranquilos, por trás de suas mesas. Em escritórios de vigésimo andar, tapetes macios, ditafones, secretárias esperando nas alas contíguas. Alguns descortinavam a visão da cidade, orgulhosos do São Paulo trabalhador e infatigável. Alguns podiam ver a linha das chaminés para lá na altura da Mooca, Brás, Ipiranga, Vila Prudente, Via Anchieta. Houvera 32 e 32 anos depois, 64. Olhavam e sorriam. Não estavam mais ameaçados. Preservados, intocáveis. A cidade continuaria. O Estado crescendo; as fábricas; quantas fábricas mais. Sem perigo. Valia a pena. Não estavam só. Compartilhavam com o povo a grande vitória. Tinham-na dado ao povo. E o povo acreditara. Um povo que acredita é uma coisa muito importante. Pode-se ficar calmo quando se diz coisas e o povo acredita. Às vezes é preciso atendê-lo em seus pedidos. Ainda que fazendo ver que cada coisa tem seu dono perpétuo e imutável; proprietários por vontade de Deus. Assim nunca tentarão tomar aquilo que não é seu.

Sorriem. Os homens dos escritórios no alto sorriem confortados.

E no jornal, esperávamos. Sabíamos deles. Dias antes, diante da Faculdade de Direito, tinham agido. Ao seu modo, à sua maneira. Quando Pinheiro Neto chegara para falar. Com a polícia por trás. De repente, surgiram os canos de ferro e os revólveres; e o massacre começou; a polícia imóvel, não se mexia, contemplava, enquanto o bando do Quarteirão, reconhecível pelo esparadrapo que colocavam nas costas da mão, descia com furor e ódio sobre estudantes e populares; espancando, quebrando braços, pernas, cabeças, tentando ocupar as Arcadas. Enquanto os estudantes tinham recuado, fechado as portas; e se armavam com pedaços de cadeiras, mesas, ferros, o que se encontrasse. Resistiram. As grandes e solenes mesas honoríficas, as velhas cadeiras onde tinham passado reitores, governadores, presidentes, em segundos se transformavam num monte de paus, com o qual cada um se armava para tentar se defender. As rajadas de metralhadoras comeram a fachada do edifício, destruindo vidros. E os estudantes ali permaneceram, por dias, enquanto na televisão o governador e seus auxiliares diziam: "foram os trabalhadores que metralharam os estudantes". Tinham prometido. Viriam, um dia, ao jornal. Estava dentro deles. Nem ódio era. E sim a certeza de missão a ser cumprida. Tinham avisado.

a tristeza que a gente tem;
qualquer dia vai se acabar;
todos vão sorrir

Agora comemoravam sua vitória com a passeata pelas ruas da cidade. Vencedores, sorridentes, bravos: os democratas. Varriam as ruas, ansiosos, rápidos, debaixo da chuva que caía do alto, a chuva que o povo fazia para eles. Chuva branca, milhares de pedaços de papéis recortados. Recortados, pacientemente, pelos milhares e milhares de empregados de escritórios; recortados durante a tarde toda, enquanto o trabalho parava, e nada mais importava. Marchavam. Seriam uns trezentos ou quatrocentos. A marcha, antecipada, da vitória. Orgulhosos, ostentando sorrisos e força e desprezo por tudo o mais. As cabeças erguidas, os braços no alto, empunhando cartazes: "a democracia está salva", "fora os vermelhos", "não queremos que o Brasil seja uma nova Cuba", "abaixo João Goulart", "a terra é dos seus donos", "reformas com a Constituição". Cabeças erguidas, os vastos cabelos em desalinho, as faces cheias de alegria. A alegria-ódio-vitória, brilhando. Estavam salvos. E atrás deles a polícia. Não para espancá-los, dissolvê-los a cacetetes, com os brucutus, com água. Para protegê-los. A Guarda Civil, a Força Pública. A guardar os meninos que brincavam de marcha da vitória. Eu descia, mesmo ao lado deles. Olhava com a curiosidade que se tem no zoológico. Eram bichos raros. Os meninos (não a polícia) traziam revólveres, metralhadoras, canos de chumbo e *Winchester* à mão. Pois que eram os donos, e caminhavam pela cidade, como se a tivessem tomado. Como uma horda imensa que súbito tivesse se abatido sobre uma aldeia, vila, vilota indefesa, e tomado conta, e fossem seus donos, únicos possuidores. Na verdade eram. Caminhavam entre prédios que eram escritórios de seus pais; pisavam o asfalto colocado pelas companhias de seus pais; olhavam os edifícios construídos pelos seus pais; acenavam aos comerciários e balconistas das lojas de seus pais; e hoje, na cidade, tudo lhes pertencia; desde as empresas de táxis, de coletivos, até a cidade em si, caída, o povo a seus pés, pés de bravos guerreiros, valentes, audazes, sem temor; que tinham conquistado, sem um tiro, a democracia; a democracia deles. Por isso caminham altivos, satisfeitos consigo mesmos.

E na marcha, recebiam aplausos. E adesões. O povo engrossava as fileiras e seguia com eles. Para um destino qualquer, ignorado, da mesma forma como ignoravam o que acontecia no País. Seguiam, do mesmo modo que o boi segue para o funil, onde receberá a estocada. E cantavam. O "Hino Nacional", a peitos abertos, subia dos pulmões, das bocas abertas, onde o vapor saía junto às palavras e subia dentro da tarde fria, para o alto, para o cume dos edifícios, e cobria a cidade. E do alto dos edifícios vinha a chuva de papel; a orgia da vitória, o papel picado que rebrilhava e caía sobre o bando do Quarteirão, sobre o povo que marchava, sobre as bandeiras e cartazes. E nem tinha sido vitória ainda. Marchavam enquanto os rádios proclamavam a renúncia do presidente. Não ouviam mais nada; não ouviam os desmentidos desesperados da Agência Nacional, ou a rede da liberdade. Explodiam de contentamento. A passeata desceu pela Consolação, Xavier de Toledo, ia em direção ao QG do II Exército para ovacionar o general que decidira a vitória, colocando São Paulo contra a Presidência. Em frente ao Municipal, pararam. As ruas cercadas, os caminhões verde-oliva, escuros, fechavam todas as saídas para a Conselheiro Crispiniano; a polícia do Exército, metralhadoras às mãos, os olhares mortiços debaixo dos capacetes verde-claros, aguardavam. Imóveis, determinados: a enfrentar a turba, nem amiga, nem inimiga; simplesmente a turba que ali interrompera; e que para eles, PE, nada significava; tinham somente ordens de desviar a passeata; e ali se postavam, armas à mão, para cumprir a ordem. Os "cabeleiras" e o povo que os seguia hesitaram; olharam em volta; descia ainda do alto o papel picado, e os vivas. No relógio do Mappin: 17:30 horas. Nas calçadas, curiosos olhavam, sorridentes. Decidiram, dobraram à direita, atravessaram o Viaduto do Chá. Segui para o jornal, o fotógrafo acompanhou o grupo.

chora; mas chora rindo; porque é valente e nunca se deixa quebrar

Estamos perdidos. Há muito tempo. Mas agora é o limite: um fim que eu não esperava. Não me meti nisto e tenho que sofrer. Podia sair por esta porta, deixar as coisas acontecerem. Mas não é fácil. Nós todos estamos assustados. Vejo em cada rosto. Há uma palidez generalizada. Vão acabar com a gente. Marcos sobe correndo a escada. Não trabalha aqui, há muito tempo. Foi demitido. E veio. Revólver à cinta. Marcos sempre usou revólver e tem coleção de armas. A turma o gozava por nunca ter dado tiros com a automática que jamais deixa a cinta. Agora vai poder usá-la: finalmente, usá-la com a fúria necessária. Não sinto pena de mim mesmo. Não sinto mais. Somente este medo que está dentro. Isto é, que faz o pavor: a espera. Marcos sorri. Ele é quem trouxe a notícia de que eles viriam: os grupos do Mackenzie, o bando do Quarteirão. Marcos conhece a garotada e sabe que eles estão dispostos a empastelar. Fizemos uma votação, no meio da redação, para saber se a gente deveria esperar ou ir embora. Todo mundo estava sobressaltado. Contei que a passeata tinha se desviado no Viaduto. Mas viriam ao jornal depois de depredar a Faculdade de Direito. Votaram. Teve cara que nem a voz saía. Uma meia dúzia se mandou rapidamente. Combinou-se: as mulheres sairiam. Celina, a repórter magrinha, e a colunista social fizeram pé firme. Não iriam. Marcos levou-as, à força, para um táxi.

"Machões. Todo mundo dando uma de machão. Vai ser gozado. Eles vão tirar um sarro!" Marcos sorri. Ao lado de Nélson e Daniel estudam as janelas do fundo. Comentam a fuga espetacular do Gatto, na telefônica. Não há saídas. Estamos no segundo andar e o fundo é um paredão de trinta metros, liso. Sabemos o que vai acontecer se eles entrarem. Estão descendo a porta de ferro. O barulho me agita. É rasgante, provoca um arrepio. Deixam aberta a portinhola. Se eles quiserem entrar, terá de ser por ali.

Um a um. Da escada, Marcos e Nélson olham. Estendem o braço, formando uma linha de tiro. A linha se estende direta ao centro da portinhola. Não será fácil entrar. Muita gente vai ficar aqui. Num canto, um grupo se reuniu e canta baixinho. Jaime anda de um lado para outro e seus olhos cresceram. Chega-se a mim e murmura: "será que vamos morrer?" Bernardo desceu três vezes e subiu com um copo de café: "só isso me acalma". Nos últimos tempos ele anda estranho, não está dando certo com Annuska, manequim loira que vive com ele. Eu me lembro da greve dos jornalistas em 61. E de como ficamos na porta do Diários, debaixo do jato gelado dos brucutus. O tremor que me deu no corpo no momento em que os brucutus cinza, enormes, espaciais, com as luzes vermelhas piscando, monstros de ficção científica, entraram na rua. Depois a calma, quando a água gelada, cheia de areia que machucava, saiu em jatos fortes. Agora penso e tenho quase certeza de que ficarei calmo no instante em que eles chegarem lá embaixo: então terminará o nervosismo. "Sabe que já fui cinco vezes à privada? Nunca pensei que me fosse dar isso", diz João Paulo, setorista do Aeroporto. Um cara passa por mim voando, é o chefe da redação, um alto, magro, de óculos, e me diz qualquer coisa que não entendo. Além de estar todo trêmulo, ele é português e sua fala saiu engrolada. Sempre foi fascista e apesar disso, agora, está dominado pela caguira e agita as mãos como bailarino. Marcos reúne-se a um grupo sentado na escada. Ouvem o Maia, cara magrelinho que fala sem parar. Ninguém consegue interromper. Conta os perigos que já passou fazendo reportagens pelo Brasil. Chega a babar e a turma goza. Os olhos de Maia são os de um cara inteiramente fora de si. Nélson continua a examinar cada canto, cuidadosamente. Olha atrás de bancos, armários, plantas. Não sei o que quer. Estão levando o Marques, que faz cobertura da Prefeitura. Ficou com a urina solta e começou a chorar. Olho para mim mesmo. Não sou forte, nem corajoso. A barriga aperta. Não é dor. Ela se contrai. Talvez pavor seja isso. No entanto, estou quase contente de estar aqui. Sempre quis viver experiências e aventuras. E aventura pode ser isso. Há um grupo armado aqui dentro. Pronto a atirar. Ele me deixa mais calmo. Procuro Marcos com o olhar. É uma espécie de vaga tranquilidade. O chefe de redação termina não escondendo o seu pavor, se atira pela escada abaixo, atravessa a portinhola, ganha a rua. Da janela, aqui em cima, eu o vejo. Anda, olha para trás, volta uns passos, para. O grupo de fotógrafos e repórteres de todos os jornais e revistas está ali para fotografar e documentar (talvez eu possa sair numa foto, no meio da briga, ao abater ou ser abatido). Ao menos saberão. Os outros saberão, através desse grupo, que não fugimos. Posso ter fingido muito tempo, mas devo isto ao jornal: ele me deixou fingir. Penso em legendas, heróis, super- -homens, mártires. Não é nada disso. Falta um sentido às palavras e aos fatos. Falta sentido em tudo que está acontecendo. Até mesmo em estarmos aqui dentro. Súbito eu me distancio e isto é o passado. Porém, o presente, um passado presente. Eu podia estar calmo, quieto, longe, ter criado família, ser um pacato funcionário a sustentar meu lar. Tenho vinte e oito anos e isto já é ser homem. Não faz mal que eu esteja borrando a calça. E estou contente de fazer o que fiz; o que faço. Enquanto ando nestes corredores, e olho pelas janelas do fundo, sinto que estou sendo homem e há uma verdade dentro disto aqui. Pode ter havido prostituição. Mas não exatamente por culpa nossa. Me faço de sério. Não me sinto sério. Essa gente toda está cagando de medo. Por que ficam? Pode ser a espera. Nem dez minutos se passaram. Se eu viver, talvez mude. Me importa viver, puxa como me importa. Tem gente pronta a se sacrificar. Eu não estou. Talvez, nem eles. Todavia há um pouco de sinceridade em cada um e não acredito que nesta hora estejam posando. Olho o muro atrás do pátio. Impossível de ser escalado. É liso. Cimentado. Engraçado, sempre senti este muro à minha frente. Percebia que ele existia diante de minha vida e que havia uma série de coisas vedadas a mim. Ou aos que me cercavam. Mas havia uma forma de removê-lo. Por isso estávamos aqui. Eles construíram este muro. Para nos tapar. Tentar escalá-lo é romper as mãos, perder as unhas, sangrar. Nos fecharam. Acabaram de solidificá-lo. Os tiros, o barulho impressionante dos que arremetem contra a porta de aço. Estamos à espera para ouvir isto. E atrás, o paredão de tijolos nus.

> *que marchas tão lindas;*
> *e o povo cantando;*
> *seu canto de paz;*

Fernando me apanhou na praça. "Vem comigo." Subimos vinte e três andares, ele apertou a campainha. Demoraram a atender, o visor da porta abriu e fechou. Umas nove pessoas ao redor da mesa, uma empregada servindo arroz e bife. "Vão comer?" Sacudi a cabeça, dizendo que não. Raquel veio do quarto, morena de nariz arrebitado para cima: dizem, que grande mulher na cama.

— Já estão prendendo gente a torto e direito.

— Na Cinemateca andaram perguntando.

— E no jornal?

— Está fechado.

— Desde o dia primeiro?

— Desde.

— Dizem que o DOPS tem uma lista enorme. Não vai escapar ninguém. Limpeza completa.

— A gente está se organizando. Você topa?

— Topa o quê?

— Distribuir folhetos.

— Não é besteira, nesta altura, sair a distribuir folhetos?

— A gente não pode ficar parado.

— E fazer o quê, agora? Está todo o Exército, DOPS, Polícia, todo mundo de orelha em pé. Quem quer ser herói?

— Os intelectuais se reuniram. Vão lançar manifesto.

— O Partido também.

— E vamos soltar folhetos?

— Pela cidade inteira.

— Olha, vocês vão soltar folhetos na puta que os pariu!

— A turma do jornal tem alguma organização?

— Não se encontra ninguém do jornal. Todo mundo está se mandando. Primeiro lugar onde bateram foi no jornal.

— Fechou?

— Mais ou menos. Tem uns cinquenta guardas com metralhadoras em frente. Vai tentar entrar, pra ver!

— À noite vamos nos encontrar em casa do Franco. Dez e meia. Aparece com os que você puder catar.

Desço sozinho. Paro na praça, vejo saírem aos poucos. Cada um tem um ar conspirador. Um feliz ar de conspirador. Bernardo hoje pela manhã passou em casa. Quer saber se vou com eles. "Não é por nada não! O negócio anda fervendo e a gente pode entrar bem numa dessas batidas. Não custa se esconder por uns dias, até esfriar o ambiente. Depois volta para ver como ficou a bagunça. Neste momento, a bagunça é geral e a polícia nem sabe quem caça e por quê. Uma turma vai pra uma fazenda, se quiser vem. Sei que você vem, Camila está com a gente. Era do grêmio da faculdade que foi invadido e arrasado." Eles vão sair hoje à noite, uns de ônibus, outros de trem. Bernardo vai de carro, aproveito, está sobrando lugar. Umas feriazinhas assim encaixam bem no esquema. Afinal, pensei que tudo ia ser pior. Desde aquele dia no jornal não acredito muito no pior. Ficamos lá, angustiados a esperar a turma que vinha decidida a empastelar. Depois caiu a noite, o movimento em frente ao jornal não se alterou, as filas encheram as calçadas; o pessoal tranquilamente tomava os ônibus e voltava a casa. Os repórteres foram desistindo, o único guarda-civil que ali ficara acabou indo embora também. Pelas nove horas, uma tropa de choque da Força Pública ocupou a calçada, entrou um tenente, pediu para não ficar ninguém no jornal. Fomos saindo, fecharam as portas, entregaram a chave ao tenente. E os soldados lá ficaram, de metralhadoras à mão. Terminamos a noite numa suruba, na casa de Mônica, com as meninas do Vogue.

finda a tempestade,
o sol nascerá;
finda esta saudade;
hei de ter outro alguém para amar

Tínhamos nos encontrado na cidade, em Rio Claro. Cidade morta à meia-noite. Na estação. Nos apertamos no carro, Bernardo levou todo mundo. Em dois grupos. A casa da fazenda era enorme, com uma grande área na frente; os quartos no andar de cima, cheirando a mofo, coisas fechadas. A luz elétrica foi ligada só no dia seguinte, quando apareceu o administrador. Conversaram uma meia hora na porta. Depois o homem se foi. As meninas levaram a lataria para a cozinha, começaram a fazer arrumação. Estávamos mortos de cansaço, de nervosismo. A maioria acordou pelas duas da tarde. Deram umas voltas, debaixo da garoa fina que começara pela madrugada. Em volta, viam-se colinas e campo, mato fechado, currais, cercas de arame farpado, construções baixas de tijolo, casas de madeira. Na segunda noite, eles saíram. Bernardo foi até a casa do administrador. O resto foi até a cidade em seu carro. Fiquei com Camila. No início da noite, a força acabou, quando a chuva retornou. Não estava de todo escuro, mas a sala era sombria e nós sozinhos e os trovões e raios. A noite desceu, procuramos uma vela, não achamos. Ficamos deitados no sofá, abraçados. O administrador veio, enrolado num poncho, para trazer o lampião de querosene. Começou a fazer frio. Olhamos a chama esverdeada, enquanto um cheiro de querosene queimando invadiu a sala. Camila iniciou um jogo de paciência. Depois tirou sorte. Três vezes o ás negro de espadas. "Morte", repetiu.

— Vai acontecer alguma coisa.

— Bobagem.

— Já deu certo com uma amiga minha. Ana Maria.

— Ora, que besteira!

— Deu mesmo. Eu vi.

— Viu? O quê?

— Uma tarde, a gente jogava buraco e começamos a tirar sorte. Ana Maria achou engraçado, foi tirar também. Todas as vezes, saía carta alta de espadas. Tirou o ás quatro vezes; riu.

— E daí?

— Morreu dois meses mais tarde, num desastre de automóvel. Seu carro espatifou-se contra um caminhão.

O lampião iluminava as cartas. O braço de Camila arrepiadinho de frio. O braço, o corpo; gosto de estar ao seu lado. De repente, me senti só no mundo.

— Me deixa tirar uma carta.

— Corta o maço em três, depois vira.

Cortei. Três pedaços quase iguais. 9 de ouros. 7 de ouros. 3 de copas.

— Muito dinheiro. Dinheiro mais ou menos. Pouco amor.

Ela embaralhou. Estendeu na mesa, puxa, as cartas se espalharam em escada.

— Tira quatro.

8 de ouros. 9 de paus. Rainha de copas. 9 de copas.

— Dinheiro bom. Bons negócios. Amor ótimo.

Achei engraçado.

— Vamos inventar uma nova forma — disse ela.

— Como?

— Treze é o número do azar; ou da sorte. Vamos embaralhar e dar treze cartas para cada um.

Viramos as cartas. Seu rosto mudou um pouco, quase imperceptivelmente, quando ela viu os naipes.

— O que deu?

— Eu disse. Vai acontecer alguma coisa.

Os dois ases de espadas. Cinco cartas de espadas. Nenhuma de amor.

— Melhor a gente achar outra coisa para fazer.

— Não adianta. Agora fico pensando.

— Vamos tirar uma última vez. Esta é pra valer.

— Vamos.

— Mas diferente. Jogamos as cartas para cima, as que caírem viradas é que valem.

Ela atirou o baralho duas vezes, até que um montinho de cartas virou. Apanhou. Apenas duas cartas ruins, um quatro e um seis de espadas. Sorriu e me exibiu o rei de copas.

— A maior do amor para mulher.

Podem me bater,
podem me prender;
podem até deixar-me sem comer;
que eu não mudo de opinião.

Queriam ir embora. Principalmente Bernardo. Estava bom, mas eles achavam que não. Uma inquietação estranha no ar. Queriam notícias.

— Cheguei a uma conclusão — disse Bernardo ontem à noite. — Estou sendo um belo de um covarde. Acho que todos nós.

Vera, uma que estuda Ciências Sociais, está sempre do lado dele. Gosta de Bernardo há muito tempo, mas ele não liga, por causa da manequim, pois é gamadíssimo. É até engraçada a união dos dois, ela bacanona, bem-vestida, aparecendo em todas as revistas e jornais, circulando pela noite, e ele sempre solto nos ternos baratos, sempre com barba de um dia, muito magro. E ainda tem Vera a gostar. Ela deve se sentir menos sozinha e com mais confiança.

— Covarde! É a pura verdade! Estourou a coisa e nos mandamos. Nem procuramos saber se havia gente precisando de nossa ajuda.

— Se havia, nunca iríamos saber. Todo mundo estava escondido.

— Depois, a gente ficar lá e ser preso era uma bobagem. É muito mais útil pra todo mundo que alguns fiquem soltos.

Todas as conversas de ontem para hoje são o mesmo assunto. Bernardo põe lenha na fogueira e eles estão aderindo.

Eu não quero ir. Não por medo, mas porque é gostoso aqui e Camila está numa fase ótima. Não sei quanto tempo isto vai durar. Luciano hoje de manhã se deitou no chão da varanda e ficou.

— Saio daqui e vou começar a arrebentar tudo — dizia.

— Agora vai arrebentar? Por que não arrebentou antes? E como é que vai arrebentar? — indagou Bernardo.

— Com bombas Molotov. Volto pra São Paulo e começo a fabricação. Sei de um cara que tem uma adega de Molotov.

— E depois?

— Depois o quê?

— Você vai arrebentando, arrebentando.

— Arrebentando o quê?

Bernardo estava irritado, a chuva caía.

— Arrebento o palácio do governo, os jornais, as igrejas, as estações, as repartições, os quartéis, as privadas públicas, o Redondo.

— E daí?

— Continuo arrebentando até me arrebentarem.

— E isso leva a quê?

— Ao cu da tua mãe, pra ficar me enchendo. Eu não sei ao que leva, mas preciso arrebentar. Você agora fica aí de pai, mas era o cara mais alienado. Vê se não enche.

Bernardo passou o dia resmungando, depois resolveu ir embora. "Não fico aqui mais um minuto. Passo na cidade, procuro notícias e volto para São Paulo." Depois teve uma ideia que teria sido uma merda para mim. "Caio" — disse ele me apontando — "bem que pode ir. É o menos marcado. Não está comprometido com nada. Olha o ambiente. E volta. Aí a gente toma a decisão: ficar ou ir de uma vez."

A chuva começara pesadamente e Luciano tentava acertar as pilhas do transistor que não funcionou. Já fora decidido. Eu me recusava a voltar. Tudo em São Paulo podia estar ainda funcionando na base do dedo e eu entrava numa fria à toa. Expliquei. Era besteira deixar um lugar seguro, se arriscar por nada. Não é bem por nós, é pelos outros. Precisamos saber. Unir, reorganizar, fazer uma resistência, eles diziam. Eu procurava o olhar de Camila, um gesto seu que me amparasse. Percebia uma vaga hostilidade. Parecia que eles estavam a pensar: Trouxemos este cara e, na hora que precisamos dele, caga para trás. No entanto, há muita diferença entre sacrificar e precisar; e também não é justo fazer de alguém bode expiatório. Eles conheciam o perigo tanto quanto eu. Vera, a certa altura, disse-me que estávamos todos ficando bobos, dramatizando tudo. Que não havia nenhum perigo, era uma besteira e se houvesse era melhor enfrentá-lo que ficar naquele buraco chuvoso e silencioso, imaginando e esperando.

> *e se não tivesse o amor?*
> *e se não tivesse esta dor?*
> *e se não tivesse sofrer?*
> *e se não tivesse chorar?*
> *melhor era tudo se acabar.*
> *é preciso*
> *ter força para amar;*
> *o amor*
> *é uma luta que se ganha.*

Vestiu a suéter azul por cima da pele, uma calça justa, cabelos despenteados, descalça. O baralho estendido, ela parada. Nenhum ruído. "Me beije." Sentei-me ao seu lado a observar. "Vai acontecer alguma coisa ruim." Os olhos fixos. Depois segurou minhas mãos, "acabei de tirar o ás de espadas. Significa a morte". Sorri. "Verdade, não é brincadeira não. Hoje nada deu certo. Tirei umas cinco vezes. Em nenhuma saiu amor. Só morte e dinheiro. Dá certo. No primeiro dia que tirei sorte, saiu três vezes o ás de copas: amor, muito amor, todo amor do mundo. Foi o que tivemos estes dias. Estou impressionada, alguma coisa vai acontecer." Suas mãos tremiam. Fui à cozinha, havia um gole de conhaque no fundo da garrafa, coloquei numa xícara. "Tome, para esquentar. E deixa de bobagem! Agora está na hora de voltar!" Bebe de uma vez, apoia a cabeça em mim. "Gosto de você, agora gosto muito, percebi hoje de manhã, quando você saiu e demorou muito." Passa a mão em minha cabeça, "vai se resfriar, por que não se enxugou direito?" Nara canta no volume máximo. Fiquei pensando aquela voz no Djalma, ela fazia *show* sentada no banquinho, a saia príncipe de gales, curtinha, os joelhos bonitos; ela não gostava que reparassem neles. Estendi-me no sofá, a cabeça sobre as pernas de Camila. Tentei sentir seu cheiro, o cheiro de seu sexo. "Para com essa cabeça, estou tentando fazer uma sorte especial. Esta é difícil." Estava bom; quase como eu sempre quis; nada a me pertubar. Camila era meu pensamento. De repente, parei de pensar nela. Sumiu; diluiu-se na chuva. Bom se fosse assim. Fazer e desfazer. Não a faria desaparecer, ela é boa. Fica sem reclamar. Vai ver que também não quer nada com nada. E eles? Vez ou outra penso neles; muito rapidamente. Teria alguém preocupado comigo neste instante? Era bom que pensassem em mim. Eu penso. Em mim, o tempo todo. Talvez por isso esteja aqui.

"Fico", eu disse. "Eu também", acrescentou ela. Eles se foram. Quilômetros de terra ao nosso redor e árvores e rios, e plantações. Nada a fazer, nem livros ou televisão, ou cinema. Revistas e jornais velhos empilhados na despensa perto da cozinha; a vitrola velha que dá saltos no meio do disco. O barulho da chuva nas telhas, na calha, num telheiro de zinco. Um cheiro de mato, opressor.

— Você gosta mesmo de mim, Camila?

— Por quê?

— Não é fácil explicar. Sabe? Não me sinto bem com uma pessoa apaixonada por mim. Fico com a sensação de estar metido num cerco, acuado. É como se eu tivesse obrigações. Cuidar de você, só pensar em você, viver para você. Eu ficaria então dentro de um compromisso.

— Engraçado. Pois quero gostar de alguém, pensar nesse alguém, viver para ele, cuidar dele. Ter um motivo para viver.

Sua respiração era forte. Estava no canto do sofá, semideitada nas almofadas. Sair daqui correndo. Correr debaixo da chuva. Ela ergueu as mãos. Chorava. Saiu na varanda ladrilhada. O chão molhado, pingos escorriam nas cadeiras de ferro batido. Olhei em volta, um plano imenso, à minha direita, bem longe, há um clarão pálido, mal percebido através da cortina de água. Outro dia, estávamos no quarto, em cima, perto da janela, e olhávamos o campo que se estendia até atingir a cidade. O clarão da cidade. Devia estar cheio de gente no cinema, nas filas do cinema, no clube. Faz dias que o relógio parou; o grande relógio da sala, uma caixa de meu tamanho, antiga. Uma claridade atrás de mim; o ruído do gerador. Acenderam a luz da varanda. Luz fraca, fria, apavorante. Me fazia mal essa luz acesa. Gritei para que apagassem. Ela continuou. Gritei de novo. Apagaram toda a casa. E ouviu o disco. Alto. No máximo; a voz de Nara: *Quem de dentro de si.* Correr para a chuva; era isso que eu ia fazer e me esqueci. Correr até o telheiro e depois até a pereira do início do pomar. Avancei uns passos. Parei antes de entrar na chuva. Voltei para dentro, comecei a apanhar os jornais espalhados pela sala. Todos abertos nos anúncios de apartamentos. Pegamos um monte no depósito, procuramos os de domingo. Abrimos nas páginas de vende-se e nos imaginávamos naquelas plantas belíssimas anunciadas. Apartamentos de último andar, terraços sobre a cidade; residências ocupando andares inteiros, com quatro quartos, salas, cozinhas, três banheiros; prédios com entradas de mármore, porteiro de uniforme; dúplex enormes; todo um mundo nas alturas, um mundo encaixado em paredes de cimento a se erguerem altíssimas, retas, impassíveis. E o disco rodando, devagar.

— Venha me beijar.

O rosto macio. Seus lábios se abriram dentro dos meus. Camila me ama. Segurava suas mãos, soltava, mas elas continuavam, palmas contra palmas, os dedos se entrelaçando.

— Agora tenho medo de ir embora — diz ela.

— Medo?

— Sim, medo. Em São Paulo vai ser diferente. Você não vai ligar para mim.

— Você não disse que seria feliz até o momento em que eu te deixasse? Por que medo?

— É que vou sofrer. Por que não faz força e gosta de mim?

— Não se faz força assim. Tem de acontecer!

— É que você resiste. Não quer gostar de alguém.

— Não quero?!

— Não! Você disse que precisava ser livre. Tenta se recusar a não gostar de mim, como se fosse possível.

— Era melhor quando não falávamos nada.

— Não podemos ficar sem dizer nada.

— Podemos.

— Me diga, o que pretende da vida?

— Eu? Muita coisa. Viver. Ser alguém. Fazer alguma coisa.

— E o que quer dizer com isso?

— Exatamente o que disse: ser alguém, fazer alguma coisa.

— Por exemplo?..

— Humm... ser um grande jornalista... isso... Um grande jornalista!

— Está vendo? Não sabe.

— Não sei?... Olha quem diz!

— Digo o que sei. Tenho olhado para você. Desde o primeiro dia.

Talvez antes.

— Antes?

— Sim, antes. Falavam de você. Muito. Toda a turma. Falavam bem, não se preocupe. Acham você um grande cara. Tem muito talento.

— Dizem isso, é?

— Você sabe que dizem. Você constrói as coisas para que eles pensem o que você quer.

Por isso elas perdem. Ficam olhando. Analisam. Acham que devem fazer isso. Ela finge mais do que eu, muito mais. Sei disso, mas não é preciso falar. Não é necessário que Camila me diga o que se passa. Representei para eles o tempo todo. Fica engraçada a coisa assim, mostrada friamente, como um peixe num prato. Principalmente se não pedi peixe. No entanto, é o que todo mundo faz. O peixe tem gosto podre. Devia ter raiva de Camila agora. E não sinto nada por dentro. Penso apenas nos outros que se foram; é constante, dia e noite. Eu me perdi num mundo de palavras. Estão fazendo o mundo confuso para mim; propositadamente. É como se me perseguissem; e não há um recanto para se ficar, ou alguém para se ter ao lado. Camila podia ter sido. Não é.

— Vamos voltar — ela diz.

— Não. Vou esperar mais.

— Mais o quê? Não há mais nada a se esperar.

— Tem. E muito.

— Olha. Tem uma coisa que você ainda não me disse.

— O quê?

— O que fez para pensar que devia fugir. Como os outros, os que tinham uma razão.

— Tinha uma lista. Assinei. Era para a legalização do PC.

— Assinou por quê?

— Todo mundo assinava, eu também achei que o Partido devia ser legalizado.

— Por quê?

— Porque devia!

— Você não tem vergonha?

— Vergonha?

— Isso. Lá estava se importando com o Partido ou não? Nem sabia que existia.

— Então, sua bobinha, por que assinei?

— Alguém pediu, você estava numa mesa do Gigetto, todo mundo assinava, você também. Mas ficou com medo.

— Sabe o que está acontecendo? É esta casa. Precisamos ir embora.

— E se houver perigo?

— Enfrento!

— Sempre mentindo. Ponha na cabeça que não quer enfrentar nada. Você podia ter apanhando a mala e ter ficado passeando em frente ao DOPS que ninguém te dava a mínima. Vai enfrentar o quê?

— Vamos voltar.

— Você não foge de nada. Só disse isso porque acreditava que eu precisava de argumentos fortes, de motivos que fizessem de você um homem. Esse era bom. Fugir do golpe, estar sendo procurado.

— Então você não sabe? Foram duas vezes à minha casa!

— Mentira. Você acha que foram. Ficou apavorado, como muita gente que conheço. Gente que não tinha nada com a história. Mas ficava bom dar uma de estar

143

se mandando, por ter o DOPS no encalço. Meio heroico isso. Ficava bem. Era ter uma posição de destaque no meio esquerdista. Estamos aqui. Não como mortos. Mas como bobos. Não faz mais sentido.

— Como não faz sentido? Eles estão nos esperando.

— Uma ova! Eles têm mais o que fazer do que nos esperar.

— Mas estão.

— Claro. Assim que desembarcarmos na Luz, doze regimentos vão te prender.

— Sabe? Vai à merda!

— O grande conspirador escondido. Volta para São Paulo e os golpistas estarão tranquilos. Você preso e o regime deles salvo.

— Vai à merda.

— Pode xingar, que não adianta. Você vai ouvir. Não há outra coisa senão ouvir. Se quiser, vai para outra sala, dê um passeio aí fora. Mas, pelo amor de Deus, acabe com essa mania de grandeza. Vamos embora.

— Não é mania de grandeza!

— Então é cagaço.

Cagaço. Talvez seja isto. Tudo foi tão de repente que eu não sabia o que fazer. Procurava os outros e não achava ninguém. Queria conversar e discutir e só via caras de medo. Era receio até de falar ao telefone. A cidade parecia estranha. Posso admitir que tenho medo de voltar. Pode ser que esteja torcendo as coisas. Pode ser ainda raiva por não ter feito nada. Não acreditava em nenhuma das coisas que fiz. Não acreditava o suficiente para elas se transformarem num motivo. Acreditar faz do objeto um bloco concreto. O medo era isso. Eu devia sofrer por algo em que nem sequer tinha acreditado. Olhava Camila. Ela não era mais a intelectualidade da faculdade. Era bacaninha. Se a gente acredita numa coisa, ela se torna verdade. Se eu acreditar no que Camila diz, ela se transformará em verdade. Acho que ela tomou bolinha.

Se eu mesmo tivesse descoberto estas coisas, elas não teriam o ar que assumem. O peixe podre. Se estou sozinho com uma coisa, posso escondê-la. Não sei quanto tempo. Estou frente a ela. Ninguém pode me salvar. Não tenho forças para isso. Minhas forças eram de mentira, de papel pintado; eram protegidas. Me sinto como um soldado prisioneiro do inimigo; seu exército deixou de existir, suas leis não valem, sua proteção desapareceu: ele não pode reagir. Estou único.

quem de dentro de si não sai,
vai morrer sem amar ninguém

Camila perdida entre as cartas do baralho. A princípio, tinha um brilho nos olhos. Ou eu julgava que tinha, quando estendia o maço sobre a mesa e, com um toque leve e rápido, fazia as cartas correrem umas sobre as outras, formando um caracol. As costas azuis do baralho eram manchadas, de bebida ou suor das mãos, ou sujeira de mesas ou ainda da gaveta onde o achamos, depois de procurar pela casa inteira. Ela tirava sorte, jogava paciência, e tinha sempre a mesma expressão e estava a murmurar frases, muito baixinho. Também pode ser que apenas movimentasse os lábios num tique sem qualquer significação. Mesmo que eu gritasse ou quebrasse coisas, ela ergueria os olhos, sendo esse o seu modo de indagar. E, ao me ver gritar e quebrar, voltaria às cartas, e ao murmúrio imperceptível, sem pensar que eu pudesse estar louco ou doente. A chuva crescia e diminuía, em certas horas. Quando crescia, as calhas não continham a água que caía sobre o telhado, ela se avolumava e rolava pelos beirais, livre dos canos, caindo aos borbotões em toda a extensão das paredes. E, então, o mundo se fechava. É, às vezes, fechavam mais, porque nos aproximávamos da janela e nossas respirações embaciavam o vidro, tornando-o ensombrado. Camila desenhava seu nome na superfície do vapor. E corríamos a respirar forte perto de todas as janelas, até que toda a sala mergulhava numa claridade cinza escuro, que não era dia, ou noite, ou crepúsculo, ou madrugada, mas um tempo nosso, feito por nós. Fizemos isto alguns dias, e ela se cansou, mesmo porque, dizia, ficar na sala lhe dava uma sensação de sufocamento. Então, corria pela casa toda, para baixo e para cima, por todos os cômodos, a abrir portas e janelas, por onde entrava água e vento, gelando tudo.

Agora, quase não nos falamos mais; não é necessário.

Ontem o administrador bateu, trazia um bule com café quente, bolinhos fritos, que sua mulher tinha feito para nós. Sentou-se ali na sala mesmo, Camila apanhou uma xícara, ele tomou uns goles, esperando conversa, que não veio, os três olhando, até que Camila achou o bolo uma coisa horrível, ele se desculpou, alguma coisa devia ter acontecido, porque sua mulher era excelente cozinheira. E se foi, pedindo desculpas. E mal ele saiu nos atiramos aos bolos, comemos tudo, bebemos o café. E ela se estendeu no sofá, rindo, e pedindo para que pusesse música, a mesma música de Nara Leão.

porque são tantas coisas azuis;
há tão grandes promessas de luz;
tanto amor para amar que a gente nem sabe

Vem tudo para ali. Nada escapa. Começa e termina nesse monte de carne macio. A cabeça encostada ao ventre de Camila, olho para baixo. Suas mãos acariciam meus cabelos e me empurram. Mais uma vez. E não diz nada. Quando fomos para a cama, hoje de madrugada, veio toda esta vontade. Como se fosse a final. E tivéssemos muito a descarregar ainda para dentro do outro. Nunca me senti tão próximo dela. Agora é noite e continuamos. Existe somente isso, nada mais do que isso, assim Deus me ajude. Um juramento. Se num momento todos os homens do mundo estivessem nesta mesma posição, junto à carne de suas mulheres, olhando para baixo (ou lá embaixo), olhando as coxas brancas e lisas. Se houvesse um momento geral de orgasmo imenso, em que cessassem todas as guerras, lutas, brigas, rivalidades, ódios e meios-amores. Mas, não posso pensar somente nisto, ou apenas em mim. Há alguma coisa mais. As coisas que mudaram Bernardo subitamente e que não sei o que são. Alguma coisa pelos outros que faz a gente feliz em lutar e se preocupar por elas. É o muro. Por dentro de mim; eu o construí e não sei como sair. Minha vida escorre e descubro que não sou homem ainda. Estou no aprendizado. Não vai ser fácil, mas vou conseguir. As coxas brancas se abrem e estou entre elas.

> *eu perguntei ao malmequer*
> *se meu bem ainda me quer,*
> *e ele me respondeu que não.*

Vamos pela estrada barrenta, sacolejados na camioneta desconjuntada que patina nas subidas. Alguma coisa aconteceu no asfalto, a placa indicava este desvio que encomprida o caminho para a cidade. O céu é de um branco leitoso. O administrador parece aliviado com a nossa retirada. Ligou o rádio, fica a escutar noticiário. As casas começam, poucas, paredes sujas até meia altura, depois entramos no calçamento, passamos por uma igreja azul, entramos numa avenida larga, com lâmpadas claras de mercúrio.

Uma estação comprida, o bilheteiro desanimado, fumando cigarro molhado de saliva. Trem somente às onze e meia, temos mais de três horas, peço ao administrador para nos deixar num bar qualquer. A camioneta é sozinha na rua ladeada de árvores, as calçadas parecem lavadas. Ficamos num restaurante, o administrador não quis aceitar dinheiro nem beber uma cerveja, saiu desejando boa viagem. Uma sala velha, meia dúzia de mesas, a janela aberta, além da janela um pequeno pátio, o ar fresco entrando. Mais para a frente a rua deserta. O garçom, o mesmo ar desalentado do bilheteiro, traz pão. Um guardanapo sujo dependurado no braço.

— Que dia é hoje?

— Do mês?

— Não, da semana.

— Segunda.

Olha-nos com ar curioso. Pedimos baurus e mistos-quentes, tomando vodca e laranjada. Camila não diz nada. Tomou quatro vodcas.

— Garçom.

Ele corre, não há mais nenhum freguês. Não fôssemos nós, isto ia fechar bem cedo hoje.

— Que horas são?

Vai à outra sala, consultar algum relógio, volta.

— Quinze para as dez.

— Obrigado. Olha aqui. Você pode nos avisar quando for onze horas?

Continuamos bebendo. O vento sacode folhas nas árvores. Contamos as pessoas que passam. Duas em mais de meia hora. Outra vodca. Camila resolve mudar para o gim. Um calor agradável, apitos de trem ao longe.

— Será o nosso?

— Cedo ainda.

— Vamos andar um pouco?

Casas iguais; portas de aço fechadas; ar úmido e o ventinho frio; pessoas apressadas e sem pressa; poucas pessoas; gotas de água caindo dos fios; a ponte sobre um riacho; uma ladeira molhada; água correndo pelo meio-fio; venezianas com luz atrás; um bar vazio.

— Você era capaz de ficar vivendo aqui?

— De jeito nenhum. Fazendo o quê?

— Qualquer coisa. Trabalhando como leiteiro.

E a garoa fina, apressamos o passo, a água aperta. Subimos correndo os degraus da estação. Meia hora mais e o trem passa. O vento traz a chuva para a plataforma coberta. A água contra as luzes amarelas. Vejo a poeira fina, brilhante, leve, girando, descendo sobre bancos, pedras, trilhos. Camila vê os avisos desbotados nos quadros. Então o medo surge. É uma contração na barriga e nos intestinos. Fico mole. O farol da locomotiva atravessa a plataforma, projeta-se na frente. Tenho de tomar este trem e ir ao encontro do que não sei.

Trechos intercalados entre episódios retirados das músicas "Berimbau", de Baden Powell e Vinicius de Moraes; "Vou Por Aí", de Baden e Aloysio de Oliveira; "Maria Moita", de Carlos Lyra e Vinicius; "Consolação", de Baden e Vinicius; "Marcha da Quarta-Feira de Cinzas", de Lyra e Vinicius; "O Morro — Feio Não é Bonito", de Lyra e G. Guarnieri; "Opinião", de Zé Kéti; "Malmequer", de Cristóvão de Alencar e Newton Teixeira.

O HOMEM QUE VIU O LAGARTO
COMER SEU FILHO

para Ligia Sanchez

Era uma noite de terça-feira, e eles viam televisão deitados na cama. Quase uma da manhã, estava quente. Ele levantou-se para tomar água. A casa silenciosa, moravam num bairro tranquilo. Não havia ruídos, poucos carros. Ao passar pelo quarto das crianças, resolveu entrar. Empurrou a porta e encontrou o bicho comendo o menino mais velho, de três anos e meio. Era semelhante a um lagarto e, na penumbra, pareceu verde. Paralisado, não sabia se devia entrar e tentar assustar o animal, para que ele largasse a criança. Ou se devia recuar e pedir auxílio. Ele não sabia a força do bicho, só adivinhava que devia ser monstruosamente forte. Ao menos, forte demais para ele, franzino funcionário. E meio míope, ainda por cima. Se acendesse a luz do corredor, poderia verificar melhor que tipo de animal era. Mas não se tratava de identificar a raça e sim de salvar o menino. Ele tinha a impressão de que as duas pernas já tinham sido comidas, porque os lençóis estavam empapados de sangue. E a calça do pijama estava estraçalhada sob as garras horrendas do bicho repulsivo. Como é que uma coisa assim tinha entrado pela casa adentro? Bem que ele avisava a mulher para trancar portas. Ela esquecia, nunca usava o pega-ladrão. Qualquer dia, em vez de um bicho, haveria um homem roubando tudo, a televisão colorida, o liquidificador, as coleções de livros com capas douradas, os abajures feitos com asas de borboletas, tão preciosos. Pensou em verificar as portas, se estavam trancadas. Porém, percebeu um movimento no animal, como se ele tentasse subir para a cama. Talvez tivesse comido mais um pedaço do menino. Precisava intervir. Como? Dando tapinhas nas costas do lagarto — não lagarto? Não tinha armas em casa e o cunhado sempre dizia que era coisa necessária. Nunca se sabia o que ia acontecer. Ali estava a prova. Queria ver a cara do cunhado, quando contasse. Não ia acreditar e ainda apostaria duas cervejas como tal animal não existia. Pode, um lagartão entrar em casa através de portas fechadas e comer crianças? Olhou bem. Comer crianças não era normal, nem certo. Devia ser uma visão alucinada qualquer. Não era. O bicho mastigava o que lhe pareceu um bracinho e o funcionário teve um instante de ternura ao pensar naqueles braços que o abraçavam tanto, quando chegava do emprego à noite. Uma faca de cozinha poderia ser útil? Mas quanto o bicho o deixaria se aproximar, sem perigo para ele, o homem? Tinha de impedir o lagarto de chegar à cabeça. Ao menos isso precisava salvar. Não conseguia dar um passo, sentia-se pregado à porta. Preocupava-se. Todavia não se sentia culpado. Era uma situação nova para ele. E apavorante. Como reagir diante de coisas novas e apavorantes? Não sabia. Preferia não ter visto o lagarto, encontrar a cama vazia, as roupas manchadas de sangue. Pensaria em sequestro ou coisas assim que lia nos jornais. Sequestro o intrigaria, uma vez que ganhava pouco mais de dois salários mínimos e não tinha acertado na loteria esportiva. Era apenas um funcionário dos correios que entregava cartas o dia todo e por isso tinha varizes nas pernas. Se gritasse, o lagarto iria embora? Continuou pensando nas coisas que podia fazer, até que a mulher chamou, uma, duas vezes. Depois ela gritou e ele recuou, sempre atento para saber quanto o bicho tinha comido do filho. À medida que recuou perdeu a visão do quarto. Sentindo-se aliviado, pelo que não via. A mulher chamava e ele pensou: o menino não chorou, não deve ter sofrido. Voltou ao quarto ainda com esperança de salvá-lo pela manhã e decidiu nada dizer à mulher. Apagaram a luz, ele se ajeitou, cochilou. Acordou sentindo um cheiro ruim e quando abriu os olhos viu sobre seu peito a pata, parecida com a do lagarto. Paralisado, não sabia se devia tentar assustar o animal, ou tentar sair da cama e pedir auxílio. Pelo peso da pata, o bicho devia ser monstruosamente forte. Ao menos, forte demais para ele, franzino funcionário. Aí se lembrou que tinha dois sacos de cartas a entregar, era época de Natal e havia muitos cartões das pessoas para outras pessoas dizendo que estava tudo bem, felicidades. Tinha que tirar este bicho de cima. Não, hoje não haveria entregas. Nem amanhã, por muito tempo. O lagarto estava com metade de sua perna dentro da boca.

O HOMEM QUE
PROCURAVA A MÁQUINA

para Gilce Velasco

Não foi da noite para o dia que os alicerces surgiram e começaram a erguer as paredes. Houve preparação do terreno, medições, marcações, durante meses. Acontece que os fatos posteriores ficaram nebulosos, criaram-se lendas e hoje todos juram que os alicerces apareceram num dia, o edifício ficou pronto no outro e a grande máquina foi instalada no terceiro. Em seguida, passaram a contratar pessoas.

Na verdade, o início pouco interessa. Os dados relativos àquela época, essenciais à situação, são os seguintes: instalaram a grande máquina num bairro operário, sem calçamento e esgotos, não atingido pela especulação imobiliária. Era apenas um bairro distante de uma cidade que vivia da agricultura. As hortas formavam um cinturão em torno da cidade. Alface, couve, brócolis, almeirão, repolho, rabanete, cenoura, nabo. Hortas grandes e pequenas. Hortas nos quintais, produção doméstica, para consumo próprio e da vizinhança. Vivia-se bem, exportando-se quase toda a produção. A cidade cheirava a verde, se é que se pode falar em cheiro verde. Todos os fins de tarde, olhando-se em torno, via-se uma nuvem tênue de água subir, brilhante. Era o momento em que as hortas estavam sendo irrigadas e o ar tomava-se úmido e fresco, com a entrada da noite, por pior que fosse o calor.

Então, os caminhões passaram a formar filas em nossa rua, não havia sossego para o futebol e outras brincadeiras. Diziam que tais caminhões transportavam peças para a ampliação da máquina. A empresa calçou a rua, colocou rede de água e esgotos, iluminação e placas autorizando a passagem e estacionamento apenas de veículos a serviço da grande máquina. Furgões, peruas, camionetas chegavam continuamente, descarregando fardos, caixotes gigantescos, contêineres colossais. A sensação que eu tinha era de que ali havia o hangar de um dirigível. Não havia outra forma de entender aquela porta com sessenta metros de altura, que se abria em várias partes, suavemente e sem barulho.

Certo dia, dezesseis jamantas ficaram enroscadas, ao fazer uma curva apertada. Não havia espaço e a manobra dos motoristas foi de tal modo infeliz que a primeira enfiou o motor numa casa e a traseira na outra. A segunda tentou fazer a curva no pouco espaço restante e entalou. E assim foi. Uma sucessão de manobras difíceis de serem feitas numa via estreita, uma jamanta atrapalhando a outra. Bloqueio total, ninguém para a frente, nem para trás. Vieram técnicos da empresa, engenheiros, agrimensores, peritos viários. Ficaram tão perplexos quanto o povo curioso.

Não havia como retirar as jamantas. Nem meio de baldear o material que traziam. Transportavam tubos gigantes, de um diâmetro da altura de um homem. Exatamente trinta e cinco tubos, em aço inoxidável. Os técnicos começaram a mostrar nervosismo. Uma semana depois, apareceu um anúncio nos jornais, oferecendo recompensa a quem sugerisse uma solução. As sugestões choveram. Nenhuma viável.

Derrubaram trinta casas. A empresa da máquina indenizou todo mundo. Pagou corretamente, não houve reclamações. Nem processos. Coisa bastante estranha, deu o que falar. Não era um modo normal de agir. Se a empresa agia assim para defender os interesses, devia haver coisa por trás. Como descobrir? De que adiantava ficar perguntando aos empregados, se estes estavam satisfeitos? Bem comidos, vestidos, possuíam casas, jardins, carros, televisão em cores?

A máquina estava transformando a cidade. Formara-se à sua volta um bairro esplêndido. E havia promessa de expansão da empresa. O prédio subiu, maciço, imponente. Todos tinham curiosidade de saber da máquina, vê-la, conhecer o seu funcionamento. Acontece que estranhos não entravam. Parecia uma política certa. Havia tanta curiosidade em torno da grande máquina, que muitos aceitaram empregos ali apenas para ver a máquina de perto. Depois disso, deixaram de falar com os outros. Viviam o tempo inteiro dentro do prédio. Só deixavam escapar, vez ou outra, numa conversa rápida à porta do cinema, que a máquina estava subordinada ao Ministério do Planejamento.

— Mas, o que ela faz?

— Coisas incríveis.

— Que tipo de coisas?

— Olha, é difícil explicar agora. Sabe por quê? Quando entramos, passamos três meses num curso. De manhã à noite. Só aprendendo as funções da máquina.

— Diga algumas. Uma só!

— É um dos sistemas mais complexos que conheço. E olhe lá que estudei computação nos Estados Unidos durante cinco anos. Incrível, espantoso. Um gênio ou deus, só isso pode explicar quem construiu aquilo.

— Eu não quero saber se é incrível, ou não. O que faz?

— Tem mil funções. É preciso que você me determine as áreas. Porque o trabalho se divide em áreas. Estas, por sua vez, se subdividem em departamentos locatários. Estes departamentos se compõem, cada um, de trinta e sete compartimentos. Uma nova divisão: compartimentos em células. Células em quarenta e cinco alvéolos. Finalmente, dentro dos alvéolos se pode determinar os serviços específicos produzidos pela grande máquina em cem setores.

Por aí afora. Rodeavam. Estavam diferentes, vidrados na empresa, no funcionamento da grande máquina. As próprias mulheres achavam os maridos esquisitos. Calados, sem outro interesse. Eles passavam a noite ansiosos para que a manhã chegasse e um novo dia de trabalho começasse. Tomavam banho, engoliam os cafés sofregamente e partiam. Atravessavam os portões e pareciam respirar, aliviados. Só depois do portão é que se viravam, sorriam e acenavam. Por trás daquelas grades, os homens mudavam. Agitavam-se, entusiasmados. Como se as grades tivessem um poder qualquer, mágico ou eletrônico, de dar um choque no cérebro, ativando a pessoa.

Eu resistia.

— Vai, meu filho, dizia minha mãe. Vai trabalhar com a máquina.

Olha seu pai. Melhorou muito depois que largou aquela hortinha vagabunda que dava uma trabalheira desgraçada. A horta que acabou com as costas dele. Até a bronquite acabou, depois que não precisou mais mexer na terra úmida, nem regar os canteiros de manhã e de tarde. Seu pai se arranjou bem por lá, apesar da idade. É um polidor.

— Não sou polidor, coisa nenhuma. Tenho de passar uma flanela, cinco vezes ao dia, em horas certas, marcadas por um relógio, nos pés plásticos da unidade de fita magnética.

— O que é a unidade de fita magnética, pai?

— E eu sei?

— Mas como é essa unidade onde o senhor passa o pano?

— Uma caixa, retangular, alta, de cor cinza e azulada.

— E para que serve?

— Lá dentro, meu filho, aprendi a não fazer perguntas.

— O senhor trabalha num lugar e não se interessa em conhecer, saber o que é?

— De que adianta saber?

— O senhor podia trabalhar melhor.

— Passar um pano nos pés plásticos de uma caixa besta é uma coisa muito fácil. Não exige o mínimo conhecimento de nada. Tudo o que é preciso são minhas mãos.

— Não tem curiosidade, pai?

— Passei o tempo de ter.

— E os outros?

— Não sei, não quero saber dos outros.

— A administração não gosta que se faça perguntas?

— Nunca me proibiram.

— O senhor disse que lá dentro aprendeu a não fazer perguntas.

— É que ninguém faz. Por que hei de fazer? Logo eu?

— Todo mundo trabalha lá e todo mundo concorda com tudo?

— Acaso somos infelizes?

— Sei lá!

— Você está precisando trabalhar. Entre para a empresa.

— Eu? Vou embora para São Paulo. Vou fazer universidade, arranjar emprego por lá. Aqui é que não fico.

— Cinco anos atrás, aqui era ruim, uma cidade miserável. Agora, temos a grande máquina. Fica aí, com a gente.

Não queria ficar. A grande máquina me incomodava. Nada grave. Apenas uma questão de pele. Quando eu passava diante das grades e ouvia o ronco surdo, os passos dos operários, sentia meus pelos se arrepiarem. Dentro das grades havia jardins, gramados, ruas asfaltadas e os empregados circulavam em pequenos jipes azuis, em motonetas ou em uma espécie de litorina que desenvolvia grande velocidade, levando grupos de gente de um setor para outro. No entanto, eu podia passar horas olhando o prédio alto. Aquele parecido com hangar de dirigível. O que havia lá?

E se eu entrasse para a empresa, olhasse tudo e pedisse demissão? Era o jeito. Não foi. O psicólogos entrevistadores adivinharam, ou intuíram, ou então sabiam mesmo de minhas intenções. Depois da prova escrita, perguntaram agressivamente:

— Por que você quer conhecer todos os setores? Nunca viu a máquina?

— Essa aí, não.

— É igual às outras.

— Não parece, pelo tamanho dos prédios e pelo formato estranho dos caixotes que desciam.

— Bem, ela pode ser maior. De resto, não tem novidades.

Me dispensaram. Contei que tinha sido recusado, minha mãe chorou. A grande máquina era o futuro, a estabilidade. Como podia? Como podia um filho ser assim, preocupar os pais, infernizar a vida? Ia virar vagabundo? Afinal, todos os meus amigos estavam trabalhando.

Correram boatos de que ampliavam a máquina. Logo precisariam de empregados. Agora, não havia apenas gente da cidade em busca de vagas. Das cidades vizinhas tinham sabido da máquina, dos empregos. Surgiam multidões que se acotovelavam pelas ruas, consumiam tudo nos bares, sujavam a cidade. A maioria dormia nos jardins, beirais de portas, sob as pontes, nas igrejas. Havia esperança de trabalho para todos e o governo federal baixara uma ordem, para que a prefeitura e a polícia local não expulsassem os invasores. Mas, eles destruíam os jardins, escreviam nos muros, mexiam com as moças, quebravam vidraças. Como suportá-los? Melhor do que isso: por que suportá-los?

Os trabalhos de ampliação duraram dois anos. Terminei não indo embora por causa da saúde de meu pai. Teve uma paralisia nas mãos, não podia mais passar o pano nos pés da tal unidade. Recebeu uma boa indenização, hoje fica na janela, o tempo inteiro. Contemplando os prédios onde a máquina e seus derivados funcionam. Também, não consegui emprego na empresa, estou na fábrica de sacos que fornece embalagens para os lanches dos empregados da grande máquina.

A ampliação deu oportunidade a pedreiros, carpinteiros, vidraceiros, especialistas em acabamentos, colocadores de azulejos e pastilhas, encanadores, eletricistas, faxineiros. Não havia na cidade tijolos suficientes, buscaram nas cerâmicas vizinhas. Que produziam sem parar. Abrir novas cerâmicas, fábricas de lajotas para pisos, mineração de cal, usinas de asfalto, metalúrgicas moldando postes de iluminação, indústrias de vidro, fiações que forneciam tecidos para os uniformes padronizados dos empregados da grande máquina. Restaurantes, lojas, farmácias, consultórios médicos, bares, lanchonetes, padarias, supermercados, tudo floresceu à sombra de bancos, casas de crédito, serviços de financiamentos. Subitamente, percebemos que havia uma nova cidade em torno da grande máquina. Uma cidade agitada, movimentada, nervosa, intranquila, enfumaçada, barulhenta, angustiante.

A grande máquina consumia pregos, parafusos, arrebites, chapas, tintas, vidros, porcas e milhares e milhares de pequenas peças. Em torno da cidade cresceram indústrias de peças de reposição de todos os tipos, formatos e tamanhos. Estas indústrias, por sua vez, deram margem à criação de outras, menores, quase artesanais. Se uma determinada peça tivesse mais de um elemento, havia tantas fábricas quantos fossem os elementos. Sabem como é? Aos poucos as coisas se arranjam, cada grupo se protegendo e se defendendo. De tal modo que, em quatro ou cinco anos, quem quisesse pegar concessão, para qualquer coisa, tinha que subornar tantos empregados, alisar tantos bolsos, que precisaria de grande financiamento somente para este tipo de atividade. Não, a vida não estava fácil.

Havia, além disso, uma clara divisão social. Os que trabalhavam com a grande máquina e os que não trabalhavam. O primeiro grupo tinha *status*, o segundo era marginalizado. Não trabalhar para a grande máquina significava inteligência menor, incompetência, ineficiência, falta de padrinhos poderosos. A indústria da colocação empregatícia tinha se desenvolvido, de maneira a fazer inveja às melhores sociedades. Os grandes cargos rodavam sempre entre o mesmo grupo. O domínio da cidade era estabelecido nestes setores, enquanto os outros simplesmente não existiam. O prefeito atual, por exemplo, era um homem que trabalhava com os comandos da grande máquina. O que prova sua capacidade técnica, porque, mais do que nunca, a máquina produz.

Descobri por acaso uma situação. Os jornais passaram a publicar anúncios para contratar mecânicos especializados em determinado tipo de conserto. Não era um conserto fácil, porque o mesmo anúncio foi publicado seis vezes. Não sei se conseguiram ou não. Logo depois, novo prédio. Técnicos especializados nos reparos de um setor chamado Basculante. Não se passaram seis meses, os comentários eram gerais.

— Está chegando muita gente nova na cidade. A máquina não anda bem.

— Mandaram buscar mecânicos nos Estados Unidos.

— E na Rússia.

— Na Tailândia.

— Vem vindo um da Birmânia.

— Ontem desceu um jato com quatro executivos. Gente entendidíssima em grandes máquinas.

— Mas a produção? Diminuiu?

— Dizem que não. Se não consertarem logo, arrebenta tudo.

— E o construtor da máquina?

— Tem vinte fábricas envolvidas. Nenhuma quer assumir a culpa do defeito. Uma joga para a outra.

— Ouvi contar que vão abrir a memória selada.

— O que é isso?

— Isso é a memória selada. Só os homens da Brownvery podem abrir.

— E por que não chamam eles?

— A Brownvery fechou. Não existe mais.

— E como fazer?

— Se eu soubesse estava lá consertando e ganhando dinheiro, não aqui no papo-furado.

— Estou receoso. Se essa máquina para, o que faço com minha fábrica de pinos?

— E eu com os colchetes? E o prego circular?

— Pior sou eu. Faço o motor rotativo e me alimento em sessenta e três indústrias de autopeças. Vou eu, vai todo mundo.

E assim, o medo começou a se instalar. Difundiu-se, rápido. Camuflado, sub-reptício, insinuante. Devorador. Percebia-se, em todos os olhares, a pergunta:

— E a máquina? Foi consertada?

Não havia resposta positiva. Consoladora. Também, não houve ninguém demitido. Nenhuma encomenda de peças foi cancelada. A máquina continuava a devorar suas porcas, parafusos, chapas, lingotes, pregos, colchetes, motores rotativos inversos, com a mesma sofreguidão. A calma voltou a se instalar, depois do breve susto. No entanto, eu percebia. A cidade não era a mesma. A dúvida se instalara. Aquela dúvida que não tinha pairado um só instante, por anos e anos: e se a máquina deixa de funcionar? Voltaria a miséria, a falta de perspectiva, os carros seriam vendidos, as televisões em cores empenhadas. Todo aquele magnífico equipamento de cozinha que fazia tudo sozinho, dando todo o tempo do mundo às donas de casa, como seria mantido se não era mais possível pagar as contas de eletricidade?

Todas as manhãs, e todas as tardes, um telefonema corria a cidade, de ponta a ponta. As mulheres dos supervisores, os cargos máximos, telefonavam umas para as outras.

— Tudo bem, hoje?

— Tudo bem.

— Nenhum aviso para amanhã?

— Nenhum.

— Como ele chegou em casa?

— Triste, acabrunhado como sempre. Igual a ontem, igual aos bons dias.

— Ah, que bom. Que alívio.

Tornou-se um costume. E tanto tempo se passou, tantos anos prosseguiram dentro da tranquilidade, que o povo se acalmou inconscientemente. Só a tradição do telefonema prosseguiu. Aquilo era uma espécie de farol. Algo que fica ali, girando e girando. Informando. Um aviso aos navegantes, e os próprios navegantes, acostumados naquele trecho, evitam por si só o perigo, dispensando o farol. Mas o farol continua.

Havia uma festa anual nos jardins da empresa. Os que trabalhavam para a grande máquina, ou nas indústrias ligadas a ela, eram convidados. Isto significava que noventa por cento da população comparecia, sendo que os outros dez por cento eram penetras.

Nunca perdi uma festa. Queria a minha chance, e tive. Há dez anos tentava me aproximar do presidente da empresa. Não conseguia. Ninguém me mostrava quem era o presidente.

— Acho que foi por ali.

— Estava agora mesmo naquele grupo.

— Desceu para o Jardim das Fontes.

— Está no Pequeno Versalhes.

— Deixou o Palácio dos Arcos.

— Procure na Casa de Força.

— Está esquiando nos Grandes Lagos.

— Veja no Pavilhão dos Frangos Azuis.

— Acabou de sair daqui.

— Está no Café de Paris.

— Já olhou na Máquina Memorial?

— Foi ao banheiro. Está lá há duas horas, estão preocupados.

— Passou com o prefeito, os supervisores, os assistentes maiores, os duplos vigias, os reparadores. Entrou no grande prédio.

O grande prédio continuava o mesmo. Uma espécie de hangar de dirigível, com as portas ciclópicas que me impressionavam. Fechado. Tentei empurrar uma das portas. Claro que não consegui. E assim foi, por anos e anos. Eu tinha desistido já. E naquele ano, depois de bancar o penetra, estava na fila dos sorvetes, quando alguém disse:

— Vejam. O próprio presidente está distribuindo os sorvetes.

— Ele sempre foi assim. Cada ano está num setor da festa, trabalhando mais do que os outros.

— Ele devia ser o prefeito.

— O governador.

— O presidente.

Quando o presidente me entregou o sorvete, sussurei:

— Podemos falar em particular?

— Agora estou distribuindo sorvetes.

— Tenho um problema.

— Afaste-se, por favor, a fila está grande.

Afastei-me. Com o sorvete na mão, peguei a fila. Outra vez. Esperei, cheguei até ele:

— Quando acabar a distribuição, o senhor me dá um minuto?

— Dou o dia inteiro. Agora, saia.

Entrei na fila novamente.

— Me espere na entrada do Arco Triunfal.

Foi. Um homem simples que cruzava comigo na rua, quase todos os dias. Chegamos a tomar café, lado a lado, no Central.

163

— O que é, meu rapaz?

— Eu queria conhecer a grande máquina.

— Não conhece ainda?

— Não.

— É novo na cidade?

— Nasci aqui.

— E como não conhece a máquina?

— Nunca me deixaram.

— Como? Quem foi? Mando abrir um inquérito. Não tem segredo nenhum. A ordem da empresa é livre acesso. A máquina é um bem público.

— Podemos ir ver? Agora?

— Agora? Mas ela está parada. Hoje é feriado.

— Sei, mas gostaria de ver, assim mesmo.

— Não compensa. O bonito é vê-la em produção.

— Falar nisso, ela produz o quê?

— Como o quê?

— O que ela faz?

— Você está brincando comigo, meu rapaz?

— Tenho cara de brincar?

— Não tem, mas faz uma pergunta muito estranha. Quem é o senhor? O que pretende?

— Saber.

— Não. Há algo de errado nisso tudo.

— Só quero conhecer a máquina. Então, não tenho o direito?

— Tem. Claro que tem. Mas é esquisito, porque todos nesta cidade conhecem a grande máquina.

— Todos, nada. Conheço muita gente que espera o grande dia.

— Você pode aguardar um pouco? Vou reunir meus supervisores.

— Para quê?

— A porta da máquina só se abre com as chaves de seis de nós, juntamente, girando trinta e sete vezes à direita, noventa e cinco à esquerda, apertando catorze alavancas e gritando em microfones: "Linda maquininha, gostamos de você, abra esta portinha, vamos trabalhar". Assim é, todas as manhãs.

— Se não gritarem, ela não abre?

— Não. Ela precisa saber que viemos trabalhar, porque gostamos dela. É sensível demais.

— A máquina? O senhor está brincando. Um monstrão daqueles?

— Monstrão? Coisa delicada, onipotente, sábia. Ela regula o nosso destino. Contemplá-la é penetrar no paraíso.

— Então, vamos lá dentro?

— Preciso reunir meus homens. Me espera aqui?

Esperei. Ele se foi, e nunca mais o vi. Nem naquele dia, nem nos próximos anos. A festa foi terminando, as pessoas se retiraram, antes das seis. Fiquei ali, diante do Arco Triunfal. Fiquei por ficar, não tinha esperança nenhuma. Ao contrário, era a certeza de que o presidente não viria. Falar nisso, seria o presidente? Um homem falando comigo tão simplesmente. Distribuindo sorvetes? Não, por cima de mim, não!

— Meu senhor, a festa acabou.

— Eu sei.

— E o que faz aqui?

— Já vou indo.

— Por favor, vá mesmo. Não podemos permitir que ninguém permaneça por aqui.

Eu podia saltar sobre este velho vigia, amordaçá-lo. E entrar nos prédios, em busca da máquina. O vigia é um homem frágil, indefeso, não traz armas. Provavelmente tem um equipamento eletrônico qualquer. Se eu ataco, o equipamento dispara algum alarme, chegam as brigadas, as milícias. Sei lá, alguma coisa deve chegar, estou só supondo. Nunca houve qualquer tentativa contra a grande máquina. Por que haveria de ter? Todos a adoram, ela trouxe emprego, felicidade, dinheiro, bem-estar. Ou não trouxe? Ou estamos todos camuflando, fingindo?

165

Que pensamento mais curioso: e se na verdade, toda esta população odiasse a máquina? Odiasse com toda a força. O presidente, ou quem quer que seja disse que ela sente as coisas. Sentiria então a vibração de todos os pensamentos negativos da cidade. E se destruiria por si mesma. Ou destruiria o povo.

Bobagem. Besteira minha imaginar que a máquina possa sentir, vibrar, se emocionar. Na verdade, ele está tão condicionado, tão subordinado, tão fechado a todo o resto, que a máquina passou a agir como um superser humano. E se a grande máquina não existir? Será pior para a cidade? De repente, o prédio está vazio, a empresa é fictícia, os cargos são falsos, estamos todos representando uma comédia. Vai ver, é isso. Todas as coisas que aconteceram estão dentro da nossa imaginação. Idealizamos tudo com força, movidos pela necessidade, pela miséria, pela ameaça de um futuro negro, pelo medo da punição se não andarmos certos. Com tal força que tudo se materializou. Construímos esta máquina com nosso pensamento? Ou ela sempre existiu, sem que soubéssemos?

— Estou esperando. O senhor não vai?

— Me dê tempo!

— Que tempo, que nada. Já passam vinte segundos das seis.

— E daí?

— Ninguém pode permanecer depois das seis.

— Um minuto a mais, um minuto a menos, que diferença faz?

— A máquina percebe.

— E o que acontece?

— Ela reclama.

— Vai, vai, você também?

Conheço este vigia. Cuidava do jardim da praça. Podava sebes de buchinho, regava, todos os fins de tarde. O jardim não existe mais, é uma enorme praça de cimento, com alguns bancos, postes altíssimos com luz de mercúrio e estacionamento para mil carros. Não ficou uma só das setecentas árvores copadas.

— Por favor, vá embora.

— Não!

— Saia.

— Não saio.

Corri. Em que prédio ela se abrigaria? Seria realmente no hangar? Ou num desses menores. O presidente, ou o que se fingia de presidente, garantiu que ela é pequena, mínima, delicada. Em qual? Em qual?

— Máquina. Me responde! Quero te ver.

Corria. Desesperado. Como se soubesse que era a última chance de vê-la. Gritava para as paredes e os altos muros ecoavam minha voz. O engraçado é que os prédios, modernos, de aço, alumínio, não combinavam com os jardins e alamedas feitos à antiga. Havia árvores e espelhos de água, pontes chinesas e quiosques, caramanchões. Um lugar onde a gente se sentia bem. E gostaria de ficar toda a vida.

— Máquina.Você está se escondendo!

Súbito, parei. Será que estou louco? Entrei na onda dos outros? Acreditando que a máquina tenha vida e saiba que estou à sua procura. Incrível como podem condicionar a gente. Aqui estou, esperando que ela responda. Que brinque de esconde-esconde comigo. Que comece a resfolegar, como disse o velho vigia. Estou olhando cada janela, lendo cada flecha indicativa. Em nenhuma, uma informação que me leve a ela. A bicha, bruta, carinhosa, monstrão devorador, amiga, mãe protetora, namorada, irmã, amante. Ela, essa coisa que se instalou em nossas vidas para não mais sair.

— Máquina. Desgraçada de máquina. Sou eu. Se você sabe tudo, me conhece. Me odeia. Acabe comigo, máquina, se puder.

E nada. Ou ela é algo distante, inacessível, incomum, e conhece sua posição quase imortal ou então me despre-

167

za, o verme que a desafia. Ou ela é, simplesmente, uma grande máquina, um monte de ferragens que trabalha quando ligam o botão, indiferente a tudo que se passa.

Fui agarrado no momento em que tentava ver se os alto-falantes possuíam um transmissor de TV, circuito interno, ou microfones. Eram muitos, não sei quantos. Jogaram um saco sobre minha cabeça, amarraram, me levaram. Fui deixado numa sala. Inteira azul, com uma lâmpada de *neon*. Depois, apagaram a lâmpada e dormi. Acordei, estava escuro, não havia nenhum barulho. Fiquei um longo tempo acordado, esperando. Longo ou curto? Como saber? Acenderam a luz, e nada mais. Tive fome, sede, descobri um banheiro. O que era aquilo? Uma cela? Um quarto de hospital? Apagaram a luz. Bebi água do banheiro, mas a fome não podia matar com água. Uma noite, me retiraram e me deixaram na grande praça do estacionamento. Fui para casa, minha mãe chorava. Consolada pelas vizinhas. No dia seguinte, voltei ao meu emprego nas embalagens. Para saber que tinha sido despedido.

— Só porque faltei um dia?

— Um dia?

— Quanto foi?

— Um tempão, um tempão.

— Não pode ser.

— Não pode, mas foi.

Estavam me pagando direito. Me deram os papéis para o Fundo de Garantia. Só não queriam perguntas. Nesta cidade, um homem de cinquenta anos não consegue emprego com tanta facilidade. Principalmente eu que nunca tinha trabalhado com a empresa, auxiliando a grande máquina. Era uma grande desvantagem. Desconfiavam, era um crédito negativo. A minha sorte é não ter família para sustentar, não ter casa, nem aluguel, nem crediários. Qualquer coisa me serve. Assim, aceitei a faxina de um supermercado, onde sempre posso roubar frutas e iogurtes e ir enganando, para não ter de almoçar ou jantar. Mas o que me levou a aceitar o baixo salário foi a possibilidade de observar os jardins e os prédios. Da janela do banheiro, posso ver os edifícios de alumínio e aço. Num deles, ela está escondida. Posso ver mais ainda. Os campos desolados, áridos, cinza, onde antigamente havia o cinturão de hortas de que a cidade se orgulhava.

Fico horas na janela, contemplando. Um dia, ela há de me dar um sinal e vou pular muros e grades, enfrentar vigias. Chegarei até ela. Será um encontro? Um torneio, uma disputa?

Uma sexta-feira, pela manhã, eu passava o pano com detergente no chão plastificado, quando o homem que comprava bananas se aproximou:

— Me desculpe. Não foi o senhor que prendemos nos jardins, gritando e arrebentando os alto-falantes?

— Foi. Mas não vi quem me prendeu.

— A técnica do saco é perfeita. Nela só trabalham os caçadores de coelhos, gente que tinha experiência no campo. Mas não trabalho mais nela. Estou no setor de reparações.

— Não estava bem como ensacador?

— Precisam de gente nos reparos. A seção está se expandindo. Todos os novos contratados estão nos reparos.

— A máquina anda ruim de novo?

— Está pererecando um pouco.

Já vi o que vai dar na cidade. Volta o clima de insegurança. O povo invadirá os supermercados, fazendo compras enormes. Vão tirar o dinheiro dos bancos e guardar em casa, antes que os bancos fechem.

Comecei a ver no supermercado velhos amigos, com quem não falava há anos. Agora, cumprimentavam, acenavam. Chegavam.

— Como vai lá?

— Tudo bem.

— Faz o quê, agora?

— Trabalho nos reparos.

— A máquina anda dando trabalho?

— Acham que ela está meio velha. Já existem novos modelos. Mas uma troca, a esta altura, vai custar tanto, será tão complicado que pode arruinar a cidade. A cidade? O país inteiro. Todo mundo encomenda serviços aqui.

— Me diz uma coisa. Que tipo de serviço?

— Todos os tipos. Todos. O que o país precisar, a máquina realiza.

— Me conta uma coisa só que ela faça.

— Sabe quantos livros existem sobre as coisas que a máquina faz?

— Não.

— Doze mil. Escritos por técnicos que vieram fazer cursos de especialização.

— Onde estão os livros?

— Na biblioteca da empresa.

— Não existem para comprar?

— Claro que não.

Meu superintendente apareceu, olhou severo. Não disse nada, porque é surdo-mudo. Só olha e sei que devo retornar ao serviço. Daquele dia em diante, passei a perguntar a todo mundo que trabalhava junto à máquina.

— Você está fazendo o quê?

— Estou nos reparos.

Comecei a ir à Porta Monumental de Saída. Indagava de um e outro, escolhidos ao acaso. Um mais bem-vestido, outro menos, um mais novo, um madurão, um velho.

— Você faz o que aí na empresa?

— Trabalho nos reparos.

A mesma resposta. Será que a minha pesquisa estava sendo conduzida de modo errado? Não podiam todos trabalhar nos reparos.

— O senhor também trabalha nos reparos?

— Claro, por quê?

— É que tem um filho meu nessa seção, precisava falar com ele.

— Só o departamento pessoal pode informar. Não sei se o senhor sabe, mas todos os prédios agora pertencem aos Reparos. É preciso saber o setor, depois o departamento, depois a seção mecânica, a ala, o bloco, o edifício, a sala, o tabique.

— Tudo Reparos? Que estranho.

— Por quê?

— A grande máquina quebrou?

— O senhor está louco? A grande máquina não quebra. Não pode quebrar. Se isso acontecesse, que Deus nos livre, estaria tudo perdido. O mundo desmontaria. Esta cidade se acabaria, o país iria à bancarrota.

— O senhor acredita que a máquina não quebra nunca? Como pode acreditar?

— Não é simples crença. É fé. É uma força que me diz isso. Que diz a todos nós.

Não sou eu que estou louco, é a cidade, esta gente. Quem sabe a empresa não é um grande hospício, onde todos se fingem empregados de uma grande máquina? Mas também é pretensão minha querer ser o único normal. Posso estar louco também e esta é uma sensação desagradável. Fico flutuando, sem saber quem sou, sem me relacionar, sem me adaptar a uma realidade. No entanto, qual a realidade desta minha cidade? Não reconheço mais nada e não aceito o que está aí. Deve haver outros como eu, procurando saber. Como encontrá-los para me livrar desta angústia e solidão? Isto é solidão. Não entender o que se passa à sua volta. Querer, e não conseguir. Continuo indagando, sempre que possível. Às vezes, vejo uma cara nova, tento me aproximar. São desconfiados, têm medo de perder os empregos.

Os trens, as jamantas, os caminhões, as peruas, todos os tipos de viaturas continuam chegando e partindo, carregando coisas desconhecidas para mim. Ou para todos, não se sabe. A população continua fechada, silenciosa, hostil às perguntas. Apenas desfrutando de uma coisa que, agora ela teme, pode acabar. E por isso, todos vivem como se amanhã a máquina não estivesse mais aqui. Gastam, compram muito, dão festas. As bebedeiras são imensas, os fins de semana são carregados de acidentes nas ruas e estradas, todo mundo correndo com os carros. Há uma grande necessidade de se aproveitar integralmente cada momento.

O HOMEM CUJA ORELHA CRESCEU

Estava escrevendo, sentiu a orelha pesada. Pensou que fosse cansaço, eram 11 da noite, estava fazendo hora extra. Escriturário de uma firma de tecidos, solteiro, 35 anos, ganhava pouco, reforçava com extras. Mas o peso foi aumentando e ele percebeu que as orelhas cresciam. Apavorado, passou a mão. Deviam ter uns dez centímetros. Eram moles, como de cachorro. Correu ao banheiro. As orelhas estavam na altura do ombro e continuavam crescendo. Ficou só olhando. Elas cresciam, chegavam à cintura. Finas, compridas, como fitas de carne, enrugadas. Procurou uma tesoura, ia cortar a orelha, não importava que doesse. Mas não encontrou, as gavetas das moças estavam fechadas. O armário de material também. O melhor era correr para a pensão, se fechar, antes que não pudesse mais andar na rua. Se tivesse um amigo, ou namorada, iria mostrar o que estava acontecendo. Mas o escriturário não conhecia ninguém a não ser os colegas de escritório. Colegas, não amigos. Ele abriu a camisa, enfiou as orelhas para dentro. Enrolou uma toalha na cabeça, como se estivesse machucado.

Quando chegou na pensão, a orelha saía pela perna da calça. O escriturário tirou a roupa. Deitou-se, louco para dormir e esquecer. E se fosse ao médico? Um otorrinolaringologista. A esta hora da noite? Olhava o forro branco. Incapaz de pensar, dormiu de desespero.

Ao acordar, viu aos pés da cama o monte de uns trinta centímetros de altura. A orelha crescera e se enrolara como cobra. Tentou se levantar. Difícil. Precisava segurar as orelhas enroladas. Pesavam. Ficou na cama. E sentia a orelha crescendo, com uma cosquinha. O sangue correndo para lá, os nervos, músculos, a pele se formando, rápido. Às quatro da tarde, toda a cama tinha sido tomada pela orelha. O escriturário sentia fome, sede. Às dez da noite, sua barriga roncava. A orelha tinha caído para fora da cama. Dormiu.

Acordou no meio da noite com o barulhinho da orelha crescendo. Dormiu de novo e, quando acordou na manhã seguinte, o quarto se enchera com a orelha. Ela estava em cima do guarda-roupa, embaixo da cama, na pia. E forçava a porta. Ao meio-dia, a orelha derrubou a porta, saiu pelo corredor. Duas horas mais tarde, encheu o corredor. Inundou a casa. Os hóspedes fugiram para a rua. Chamaram a polícia, o corpo de bombeiros. A orelha saiu para o quintal. Para a rua.

Vieram os açougueiros com facas, machados, serrotes. Os açougueiros trabalharam o dia inteiro cortando e amontoando. O prefeito mandou dar a carne aos pobres. Vieram os favelados, as organizações de assistência social, irmandades religiosas, donos de restaurantes, vendedores de churrasquinho na porta do estádio, donas de casa. Vinham com cestas, carrinhos, carroças, camionetas. Toda a população apanhou carne de orelha. Apareceu um administrador, trouxe sacos de plástico, higiênicos, organizou filas, fez uma distribuição racional.

E quando todos tinham levado carne para aquele dia e para os outros, começaram a estocar. Encheram silos, frigoríficos, geladeiras. Quando não havia mais onde estocar a carne de orelha, chamaram outras cidades. Vieram novos açougueiros. E a orelha crescia, era cortada e crescia, e os açougueiros trabalhavam. E vinham outros açougueiros. E os outros se cansavam. E a cidade não suportava mais carne de orelha. O povo pediu uma providência ao prefeito. E o prefeito ao governador. E o governador ao presidente.

E quando não havia solução, um menino, diante da rua cheia de carne de orelha, disse a um policial: "Por que o senhor não mata o dono da orelha?"

OS HOMENS QUE
ESPERARAM O FOCO AZULADO

A porteira ouve a primeira música. Abre as cortinas vermelhas e se coloca de pé, à frente da porta. Às sete horas, pontual, o casal Andreato entrega os ingressos, cumprimentando a porteira delicadamente. O bastante para se mostrarem educados, mas suficiente para ela saber que não passa de cumprimento, sem intimidade maior. Nos dias normais, há uma distância de tempo entre o casal Andreato e os outros espectadores. Aos domingos, não. A fila se estende. Todos ansiosos, olhando a bilheteira que funciona lenta, com medo de errar o troco. No domingo, não há tempo para cumprimentos e sorrisos. As pessoas jogam o dinheiro, apanham os ingressos, saem apressadas para garantir lugar. Sentam-se sempre nas mesmas poltronas. Irritam-se quando encontram alguma pessoa já sentada e olham. Para ver se é da cidade ou se trata de algum estranho não informado dos hábitos locais. Os casais velhos chegam cedo. Geralmente são pessoas sozinhas, os filhos já deixaram a casa, formados ou casados. Os dois jantam cedo, a louça a ser lavada é pouca, logo a mulher está pronta. A vantagem é comprar rapidamente o ingresso, evitando a aglomeração que se forma minutos antes da fila começar. Estes casais chegam vestidos corretamente, o homem de terno e gravata, a mulher em *tailleur* preto ou cinza, joias discretas, colar de pérolas, brincos. Constituem a maior parte desta plateia. Estão acostumados com o cinema há dezenas de anos. Não apenas com o cinema, mas com esta sala, reformada de tempos em tempos. O cheiro dos perfumes, usados por elas, impregnou o ar, de tal modo que todos se sentem seguros dentro do clima familiar e conhecido.

A sala se enche. Homens com jornal debaixo do braço; casais de namorados; noivos de braços; moços sozinhos sobem e descem em busca de moças sozinhas com lugar vago ao lado; moças com os pais, ansiosas pelos flertes; solteironas em grupos; velhos resmungando porque a agitação é grande. Pessoas entram, pessoas sentam, pessoas perguntam: esse lugar está vago? Pessoas vão ao banheiro, pessoas entram pelas filas batendo nos joelhos dos outros e desmanchando cabelos que custaram horas, à tarde. O baleiro sobe e desce. Faltam cinco minutos para o filme começar, há expectativa, os lugares tomados, muita gente vai ficar em pé. As mulheres se perguntam: terão visto meu vestido novo? O sapato, o colar, a blusa, a saia, a bota? As meninas indagam se terão sido vistas ao lado do namorado novo, do mais bonito da cidade, o mais elegante, e rico, e até o inteligente, o mais promissor, o político.

Agora, as pessoas olham o relógio para se certificar que se passaram cinco minutos além do horário e imaginam que a gerência talvez esteja esperando o povo se acomodar, para começar. Outros lembram que o povo se aquieta com os acordes da *Suíte Quebra-Nozes,* de Tchaikovsky. E todos que estão em pé se precipitam, porque sabem que as luzes se apagarão no meio da música. O gongo toca em seguida, as cortinas se abrem lentamente, as luzes em volta da tela mudam de cor e se apagam no instante exato em que a *Suíte* termina e o foco azulado surge da cabine, enchendo a tela de imagens, mas a *Suíte* não toca, o baleiro sobe para encher a cesta, uma nova consulta aos relógios mostra que se passaram quinze minutos, os mais velhos ficam olhando para trás, para a janela da cabine, como se o olhar de reprovação pudesse por si levar o operador a começar a sessão.

Uns se levantam e vão perguntar à porteira, e ela se limita a responder que nada pode fazer, a sua função é recolher ingressos. Que consultem o gerente. E onde está o gerente? O gerente está no escritório, mas o escritório é inacessível ao público, para se chegar a ele é preciso sair, dar a volta pela escada do balcão. Mas quem sai não pode entrar de novo, a bilheteira não tem senhas para entregar. Então, como fica? Tem de esperar.

Às oito, passada meia hora, mesmo os mais jovens se entreolham: vai ver quebrou a máquina, ou não receberam o filme. Como se isso fosse piada, riem. Riem alto, porque sabem que incomodam os velhos. Os velhos pedem silêncio, a sessão está atrasada e ainda tem baderna. Oito e dez, há insatisfação geral, assim não pode, daqui a pouco a sessão começa com uma hora de atraso, vamos chegar tarde ao clube. Batem palmas na frente, gritam no fundo, o banheiro está repleto de fumantes. Os radicais se levantam, dispostos a atitude extremada. Surpresa: a porteira deixou seu posto. Desapareceu, a porta está fechada. Trancada por fora. Indignação. Vamos quebrar tudo. "Quebrar o quê?" pergunta um homem. Quebrar portas, poltronas, o que estiver pela frente. O homem que tinha perguntado agarrou o braço do homem que pretendia quebrar. "Me acompanhe, por favor." Saíram por uma porta lateral, os outros nem perceberam. O pequeno hall de entrada está cheio, os corredores lotados, as pessoas continuam a se levantar e a se empurrar. Querem sair, se comprimem, xingam, não se entendem. E não compreendem. As mulheres estão sentadas, "este é um assunto para homens".

Então, sem que se saiba como entraram, desconfia-se até que estavam na sala, misturados ao povo, os vigilantes da segurança começaram a gritar "Voltem aos seus lugares". A princípio, as pessoas não escutam, tão aturdidas estão. Os vigilantes passaram a empurrar, sem violência, mas agressivamente, com decisão, os homens de volta às poltronas. São muitos os vigilantes e parecem dispostos a uma ação maior. De modo que os pacíficos espectadores, espantadíssimos, se atropelam, ansiosos para dizerem às suas companheiras que não conseguem saber o que está acontecendo. Aproveitam para protestar contra a violência. Afinal, esta é uma tranquila sessão de domingo e os vigilantes deviam estar é contra o dono do cinema que não inicia a sessão. E não agredir espectadores, estes pagaram para ver o filme na hora certa.

São nove e quinze e o murmúrio cresce: não vai ter sessão, o melhor é devolver o dinheiro. Alguns ameaçam levantar, os vigilantes surgem, gritando para que sentem. Ninguém pode transitar pelos corredores, nem ir ao banheiro. O baleiro foi convidado a se encostar num canto. Protestou, disse que estava trabalhando, não era espectador. Não adiantou. Como é, vai começar ou não vai?

Nove e meia, hora da segunda sessão. Passam a gritar, até que um vigilante vai à frente e pede silêncio, a sessão vai começar, que todos tenham paciência, colaborem. "Não quero mais ficar", diz um velho, "estou com sono e vou-me embora". "Lamento muito", diz o vigilante. "Ninguém vai deixar os lugares. Se todos se forem, o cinema fica vazio; e se vai fazer a sessão para quem? Sentem e aguardem, que vai iniciar".

Dez horas e a *Suíte Quebra-Nozes* não toca. Isto é, começou, tocou alguns acordes, foi retirada. E às dez e meia, já com gente cochilando, as luzes foram diminuídas, veio um murmúrio de contentamento. Mas ficou nisso, a sala na semipenumbra, as pessoas continuando a querer ir embora, sendo desaconselhadas.

Às onze, a plateia fervia quietamente de irritação. "Como é", "não é possível", "precisamos reclamar a alguém", "onde está o gerente", "o dono do cinema, o prefeito, o chefe de polícia?". "Olhem lá, tem mulher passando mal, o ar é viciado, sufoca." "Vamos nos organizar, retirar as mulheres e os velhos." Um grupo de homens se levantou, decidido, e se formou no meio do corredor, disposto a percorrer as filas, vendo se tudo estava bem. Três vigilantes se aproximaram. "Que sessão é esta que não começa nunca", indagaram os homens organizadores. "Estamos nos preparando com cuidado a fim de que vocês tenham uma bela sessão, com um bonito filme, ao agrado de todos. Se vocês se precipitam assim, a sessão demora mais, ou pode não começar nunca. Vão se sentar, vão, senão temos que tomar providências desagradáveis." Os homens se sentaram, menos um que gritou: "Pois que tomem providências". Foi retirado pela porta lateral, discretamente, como alguém que vai fazer xixi.

Às onze e trinta e cinco, todos bateram os pés e de nada adiantava pedir silêncio. Tocaram a *Suíte Quebra-Nozes* e houve alívio geral, por pouco tempo, porque todos entenderam que era um truque. A fim de que eles pensassem que o filme ia começar. Passaram dez minutos e a plateia voltou a gritar, a bater pés e palmas, a assobiar. E então, apagaram-se todas as luzes. Houve um momento de hesitação, e fósforos e isqueiros começaram a ser acesos, uma tênue iluminação dominou a sala. As pessoas se agitaram, se levantaram, sentavam ante os gritos dos vigilantes, prometiam que nunca mais viriam ao cinema, iriam apedrejar os vidros, rasgar os cartazes, roubar a bilheteria. Amontoaram-se todas no corredor, querendo sair, mas as portas continuavam fechadas. E a *Suíte Quebra-Nozes* tocou outra vez, o gongo bateu, a *Suíte* continuou tocando, o gongo batendo, as luzes em volta da tela mudavam de cor, só o foco azulado não saía da cabine de projeção, enchendo a tela com as imagens tão esperadas.

O HOMEM QUE
GRITOU EM PLENA TARDE

Parou para espiar a vitrine. Sapatos e bolsas, pretos, amarelados, marrons, azuis. Não estava interessado em sapatos e bolsas. Olhava por olhar. Passava todos os dias por ali, cada dia observava uma vitrine, uma loja, um balcão, um canto. Costumava também olhar para cima. E assim tinha descoberto coisas que, era uma certeza, outros não viam. Um beiral antigo, esquecido na fachada de um prédio. Uma cornija. Uma grade, uma janela com vidros desenhados, vaso de flores, gaiola com pássaros, retrato pregado numa veneziana, números no alto de portais, rostos atrás de vidraças, aquários. Levava esbarrões, xingos, o que faz aí parado, seu bestalhão, pô, nesta cidade tem de tudo, até gente parada de boca aberta. Não ligava, falavam por falar, para ter alguma coisa contra o que reclamar.

Enquanto admirava a vitrine, ouviu os passos. Era a primeira vez que prestava atenção no ruído dos passos. Virou-se, observando os pés do povo. Os sapatos batiam no calçamento; uns arrastavam os pés; outros saltitavam; uns pareciam flutuar. O que o impressionava mesmo era o barulho. Não, não era o barulho, percebeu. Era o silêncio, dentro do qual os passos sobressaíam. Um silêncio espesso dentro da tarde. De tal modo que ele podia, com nitidez, distinguir cada ruído. O dos passos, o das vozes, o dos murmúrios (mesmo das pessoas que falavam sozinhas), dos chamados, das máquinas de escrever por trás das paredes, dos apitos dos guardas, de nomes gritados, sussurrados, chamados, de músicas que se confundiam, como se as letras fossem coisas absurdas, sem sentido algum, de motores engrenando, funcionando, buzinas, choros, soluços, zumbidos. Seu ouvido captava e selecionava, como um aparelho estereofônico, capaz de enviar para alto-falantes diversos sons de instrumentos diferentes.

O silêncio pareceu incômodo a um homem acostumado dentro da cidade barulhenta, irritadiça, insuportável. O seu dia a dia era constituído quase que por um barulho só, homogêneo, que se integrara à sua vida. Algo de que ele dependia, que fazia falta ao seu organismo. Só conseguia pensar, trabalhar com eficiência, dentro daquele conjunto de ruídos absorventes que lhe davam a certeza de que a cidade marchava, a pleno vapor, e ele era parte dela, um acréscimo. E que sem ele, e sem ele — o outro — numa escala infinita, esta cidade iria parar, quebrando toda uma estrutura.

Então, aquele silêncio distinto, imenso vazio dentro da tarde, provocou nele primeiro um sentimento de desconforto. Em seguida, veio a insegurança, a dúvida sobre sua situação. Estava na sua própria cidade, ou caíra de repente dentro de um pesadelo? Quando o homem duvida, o seu mundo cai em ruínas, desaparecem os pontos de apoio, os suportes familiares e ele se balança como boneco joão-teimoso.

O desconforto surgiu e ele teve vontade de gritar. Mas, se gritasse, iriam achar que ele estava louco. E os loucos são eliminados dos grupos normais. Mas ele queria gritar. O ar que enchia o seu corpo precisava ser expelido. Sentia-se como o pneu que suporta vinte e duas libras e está com trinta e cinco, a ponto de estourar. Os músculos do seu peito, a carne toda, doíam, dentro da tensão. Então, gritou. Ouviu o grito com nitidez dentro do silêncio que abrigava os ruídos da tarde. Olhou assustado para as pessoas e foi como se elas estivessem surdas. Nem se viraram. Gritou de novo, percebendo que o primeiro grito fora mais um urro, só para expulsar a massa de ar. E gritou. E gritou de frente para uma moça de amarelo. E a moça gritou. E os dois gritaram juntos, e sorriram. Viram outros sorrindo.

Gritaram os dois; e eram três. Gritaram os quatro; e eram cinco. Gritaram todas as pessoas naquela quadra. As que passavam, as que passeavam, as que olhavam vitrines, as que olhavam para o chão, as que entravam e saíam dos prédios. Gritavam, e o grito ecoou pela rua. Foi respondido. Gritaram na esquina. E na outra esquina. Na praça. Gritaram de dentro dos ônibus, dos carros, no interior dos cinemas e dos escritórios, gritaram nos mictórios e nas lanchonetes, nos bancos e doçarias.

E no fim da tarde, quando o sol se pôs, não havia mais ruídos, nem silêncio, apenas o grito, uniforme, uníssono, unânime, solidário, de seis milhões de pessoas. Grito sem fim, enquanto a noite descia.

O HOMEM QUE
DESCOBRIU O DIA DA NEGAÇÃO

para Lise

Pegou o táxi, deu a direção. O chofer:
— Para lá, não vou.
— Então, me leve para onde quiser.
Estava cansado de toda aquela situação e resolvido a se entregar, para ver o que ia acontecer. Tinha começado na feira, pela manhã. A mulher pediu para fazer compras, lá foi ele. De sacola, percorrendo as barracas habituais. Algo estranho ocorreu, na primeira banca. A de tomates.
— Me dá meio quilo. Do tomate verde.
— Não, se quiser levar, leva do maduro.
— Quero do verde e bem grande.
— Só entrego do maduro, e pequeno.
Não discutiu. Achava o pessoal da feira grosseiro. Tentou a outra banca.
— Meio quilo de tomate verde.
— Não tem.
— E o que é isso aí?
— Não sei.
— Como não sabe?
— O que o senhor quer? Me amolar?
— Comprar.
— Não estou vendendo nada.
— Então, o que faz aí?

187

— Vendo tomates. Que pergunta!

Ele achou melhor continuar. Na próxima banca decidiu mudar de tática.

— O que o senhor está vendendo?

— O que o senhor acha que eu estou vendendo?

— Eu é que perguntei.

— Olha aqui. O que é isso?

O homem exibia um tomate, grande e verde.

— Um tomate.

— Engano seu. Não é um tomate.

— O que é?

— Eu é que quero saber. Estava vendendo tomates. De repente, apareceu isto.

— Mas isto é um tomate.

— Se eu vender isto ao senhor, o senhor compra?

— Compro, pode me dar meio quilo.

— Não posso. Se a fiscalização me pega vendendo isso, me multa.

— Mas eu quero comprar. De livre e espontânea vontade.

— O senhor não sabe que ninguém faz nada de livre e espontânea vontade?

— Eu faço.

— Aposto que foi sua mulher quem mandou o senhor comprar tomates.

— Foi.

— Está vendo?

Partiu, confuso. Tinha de levar tomate, ervilha, salsicha, couve, laranja, um abacaxi, dois abacates, alface e ovos.

— Isto é abacate?

— O senhor não conhece abacate?

— Não.

— Está brincando comigo?

— Estou?

— Então, vá comprar noutra barraca. Não estou para brincadeiras.

Na próxima, a mulher tinha cara simpática, sorridente. Tentou. De modo diferente. Entregou a lista a ela.

— A senhora tem tudo isto aqui?

— O quê?

— As coisas desta lista?

— Este é um papel em branco.

— Como em branco? Eu mesmo escrevi aí: tomate, ervilha, salsicha, couve, laranja, um abacaxi, dois abacates, alface e ovos.

— Então, veja.

Olhou. Estava tudo lá, escrito com sua letra firme. De caneta-tinteiro, pena grossa.

— A senhora não quer me vender, não é?

— E pode me dizer por que não quero? Pode me dizer para que estou aqui?

— Mas se recusa a dar as coisas que quero.

— Eu? O senhor acaso pediu?

— Mostrei a lista.

— Pedir é uma coisa. Mostrar uma lista é outra. Eu também posso sair por aí mostrando lista e brigando com as pessoas.

Ela gritava e juntou gente. O dia não estava para ele, mesmo. Sentiu a cabeça quente. O melhor era voltar para casa. Foi caminhando, na esquina, um guarda segurou-o.

— Onde pensa que vai?

— Para casa.

— A saída não é por aqui.

— Desde quando os quarteirões têm entrada e saída?

— Mesmo que não tivesse, olha a placa de contramão.

— Estas placas são para veículos.

— E qual a diferença entre um veículo e um homem?

Ele se indagou se o guarda não estaria louco. Ou era mais um a brincar com ele. Não, hoje não era primeiro de abril. Ou teriam trocado o dia da mentira, do engano? Se tinham, ninguém ficou sabendo. Culpa dele que não lia os jornais diariamente, como faziam todos na repartição. Era até demais. Ninguém trabalhava. Jornais, revistas, livros, as velhas a tricotar, loteria esportiva e o público esperando nos guichês.

— Está vendo? O senhor não sabe me dizer a diferença.

— Que bobagem. Não tem nada igual. Nada. Tudo é diferente.

— O senhor então não sabe que a diferença está nos dentes e nas garras?

Dentes e garras. "Estou sonhando, não é possível, as pessoas dizem coisas insensatas. Ninguém está batendo bem. O melhor é voltar para casa, me encerrar no quarto, esperar o dia passar. Vai ver é essa nuvem negra de poluição. Está afetando as pessoas." Foi se afastando, sabendo que o guarda o vigiava, dobrou a esquina, deu a volta. Entrou em casa com a cesta vazia, foi guardá-la na despensa. A mulher costurava, não perguntou nada. Ele também não disse nada, achou melhor. Difícil explicar o comportamento das pessoas na feira. Seria a alta de preços que tinha deslocado os cérebros? Foi para o escritório, bateu o interruptor, a luz não acendeu. Chamou a mulher.

— Queimou a lâmpada?

— Queimou? E como está acesa?

— Está acesa?

— O que há? Ficou cego?

Ela passou a mão em frente aos olhos dele. O homem se irritou.

— Que cego coisa nenhuma. O que há é um complô contra mim.

— O que é complô?

Sempre tinha sido muito burra. Mas ele a engravidara — se julgara responsável — e acabou se casando. O filho nasceu morto. E desde esse dia ela não saíra mais de casa. Nem gostava quando ela saía. Sofria porque ele deixava a casa todas as manhãs, ia para o trabalho. "Arranja um emprego para trabalhar em casa", pedia. Citava: fazer cestas de palha, colar saquinhos de papel, remendar sacos de estopa, encadernar livros, tecer assentos de cadeira. Insistia, não deixava de pedir um só dia, acabaria por vencer, pelo cansaço.

— O que é complô?

Se não explicasse, ela perguntaria o dia inteiro, a semana, o mês.

— É uma conspiração.

— E o que é conspiração?

— As pessoas se juntam e resolvem prejudicar alguém, matar uma pessoa.

— Quem é que está fazendo isto contra você, benzinho?

— Ninguém. Eu é que acho.

— Mas por quê?

— Anda tudo muito estranho.

Súbito ela deu um grito.

— O que é isso, benzinho?

— Isso o quê?

— Olha no teu olho. Está tudo branco.

— Branco?

— Branco. Não tem a bolinha, não tem nada. Parece uma poça de leite.

Aparentemente, ele não sentia nada. Enxergava bem, não tinha dor de cabeça, nem tonturas. Coisas de vista sempre dão dor de cabeça.

— Olhou?

— Como vou olhar? Preciso de um espelho.

— Você não sabe olhar com um olho dentro do outro?

— Não. Você sabe?

— Claro que sei. Olha.

O homem, abismado. Viu e não acreditava no que ela estava fazendo. Não acreditava no que ela estava fazendo. Um olho estava avançado, olhando para dentro do outro. Como aquela mulher burra podia fazer aquilo? Com quem aprendera? Começou a imaginar que havia mais de uma coisa errada. Ou aquelas coisas é que estariam certas e ele errado? Todos os que estavam à sua volta concordavam. Porém, as coisas que ele dizia e fazia não combinavam. Foi até a folhinha ver que dia era. O calendário estava em branco.

— O que foi feito da folhinha?

— Quem precisa de folhinhas?

— Eu preciso.

— Para quê?

— Para saber o dia.

— E o que ganha com isso?

— Ganhar não ganho, mas me localizo.

— E o que adianta se localizar?

— Não adianta nada.

— Então, não precisa da folhinha.

— Não posso ficar sem saber em que dia estou.

— Pois vai. Não é dia nenhum. Os dias, separados, nomeados, não existem mais. Agora, todo dia é dia. Não é sensacional?

Em teoria era. O que não combinava era sua mulher dizendo estas coisas. Onde tinha achado? Não se ajustava a ela. Desistiu da folhinha, apanhou um jornal, não tinha data. Reparou também no relógio. Não só estava parado, como o mostrador era absolutamente em branco.

— E o relógio?

— Levaram os números.

— Levaram? Que coisa esquisita. Quem havia de levar os números?

— O relojoeiro oficial.

— O que vem a ser isso?

— Um homem encarregado de levar os números dos relógios.

— E como vou ver as horas?

— Você não precisa de horas, nem dias. Nada.

— Claro que preciso. Agora, por exemplo, preciso saber da hora para ir à repartição.

— Bobo, como não existe mais hora, você pode chegar a hora que quiser. Quem vai te acusar de ter chegado cedo ou tarde? Baseado em quê?

"Não, essa mulher não é burra, não. Eu é que pensava. Nunca prestei atenção nela. Nunca prestei atenção em nada ao meu redor. Vivia para aquela repartição. Preocupado com a hora, com preencher exatamente todos os papéis, obedecer aos regulamentos, atender ao público com eficiência, obedecer aos superiores, manter limpas as gavetas e a mesa, o arquivo em ordem e o fichário perfeito. Claro. Que diferença faz se eu chegar quinze minutos mais quinze minutos menos? O que importa é o que fiz para mim nestes quinze minutos. Ou o que fiz para mim nestes anos todos. Quando a gente nasce, colocam a gente num trilho. Chega uma época em que temos de decidir: continuar neste trilho e não ter surpresas, inseguranças, angústias. Ou saltar dele, correr pelo aterro, entrar nos atalhos e descobrir os próprios caminhos. Às vezes, mais rápidos, eficazes. O trilho não traz surpresas, sempre se sabe que haverá estações pela frente. E gente para nos conduzir e nos cuidar. Os atalhos, estes sim, provocam receio. Não importa em que altura a gente se decida saltar dos trilhos. O importante é saltar fora deles, abandonando bagagens. Por que nessa bagagem estão todas as coisas que nos prendem, nos amarram. Acho que começo a entender o dia de hoje. Eu pensava que estavam todos mentindo. Que era um dia de mentira. Ou então, um dia em que todos diziam aquilo que vinha à cabeça. Não. É o dia da verdade. Todos decidiram mostrar as coisas como elas são. Não sei por que razão, nem vou perder tempo em descobri-la. Os homens se cansaram de dizer que tomate é tomate apenas porque há centenas de anos dizem que tomate é tomate. Cansaram de dizer que o sim é o sim e o não é o não. Inverteram para verificar o que acontece. E é curioso esperar o que acontece, as verdades restabelecidas. Pelo visto, hoje, vai dar grande confusão. Os homens conseguirão suportá-la? Como eu não suportei?"

Agora no táxi, enquanto ia não sabia para onde, meditava sobre tudo e sentiu-se contente. Com a mesma alegria de um arqueólogo que encontra sinais de civilização numa escavação. Dispôs-se a estudar com calma e profundidade a nova situação que se apresentava.

OBSCENIDADES
PARA UMA DONA DE CASA

Três da tarde ainda, ficava ansiosa. Andava para lá, entrava na cozinha, preparava nescafé. Ligava televisão, desligava, abria o livro. Regava a planta já regada, girava a agenda telefônica, à procura de amiga a quem chamar. Apanhava o litro de martíni, desistia, é estranho beber sozinha às três e meia da tarde. Podem achar que você é alcoólatra. Abria gavetas, arrumava calcinhas e sutiãs arrumados. Fiscalizava as meias do marido, nenhuma precisando remendo. Jamais havia meias em mau estado, ela se esquecia que ele é neurótico por meias, ao menor sinal de esgarçamento, joga fora. Nem dá aos empregados do prédio, atira no lixo.

Quatro horas, vontade de descer, perguntar se o carteiro chegou, às vezes vem mais cedo. Por que há de vir? Melhor esperar, pode despertar desconfiança. Porteiros sempre se metem na vida dos outros, qualquer situação que não pareça normal, ficam de orelha em pé. Então, ele passará a atenção no que o carteiro está trazendo de especial para a mulher do 91 perguntar tanto, com uma cara lambida. Ah, aquela não me engana! Desistiu. Quanto tempo falta para ele chegar? Ela não gostava de coisas fora do normal, instituiu sua vida dentro de um esquema nunca desobedecido, pautara o cotidiano dentro da rotina sem sobressaltos. Senão, seria muito difícil viver. Cada vez que o trem saía da linha, era um sofrimento, ela mergulhava na depressão. Inconsolável, nem pulseiras e brincos, presentes que o marido trazia, atenuavam.

Na fossa, rondava como fera enjaulada, querendo se atirar do nono andar. Que desgraça se armaria. O que não diriam a respeito de sua vida? Iam comentar que foi por um amante. Pelo marido infiel. Encontrariam ligações com alguma mulher, o que provocava nela o maior horror. Não disseram que a desquitada do 56 descia para se encontrar com o manobrista, nos carros da garagem? Apenas por isso não se estatelava alegremente lá embaixo, acabando com tudo.

Quase cinco. E se o carteiro atrasar? Meus deus, faltam dez minutos. Quem sabe ela possa descer, dar uma olhadela na vitrine da butique da esquina, voltar como quem não quer nada, ver se a carta já chegou. O que dirá hoje? *Os bicos dos teus seios saltam desses mamilos marrons procurando a minha boca enlouquecida.* Ficava excitada só em pensar. A cada dia as cartas ficam mais abusadas, entronas, era alguém que escrevia bem, sabia colocar as coisas. Dia sim, dia não, o carteiro trazia o envelope amarelo, com tarja marrom, papel fino, de bom gosto. Discreto, contrastava com as frases. Que loucura, ela jamais imaginara situações assim, será que existiam? Se o marido, algum dia, tivesse proposto um décimo daquilo, teria pulado da cama, vestido a roupa e voltado para a casa da mãe. Que era o único lugar para onde poderia voltar, saíra de casa para se casar. Bem, para falar a verdade, não teria voltado. Porque a mãe iria perguntar, ela teria que responder com honestidade. A mãe diria ao pai, para se desabafar. O pai, por sua vez, deixaria escapar no bar da esquina, entre amigos. E homem, sabe--se como é, é aproveitador, não deixa escapar ocasião de humilhar a mulher, desprezar, pisar em cima.

As amigas da mãe discutiriam o episódio e a condenariam. Aquelas mulheres tinham caras terríveis. Ligou outra vez a tevê, programa feminino ensinando a fazer cerâmica. Lembrou-se que uma das cartas tinha um postal com cenas da vida etrusca, uma sujeira inominável, o homem de pé atrás da mulher, aquela coisa enorme no meio das pernas dela. Como podia ser tão grande? Rasgou em mil pedaços, pôs fogo em cima do cinzeiro, jogou tudo na privada. O que pensavam que ela era? Por que mandavam tais cartas, cheias de palavras que ela não ousava pensar, preferia não conhecer, quanto mais dizer. Uma vez, o marido tinha dito, resfolegante, no seu ouvido, logo depois de casada, minha linda bocetinha. E ela esfriou completamente, ficou dois meses sem gozar.

Nem dizia gozar, usava ter prazer, atingir o orgasmo. Ficou louca da vida no chá de cozinha de uma amiga, as meninas brincando, morriam de rir quando ouviam a palavra orgasmo. Gritavam: como pode uma palavra tão feia para uma coisa tão gostosa? Que grosseria tinha sido aquele chá, a amiga nua no meio da sala, porque tinha perdido no jogo de adivinhação dos presentes. E as outras rindo e comentando tamanhos, posições, jeitos, poses, quantas vezes. Mulher, quando quer, sabe ser pior do que homem. Sim, só que conhecia muitas daquelas amigas, diziam mas não faziam, era tudo da boca para fora. *A tua boca engolindo inteiro o meu cacete e o meu creme descendo pela tua garganta, para te lubrificar inteira.* Que nojenta foi aquela carta, ela nem acreditava, até encontrou uma palavra engraçada, inominável. Ah, as amigas fingiam, sabia que uma delas era fria, o marido corria como louco atrás de outras, gastava todo o salário nas casas de massagens, em motéis. E aquela carta que ele tinha proposto que se encontrassem uma tarde no motel? Num quarto cheio de espelhos, *para que você veja como trepo gostoso em você, enfiando meu pau bem no fundo.* Perdeu completamente a vergonha, dizer isso na minha cara, que mulher casada não se sentiria pisada, desgostosa com uma linguagem destas, um desconhecido a julgá-la puta, sem nada a fazer em casa, pronta para sair rumo a motéis de beira de estrada. Para que lado ficam?

Vai ver, um dos amigos de meu marido, homem não pode ver mulher, fica excitado e é capaz de trair o amigo apenas por uma trepada. Vejam o que estou dizendo, trepada, como se fosse a coisa mais natural do mundo.

Caiu em si raciocinando se não seria alguém a mando do próprio marido, para averiguar se ela era acessível a uma cantada. Meu deus, o que digo? Fico transtornada com estas cartas que chegam religiosamente, é até pecado falar em religião, misturar com um assunto deste, escabroso. E se um dia o marido vier mais cedo para casa, apanhar uma das cartas, querer saber? Qual pode ser a reação de um homem de verdade, que se preze, ao ver que a mulher está recebendo bilhetes de um estranho? Que fala em *coxas úmidas como a seiva que sai de você e que eu provoquei com meus beijos e com este pau que você suga furiosamente cada vez que nos encontramos, como ontem à noite, em pleno táxi, nem se importou com o chofer que se masturbava.* Sua louca, por que está guardando as cartas no fundo daquela cesta? A cesta foi a firma que mandou num antigo natal, com frutas, vinhos, doces, champanhe. A carta dizia: *deixo champanhe gelada escorrer nos pelos da tua bocetinha e tomo em baixo com aquele teu gosto bom.* Porcaria, deixar champanhe escorrer pelas partes da gente. Claro, não há mal, sou mulher limpa, de banho diário, dois ou três no calor. Fresquinha, cheia de desodorante, lavanda, colônia. Coisa que sempre gostei foi cheirar bem, estar de banho tomado. Sou mulher limpa. No entanto, me pediu na carta: *não se esfregue desse jeito, deixe o cheiro natural, é o teu cheiro que quero sentir, porque ele me deixa louco, pau duro.* Repete essa palavra que não uso. Nem pau, nem pinto, cacete, caralho, mandioca, pica, piça, piaba, pincel, pimba, pila, careca, bilola, banana, vara, trouxa, trabuco, traíra, teca, sulapa, sarsarugo, seringa, manjuba.

198

Nenhuma. Expressões baixas. A ele, não se dá nenhuma denominação. Deve ser sentido, não nomeado. Tem gente que adora falar, gritar obscenidades, assim é que se excitam, aposto que procuram nos dicionários, para encontrar o maior números de palavras. Os homens são animais, não sabem curtir o amor gostoso, quieto, tranquilo, sem gritos, o amor que cai sobre a gente como a lua em noite de junho. Assim eram os versinhos no almanaque que a farmácia deu como brinde, no dia dos namorados. Tirou o disco da Bethânia, comprou um LP só por causa de uma música, "Negue". Ouvia até o disco rachar, adorava aquela frase, *a boca molhada, ainda marcada pelo beijo seu.* Boca marcada, corpo manchado com chupadas que deixam marcas pretas na pele. Coisas de amantes. Esse homem da carta deve saber muito. Um atleta sexual. Minha amiga Marjori falou de um artista da televisão. Podia ficar quantas horas quisesse na mulher. Tirava, punha, virava, repunha, revirava, inventava, as mulheres tresloucadas por ele. Onde Marjori achou estas besteiras, ela não conhece ninguém de tevê?

Interessa é que a gente assim se diverte. Se bem que se possa divertir, sem precisar se sujeitar a certas coisas. Dessas que a mulher se vê obrigada, para contentar o marido e ele não vá procurar outras. Que diabo, mulher tem que se impor! Que pensam que somos para nos utilizarem? Como se fôssemos aparelhos de barba, com gilete descartável. Um instrumento prático para o dia a dia, com hora certa? Como os homens conseguem fazer barba diariamente, na mesma hora? Nunca mudam. Todos os dias raspando, os gestos eternos. É a impressão que tenho quando entro no banheiro e vejo meu marido fazendo a barba. Há quinze anos, ele começa pelo lado direito, o esquerdo, deixa o queixo para o fim, apara o bigode. Rio muito quando olho o bigode. Não posso esquecer um dia que os pelinhos do bigode me rasparam, ele estava com a cabeça entre as minhas pernas, brincando. Vinha subindo, fechei as pernas, não vou deixar fazer porcarias deste tipo. Quem pensa que sou? Os homens experimentam, se a mulher deixa, vão dizer que sou da vida. Puta, dizem puta, mas é palavra que me desagrada. E o bigode faz cócegas, ri, ele achou que eu tinha gostado, quis tentar de novo, tive de ser franca, desagradável. Ele ficou mole, inteirinho, durante mais de duas semanas nada aconteceu. O que é um alívio para a mulher. Quando não acontece é feriado, férias. Por que os homens não tiram férias coletivas? Ia ser tão bom para as mulheres, nenhum incômodo, nada de estar se sujeitando. Na carta de anteontem ele comentava o *tamanho de sua língua, que tem ponta afiada e uma velocidade* de não sei quantas rotações por segundo. Esse homem tem senso de humor. É importante que uma pessoa brinque, saiba fazer rir. O que ele vai fazer com uma língua a tantas mil rotações? Emprestar ao dentista para obturar dentes? Outra coisa engraçada que a carta falou, só que esta é uma outra carta, chegou no mês passado, num papel azul bonito: queria me ver de meias pretas e ligas. Ridículo, mulher nua, de pé no meio do quarto, com meias pretas e ligas. Nem pelada nem vestida. E se eu pedisse a ele que ficasse de meias e ligas? Arranjava uma daquelas ligas antigas, que meu avô usava, e deixava o homem pelado com meias. Igual fazer amor de chinelos. Outro dia, estava vendo o programa do Silvio Santos, no domingo. Acho o domingo muito chato, sem ter o que fazer, as crianças vão patinar, meu marido passa a manhã nos campos de várzeas, depois almoça, cochila e vai fazer jockeyterapia. Ligo a televisão, porque o programa Silvio Santos tem quadros muito engraçados. Como o dos casais que respondem perguntas, mostrando que se conhecem. O Silvio Santos perguntou aos casais se havia alguma coisa que o homem tivesse tentado fazer e a mulher não topou. Dois responderam que elas topavam tudo. Dois disseram que não, que a mulher não aceitava sugestões, nem achava legal novidade. A que não topava era morena, rosto bonito, lábio cheio e dentes brancos, sorridente, tinha cara de quem topava tudo e era exatamente a que não. A mulher franzina, de cabelos escorridos, boca murcha, abriu os olhos desse tamanho e respondeu que não havia nada que ele quisesse que ela não fizesse e a cara dele mostrava que realmente estavam numa boa. Parece que iam sair do programa e se comer.

Como se pode ir a público e falar desse jeito, sem constrangimento, com a cara lavada, deixando todo mundo saber como somos, sem nenhum respeito? Há que se ter compostura. Ouvi esta palavra a vida inteira, e por isso levo uma vida decente, não tenho do que me envergonhar, posso me olhar no espelho, sou limpa por dentro e por fora. Talvez por isso me lave tanto, para me igualar, juro que conservo a mesma pureza de menina encantada com a vida. Aliás, a vida não me desiludiu em nada. Tive pequenos aborrecimentos e problemas, nunca grandes desilusões e nenhum fracasso. Posso me considerar realizada, portanto satisfeita, sem invejas, rancores. Sou uma das mulheres que as famílias admiram neste prédio. Uma casa confortável, bem decorada, qualquer uma destas revistas de onde tiro as ideias podia vir aqui e fotografar, não faria vergonha. Nossa, cinco e meia, se não voar, meu marido chega, o carteiro entrega o envelope a ele, vai ser um sururu. Prestem atenção, veja a audácia do sujo, me escrevendo, semana passada. (Disse que faz três meses que recebo as cartas? Se disse, me desculpem, ando transtornada com elas, não sei mais o que fazer de minha vida, penso que numa hora acabo me desquitando, indo embora, não suporto esta casa, o meu marido sempre na casa de massagens e na várzea, esses filhos com patins, skates, enchendo álbuns de figurinhas e comendo como loucos.) Semana passada o maluco me escreveu: *Queria te ver no sururu, ia te por de pé no meio do salão e enfiar minha pica dura como pedra bem no meio da tua racha melada, te fodendo muito, fazendo você gritar quero mais, quero tudo, quero que todo mundo nesta sala me enterre o cacete.*

Tive vontade de rasgar tal petulância, um pavor. Sem saber o que fazer, fiquei imobilizada, me deu uma paralisia, procurei imaginar que depois de estar em pé no meio da sala recebendo um homem dentro de mim, na frente de todos, não me sobraria muito na vida. Era me atirar no fogão e ligar o gás. Entrei em pânico quando senti que as pessoas poderiam me aplaudir, gritando bravo, bravo, bis, e sairiam dizendo para todo mundo: "Sabe quem fode como ninguém? A rainha das fodas?" Eu. Seria a rainha, miss, me chamariam para todas as festas. Simplesmente para me ver fodendo, não pela amizade, carinho que possam ter por mim, mas porque eu satisfaria os caprichos e as fantasias deles. Situações horrendas, humilhantes, desprezíveis para mulher que tem um bom marido, filhos na escola, uma casa num prédio excelente, dois carros.

Apanho a carta, como quem não quer nada, olho distraidamente o destinatário, agora mudou o envelope, enfio no bolso, com naturalidade, e caminho até a rua, me dirijo para os lados do supermercado, trêmula, sem poder andar direito, perna toda molhada. Fico tão ansiosa, deve ser uma doença que me molha toda, o suco desce pelas pernas, tenho medo que escorra pelas canelas e vejam. Preciso voltar, desesperada para ler a carta. O que estará dizendo hoje? Comprei puropurê, tenho dezenas de latas de puropurê. Cada vez que desço para apanhar a carta, vou ao supermercado e apanho uma lata de puropurê. O gesto é automático, nem tenho imaginação de ir para outro lado. Por que não compro ervilhas? Todo mundo adora ervilhas em casa. Se o meu marido entrar na despensa e enxergar esse carregamento de puropurê vai querer saber o que significa. E quem é que sabe?

É dele mesmo, o meu querido correspondente. Confesso, o meu pavor é me sentir apaixonada por este homem que escreve cruamente. Querer sumir, fugir com ele. Se aparecer não vou aguentar, basta ele tocar este telefone e dizer: "Venha, te espero no supermercado, perto da gôndola do puropurê". Desço correndo, nem faço as malas, nem deixo bilhete. Vamos embora, levando uma garrafa de champanhe, vamos para as festas que ele conhece. Fico louca, nem sei o que digo, tudo delírio, por favor não prestem atenção, nem liguem, não quero trepar com ninguém, adoro meu marido e o que ele faz é bom, gostoso, vou usar meias pretas e ligas para ele, vai gostar, penso que vai ficar louco, o pau endurecido querendo me penetrar. Corto o envelope com a tesoura, cuidadosamente. Amo estas cartas, necessito, se elas pararem vou morrer. Não consigo ler direito na primeira vez, perco tudo, as letras embaralham, somem, vejo o papel em branco. Ouça só o que ele me diz: *Te virar de costas, abrir sua bundinha dura,* o *buraquinho rosa, cuspir no meu pau e te enfiar de uma vez* só *para ouvir você gritar.* Não é coisa para mulher ler, não é coisa decente que se possa falar a uma mulher como eu. Vou mostrar as cartas ao meu marido, vamos à polícia, descobrir, ele tem de parar, acabo louca, acabo mentecapta, me atiro deste nono andar. Releio para ver se está realmente escrito isso, ou se imaginei. Escrito, com todas palavras que não gosto: pau, bundinha. Tento outra vez, as palavras estão ali, queimando. Fico deitada, lendo, relendo, inquieta, ansiosa para que a carta desapareça, ela é uma visão, não existe, e no entanto, está em minhas mãos, escrita por alguém que não me considera, me humilha, me arrasa.

Agora, escureceu totalmente, não acendo a luz, cochilo um pouco, acordo assustada. E se meu marido chega e me vê com a carta? Dobro, recoloco no envelope. Vou à despensa, jogo a carta na cesta de natal, quero tomar um banho. Hoje é sexta-feira, meu marido chega mais tarde, passa pelo clube para jogar squash. A casa fica tranquila, peço à empregada que faça omelete, salada, o tempo inteiro é meu. Adoro as segundas, quartas e sextas, ninguém em casa, nunca sei onde estão as crianças, nem me interessa. Porque assim me deito na cama (adolescente, escrevia o meu diário deitada) e posso escrever outra carta. Colocando amanhã, ela me será entregue segunda. O carteiro das cinco traz. Começo a ficar ansiosa de manhã, esperando o momento dele chegar e imaginando o que vai ser de minha vida se parar de receber estas cartas.

45 ENCONTROS
COM A ESTRELA VERA FISCHER

O Grupo apresenta
VERA FISCHER
em

Meu Filho Antônio
de minha mulher Marta
(4 atos e 5 quadros)

Original de MARIO PRATA
Direção de FERNANDO PEIXOTO
com Etty Fraser, Esther Góes,
Regina Braga, Otávio Augusto,
Roberto Maia e Henrique César
Participação especial de
Daniel Más e Carlos Eduardo Novaes

De Quarta a Sábado: às 21 horas
Domingos: 16 e 21 horas.
Estudantes 50 por cento.
PROIBIDO ATÉ 18 ANOS

1

Vera,

Hesitei antes de escrever. Sou assim, indeciso. Imagine que para começar esta carta levei meia hora com um problema. Escrever Senhorita Vera? Ou Senhora? Devia colocar Ilustríssima? Acabei optando pela intimidade. Afinal, era tempo, não? Você me percebeu ali na segunda fila de teatro, não percebeu? Tenho feito de tudo para chamar sua atenção. Me coço, me mexo, me levanto. Outro dia, você olhava demoradamente em minha direção. Pensei que estava me repreendendo, o que me angustiou muito. Para mim, sempre reservo o pior, foi o que me disse uma antiga namorada. Antiga mesmo, não precisa ficar inquieta. Coisa dos vinte anos. Uma primeira carta como esta necessita de uma apresentação. E de que adianta? Tenho certeza que você vai jogá-la fora. Acha que é de mais um fã. E não sou. Não sou, de modo algum.

Eu te amo, Vera. Essa é a diferença.

Assinado

2

Vera,

Uma pequena comemoração hoje. Vou tomar Sidra em sua homenagem. Claro, eu queria champanhe. Com que dinheiro? É penoso confessar que não tenho dinheiro, vivo do salário, quase mínimo. Isto pode me afastar de você. Mas se afastar é porque está errado o nosso relacionamento. Se é baseado em dinheiro, é errado. Ah, a comemoração? Vou ver a peça pela décima sexta vez em dois meses. Vou ver, só para te ver. Porque eu te amo, Vera.

Assinado

3

Nem calcula o suspense em que fico, à espera da cena em que você abre o *pegnoir* e mostra as pernas para o filho do coronel. Vou ficando com a boca seca e completamente surdo. As mãos suam, enquanto você vai se acariciando, levando as mãos aos seios. Aí, abre de repente. O próprio filho do coronel leva um susto, cai sentado. Prendo a respiração, fico roxo. Quando você abre as mãos, é como se Moisés estivesse abrindo o mar morto para os judeus atravessarem. Um instante grandioso, histórico. Excitante, puxa. Como penso nisso quando me deito e olho minhas mãos finas.

Mãos que te amam, Vera.

4

Você é meu sonho. Quero poder te escrever sempre. Vou ver a peça quantas vezes conseguir. Vou te escrever muito, sempre. Se isso não te incomodar. Sabe o que você pode fazer? Eu ia combinar um sinal só nosso. Você me faria esse sinal durante a peça, na representação de domingo. No entanto, acho que a peça não pode ser descontrolada, não é? Tem tudo ensaiado, acertado, regulado. Me mande uma mensagem através do jornal. Vocês de teatro estão ligados aos jornalistas. Nada que te comprometa. Apenas diga que não está irritada. Se quiser dizer alguma coisa mais, diga.

Eu te amo.

5

Pagava cheques, olhava aquele dinheiro e maquinava: vou tirar um pouco. Qual é o mal? Tem demais, dá para todo mundo. Ando num deficit desgraçado. Teatro é caro. Mais as revistas. Você sai muito em revistas, assim não dá, vou à falência. Ao menos, posso dizer: Vera Fischer me levou à falência. Bancarrota total por causa dessa mulher. O que você tem com isso? Preciso pensar em nosso futuro.

Não sei em quanto tempo atingirei a gerência. Tem muito trambique em banco. Qualquer dia destes desvio uma OP, estou feito. Tudo porque te amo, Vera.

6

Passei metade da noite na janela, cantando: "Um pequenino grão de areia, que era um pobre sonhador, olhando o céu viu uma estrela, imaginou coisas de amor". Só sei esse verso e fui repetindo, repetindo. Não, não me jogaram coisas, nem me mandaram calar a boca. Moro num pequeno prédio, três andares, no Bela Vista. Do lado tem uma pensão, do outro um HO. Veja só quantas pistas para você me descobrir. Porque tão cedo não me apresento. Pensou se o meu nome é falso?

7

Não, não é falso. É esse mesmo o meu nome. Relendo as cartas (guardo cópias de todas, sou organizado, vai ver é o condicionamento do Banco), vi que coloquei numa delas uma OP. Linguagem nossa, quer dizer Ordem de Pagamento. Na outra, pus HO. Esta você sabe, não? É Hotel. Principalmente hotel de curta permanência. Como eu gostaria de curta permanecer com você.

8

Três meses hoje que nos conhecemos. Ontem não deu para atender o teu telefonema. Você ficou chateada, mas como eu podia sair do caixa, numa hora daquelas? Bem que o meu colega gritou várias vezes: "É a Vera, vê se não faz a moça esperar". Foi legal você me chamar, assim eles acreditam em nosso namoro. Sempre querem saber coisas. Se você me deixa pegar na tua mão, ou as nossas intimidades. Começo a detestar esta gente. Nunca perguntei a nenhum deles o que fazem em casa com as próprias mulheres. Têm que me respeitar, pombas! Pombas, olha aí, eu falando como a Sônia Braga na sua novela. Cada noite, agora, você está mais perto de mim.

9

Senti uma pequena pontada no peito. Deve ser angústia. Olho o meu quarto. Coisa de solteiro. Cama mal-arrumada, lençóis feios, armário cheio de coisas pregadas, mesa em bagunça, a vitrola não funciona (também não compro mais discos; um disco custa tanto quanto uma entrada de teatro), os vidros da janela estão empoeirados. Jamais poderia trazer você até meu apartamento. Por isso, quando a gente passeia por aqui e você insiste em conhecer minha casa, recuso. Mas por carta posso dizer. Com você, toda sinceridade. E a angústia vem disso: como ter uma casa onde você entrasse e se orgulhasse dela, de mim? Pensei outra vez no roubo. Não posso.

10

Quase não deu para escrever. Hora extra para todo mundo, a máquina ficou ocupada. Se desse jeito de roubar uma máquina por aqui, levava para casa, escrevia quantas cartas quisesse. Tem horas que penso: é bobagem o que estou fazendo, perder tempo em cartas, fazê-la perder tempo. Claro que sei que você não joga fora. Ninguém jogaria, assim, sem ler. Sem a curiosidade de ver o que um desconhecido vai dizer cada dia. É este jogo que me excita. Provocar. Se as pessoas provocassem mais, obrigando os outros a responder, reagir, quem sabe não haveria mudanças? Em torno de mim está tudo parado. E não sei mudar, não consigo. Ao menos, não sozinho. Não se pode fazer as coisas sozinho. Um só, não funciona. É o trabalho inútil de eremita contemplativo. Escrevi um rascunho desta carta, à mão, agora datilografo, o banco silenciou. Meu professor de português no cursinho dizia que eu tinha boa redação. Só que não passei no vestibular. Quatro vezes e não passei. Tenho de me conformar com o banco. *Ter de*. Ter de passar no vestibular, por exemplo. Sei escrever, mas tudo o que eu *tinha de* fazer era uma cruzinha dentro de um quadrinho. Na última vez, simplesmente, enchi todos os quadrinhos com cruzes. Não deixei um só vazio. Parecia um cemitério. Campas e cruzes. O cemitério do ensino. Olha aí, não é engraçado? Seria mais engraçado seu eu tivesse passado, entrado, terminado alguma coisa para poder deixar este banco, arranjar uma profissão e um salário legal para sustentar você. Não acha?

11

Não quero te chatear com problemas. Mas um casal como nós deve compartilhar tudo. Problemas de dinheiro. Sabe que amor sem dinheiro acaba no brejo. Tenho feito força para manter esse nível de vida que levamos. Sair do teatro, jantar todas as noites. Aqueles uísques no Hipopótamus custaram todo o meu décimo terceiro. Meu chefe perguntou hoje no que estou me metendo. Um colega, boçalão, disse: é, em que você está metendo? Me perdoe, mas um casal pode dizer estas coisas vez ou oltra. Uma amiga, recepcionista, veio me avisar: essa moça de teatro vai acabar te perdendo de uma vez. Ela viu que estou apaixonado demais, só falo em você. Gente de teatro não presta, afirmou. Como pode dizer isso? Ela nunca foi a um teatro, ela mesmo disse. Não foi e não vai. É assim que meus companheiros pensam. Eu não. Por causa disso, te amo, te amo. Estou de joelhos fazendo promessas.

12

Mortificado. Que coisa horrível. Veja a carta número onze. Você ainda tem. Escrevi *oltra,* em lugar de outra. O que você pensou de mim? O que essa turma da peça pensou? Riram do meu português. O problema é a pressa nesta máquina. Outra errata. Pensei em parar de escrever. Senão você acaba achando que sou um ignorante. Posso ser tudo, menos isso. Tenho minha cultura. Eu só queria que você não risse de minhas cartas. Um amor pode ser ignorado, desprezado, mas não ridicularizado, espezinhado. Não leia também nas mesas de restaurantes. E diga para essa moça que trabalha com você, essa da televisão, que ela também é bonitinha, mas não deve ficar com ciúmes se me apaixonei só por você.

13

Foi uma alegria muito grande, por causa do beijo que você me deu ontem à noite. Só roçou meu rosto. Esses lábios roçaram pelo meu rosto, suavemente, ternamente. Em casa, olhei no espelho, tinha ficado uma leve marca de batom. Muito leve. Não lavei o rosto. Deitei-me do outro lado, acordei com dor nas costas, só para que sua marca ficasse. Me gozaram no banco, quase briguei. O gerente me chamou, perguntou por que não tiro férias, ando nervoso, preciso me cuidar, minhas roupas andam maltratadas. Disse que um dia cheguei de colarinho sujo. Tudo, menos isso. À noite, lavo minhas camisas e cuecas. Não posso pagar lavanderia. As entradas estão custando caro. Prefiro lavar minha roupa a deixar de te ver, ao menos uma vez por semana. Eu te amo.

14

Fui a uma festa. Aniversário do chefe de pessoal. Você não teria suportado as conversas. Sobre depósitos, 157, recordes de agências. Os inspetores estimulam as competições. Um deles disse que a maior alegria é ver o pessoal se comer para conseguir novos clientes e negócios. Comentei: pois a minha alegria é ver as agências assaltadas, limpas, os cofres a zero. Disse com cara gozadora, mas o meu gerente me chamou de lado:

— Não deve falar isso. Nem de brincadeira. Alguém pode contar ao lá de cima.

— Lá de cima da onde? Da prateleira?

— Tem gente sempre escutando o que os funcionários dizem, observando os comportamentos. Cuidado; não repete isso, não.

Lá pelas duas horas, alguém gritou:

— Vamos esticar nos inferninhos.

Todo mundo aderiu, menos eu. Iam ver *stripteases*. Não sou contra mulher pelada, mas um bando de bancários solto na noite é pior do que um bando de cabras num jardim, cagam em tudo. Além disso, sou fiel. Mulher para mim, só você. Resolvi passar em frente ao teatro, ver se você estava atrasada, tinha ficado lá por qualquer motivo. Nada. O teatro fechado. Tinha bebido tanto que me sentei na porta e dormi ali mesmo. Acordei de manhã, com um cara me cutucando, me mandei. Oh, te amo.

15

Cada vez que você abre a camisola naquele quadro e o homem cai de joelhos dizendo puta merda, fico gelado. Perco a respiração. Já vi a peça cinco vezes na primeira fila. A minha boca seca. Fico afobado. Esse teu corpo. Que coisa mais incrível. Vou te contar, um casal precisa se contar tudo. Nessa hora, penso tudo. Tudo mesmo o que poderíamos fazer os dois juntos. Dos pés à cabeça. Saio do teatro, a cabeça fervendo, mergulho nessas ruas escuras e sem graça do Bela Vista. Subo ao meu quarto, como um pão, tomo água com açúcar, apanho velhas revistas *Amiga,* todas que têm suas fotos. O que é verdadeiro? Eu, meu quarto, a minha fome, o meu desejo por você, ou o teatro, a peça, as luzes do palco? Minha confusão aumenta. Ontem, me ameaçaram tirar do caixa. Fiz um erro de quase cinco mil cruzeiros. Erro nas contas. O dinheiro estava lá. Custou para acertar, precisei de ajuda. O gerente chegou a querer sentir meu bafo para ver se eu estava bebendo. Sabe o que falei: nem bebendo, nem comendo. Amando. Ele riu. Os gerentes são boçalões.

16

Aquele vazio, ausência de músculos, de ossos, me toma cada vez mais. A noite passada pensei em você. Durante quarenta minutos nos amamos. Interminavelmente. Acordei, procurei nescafé, estava velho, endurecido no fundo da lata. O corpo vazio, a cabeça vazia, zonzeira, tonturas. Não fui ao banco. À merda o banco. Olhava você na cama, estendida, coberta com aquela camisola branca que usa a peça inteira, as coxas se entrevendo. Nossa primeira noite. Você chegou, nem reparou no apartamento. Também, tinha feito uma faxina daquelas. Dois dias lavando vidros, parede, arrumando armários, limpando pó. Mandei lavar meus dois ternos. Tirei dois mil cruzeiros do caixa, comprei sabão, sabonete, pasta de dente, escovas de dente (para quando você acordasse), um perfume, aerosol para o ar. Gostei de você quando entrou, não disse nada, só me olhou com esses olhos verdes, tranquilos. Eu te amei mais por isso.

213

17

O cubículo em que trabalho no banco é estreito. Para o público, uma parede de vidro. Para os lados, madeira, de modo que não posso me comunicar com meus colegas. Existe entre cada caixa um buraquinho. Por este buraco entram contas, recibos, duplicatas, cheques etc. Hoje fiquei de saco cheio. Às duas da tarde, abaixei as calças e fiquei ali com a bunda de fora. De modo que quem estava de fora não podia ver o caixa bunda branca (se eu fosse índio americano era o meu nome). Imaginou? Gentis senhoras e senhrotas (olha só como escrevi senhoritas), circunspectos financistas recebendo dinheiro de um caixa com a bunda e o pinto de fora. Me deu uma sensação gostosa de liberdade, de desmantelamento da seriedade bancária, de esculhambação. Para alguns, com cara mais chata, eu apanhava discretamente uma nota de 500 e passava pela bunda. Limpava o rabo com elas e entregava. Às vezes, meu amor, é engraçado trabalhar em banco.

18

Domingo de manhã compro a *Folha de S.Paulo*. Todos os domingos. Que fazer? Estava com catorze cruzeiros no bolso e precisava passar o dia. Fiquei lendo o jornal, de cabo a rabo, palavra a palavra. Precisa mais de um fodido domingo para ler. Chego na parte de teatro, lá está seu nome fogoso, coxuda deliciosa. Seu nome é torneado como você, azulado como teu olhar, reticente como tua pele. Ali no jornal, chapado, ele se destaca, sobe, excita, transforma, reforma, rebela, bela, mala, refulgente na tela, estrela, dourada como pó. O mundo é uma coxa só, sua, tua, nossa, grossa. Meu deus. Cada domingo gozo com você, paixão, caixão, enterro de minha realidade, sonho, emissão. A imensa solidão deste dia se arrasta vagarosa, pacífica, pa, pá, que enterra meu sonho vago, distante, neurótico, paranoico, inconcebível, inatingível como aquele teu fantástico triângulo de amor, livre, mas vedado, disponível, intransponível, ali, no alto das coxas, separado por um abismo, cataclismo, batismo. Supremo mistério: a quem você pertence? A mim certamente no escoar deste domingo solitário, infinito, este quarto transformado em seu rosto, as janelas teus olhos verdes. Imagem chavão como este domingo e chavão repetitivo, cansativo, estereótipo — acabei de ler esta palavra no suplemento cultural do *Estadão*. Penso em imagens assim: Vera para mim é tão inatingível como a compreensão deste suplemento cultural. Será que sou burro? Estou mergulhado em você, um surfista envovido no túnel do seu corpo (ali atrás leia envolvido), veloz na prancha, querendo que a praia nunca chegue, porque ela é o finito.

19

Fiquei dois dias sem voltar para casa. Hoje voltei. Teria de regressar um dia. Você nem imagina o estado em que deixamos tudo aquilo. Acho que não tem coisa inteira. Pedra sobre pedra. A cama sem pernas, os armários sem vidros, a roupa rasgada, os poucos pratos estilhaçados, copos e jarras (inclusive uma que minha mãe me deu quando saí de casa, na qual eu fazia a laranjada para nós, todas as manhãs, lembra-se?). No banheiro, calamidade, vidros estraçalhados, o bidê arrancado, o vaso quebrado. Inundação. Foram os vizinhos que reclamaram. Não aguentaram a nossa briga. Foi por causa da briga que te escrevi aquela carta rancorosa ontem. Já recebeu? Não vale mais. Repensei tudo. Prefiro te suportar com esse gênio, do que te perder. Olho as minhas mãos feridas, o braço rasgado (levei doze pontos, com aquela jarrada que você me deu), a cabeça raspada. Meu sangue por você. Já te disse isso? Não? Digo agora. Disse? Então, repeti. Não sei o que fazer. Não me lembro do que aconteceu depois que você saiu. Acordei no pronto-socorro, todo enfaixado, fugi de lá, tenho que trabalhar. O pessoal do banco me olha estranho. Disse que fui ao jogo do Corinthians e que a torcida do Palmeiras me bateu. Jamais diria uma palavra contra você, adorada minha, coxas divinas, olhos celestiais. Nunca, jamais, em tempo algum. Adoro você. Volta, mesmo que seja para um novo entrevero como o de domingo. Vou comprar tudo de novo, copos, pratos, xícaras. Mas por causa disso ficarei quatro ou cinco vezes sem ir ao teatro. O que vale mais: copos e xícaras ou você? Ora, os copos que vão a puta que te pariu. Vou é ver a peça e te homenagear. Amo-te, coxuda de deus, tornozelos de nossa senhora, nádegas de santa helena. Tuas pernas santificadas merecem o altar que erigi em meu quarto, diante do qual acendo mil velas votivas todas as noites. Você me ilumina, adorada de santa lúcia, protetora da visão.

20

Hoje de manhã, encontrei um bilhete debaixo de minha porta. Um papel dobrado, sem envelope. Dizia: "Ajude-me, estou no limite". Foi você quem me mandou?

21

Experimentou ficar olhando para uma lâmpada acesa, durante horas, até perder totalmente a visão, sofrer tonturas e enjoo de estômago, tudo se tomar uma bola vermelha, sangrenta? Fiz isso ontem. E é a mesma coisa que olhar fixo para você no palco, uma hora e cinquenta de peça. Você o tempo todo sem sair dali.

22

Devo deixar crescer o bigode? Você gosta de homem com bigode?

23

Conto para você. Ninguém no banco sabe. Quando tinha vinte e dois anos, me casei. Seis meses depois, ao voltar à noite para casa, entrei no banheiro e vi minha mulher morta, debaixo do chuveiro. A água estava aberta. Muito quente, e ela estendida no chão, morta. Não foi coração. Ninguém soube dizer o que foi. Nem médico, nem autópsia. Às vezes, não acredito que ela morreu, quanto mais que me casei.

24

O vento batia em teus cabelos enquanto atravessávamos a praça e os fios dourados se espalhavam como paina ao vento. Paina dá um travesseiro macio.

25

Você pássaro livre, madrugador, que ilumina o sonho de quantos vejam essa peça, nem pode imaginar o que seja uma cela solitária. Toda prisão tem uma. A nossa, este banco, tem quatro. Solitárias de vidro, onde ficamos incubados o dia todo, recebendo faces anônimas, gente que não nos ama, nem nos quer. Gente que pensa apenas em dinheiro, depositar, retirar, pagar, receber. Sabe o que é olhar a pessoa e saber que ela não está te vendo através do vidro do caixa? Não, não sabe. Não entrou nesse círculo do desespero, sem fim. Sabe o que é tentar se comunicar e não ter o que dizer a elas? Apenas poder perguntar, às vezes, para que ela te dirija uma palavra?

— Está certo o troco?

— O senhor quer mais trocado?

— Em notas de quê?

Erro propositadamente no dinheiro dos cheques, para que as pessoas falem comigo. Reclamação, sei, mas é alguma coisa. É uma reação daquela massa cinza que passa, minuto a minuto. Sem rosto, sem coração, sem sentimento, muda, diante de mim. E quando o dia termina, ter de voltar ao meu quarto, esfomeado, sem dinheiro, lendo a revista roubada do gerente, pensando que *o* mundo não é isso, mas que esse é *o meu* mundo. Manietado, observando. Fazer o quê? Compreender que é necessário romper e que para romper é preciso força. E essa força me falta; ou me falta orientação para quebrar a mim mesmo, o que sou, o mundo ao meu redor. Este mundo que não aceito, sou obrigado a aceitar. Viver a vida inteira assim? Dia a dia, hora a hora, instante a instante, dilacerado de dor e impotência. Esmagado, e resistindo ao esmagamento. De que vale resistir? Me diga uma só palavra. Você, os seus amigos, o escritor dessa peça aí. Diga.

26

E você não está aqui. Não vem. Não vem nunca. Estou sozinho, sempre sozinho. Não tenho com quem falar, com quem andar, passear, brigar, dormir.

Sozinho. Aqui, no banco. Não falam mais comigo. Sabe o que foi a última coisa que aquela moça de quem já te falei me disse? Sabe? Qualquer dia te conto. Vou roubar mil cruzeiros. Se der jeito.

Amor, guarda bem este amor, amor, amo, am, a, a, a.

27

A letra, naquele bilhete que encontrei sob a porta, era minha. Como pode ser?

28

me tiraram do caixa, me passaram para a compensação. não sei se é promoção ou castigo, ou o que quer que seja. desconfio que me querem fora da agência.

29

Na minha euforia ontem, mandei tudo em minúsculas e ontem você não merecia. Portanto, reconsidere a carta, passando para maiúsculas tudo, tudo.

Curiosa de saber o que fiz ontem? Quero dizer, quatro dias atrás?

Saí do teatro, quer dizer acabei de ver a peça, não suportei a tensão, corri ao banheiro do teatro mesmo e prestei minha homenagem. Espero que você goste de saber disto. Que penso sempre em você e que o sexo faz parte de nosso amor. No bar em frente, tomei uma média, disfarcei, saí correndo. Não tinha com que pagar. Não conseguia andar de fraqueza. Seria fome? Estou assim, sem vontade, sem nada. A coisa que fiz foi engraçada. Você vai ver. Preciso falar muito. Para compensar o longo silêncio, os dias em que não nos vimos. Ontem fiquei bem impressionado. Um caixa do banco se matou. Tinha vinte e oito anos e morava sozinho. Ninguém conhece nenhum parente dele. Era um cara tranquilo, normal. Vagamente afetado. Conhecido pela pontualidade. Chegava na hora, saía na hora. Não dava um minuto a mais para o banco. Eficiente. Enforcou-se na janela do banheiro, com uma corda nova. Então, foi premeditado, estudado. Como pode alguém encarar a própria morte desta forma? Lucidamente, sem pavor ou terror. Penso sempre que estou morto. Que apenas sobrevivo, sem emoções, sobressaltos, ou sustos. Outro dia, enfiaram um envelope debaixo de minha porta e corri ansioso. Era uma carta anunciando um novo liquidificador. O incrível, no entanto, é que meu nome estava no envelope. Gritantemente ali. Quer dizer: alguém sabe meu nome, em alguma parte. Não basta isso para dar à gente contentamento, segurança e motivo para viver? Muitas e muitas vezes, apanho envelopes, contas de luz, gás, a notificação do imposto de renda e contemplo o meu nome. Sabe por quê? Eles são a certeza que existo.

30

Alguns dias tranquilos. Me deram soro. O caninho vinha do tubo e enchia o meu corpo com aquele líquido branco, revigorante. Estou animado, contente. Pensei até: o meu soro é a Vera Fischer. A Vera que me penetra por todos os meus vazios. Vera que me penetra, eu que não penetro Vera. Não pensei, tive vontade de te escrever uma carta erótica. Ficaria grosseira, vulgar. Mas por que temos medo do vulgar. A gente é vulgar, banal. Por que não assumir. Uma carta que beirasse entre o erótico e o pornográfico. Assim eu me descarrego desta tensão. Será que a base de tudo isso é sexo? Vamos combinar uma coisa. Vamos? Na sexta-feira, à meia-noite em ponto, comece a pensar em mim. Firmemente. Estarei pensando em você. Pense em mim sexualmente. Estarei pensando em você. O que pode dar?

31

Meio a custo, cheguei à compensação ontem à noite. Os cheques vinham e vinham. Eu estava tonto. Zonzo, as mãos tremiam. Só pensava em você e aí me fortalecia um pouco. Fui duas vezes ao banheiro, pensando nas coxas. Coxas brancas que voavam como asas sobre minha cabeça. Voltava. De repente, que mundo bobo me pareceu aquele de papeizinhos com quantias escritas. Milhares de papeizinhos correndo de mão em mão. Assinados. O movimento financeiro desta cidade. Então, recusei um cheque que tinha saldo. Me deu uma puta alegria. O cara tinha saldo e recusei um cheque de trinta mil cruzeiros. De uma firma. Que bolo. Resolvi recusar mais. Fazia assim. Aprovava vinte e recusava dois. Pequenos e grandes. Fodendo todo mundo que usa cheque. Fodendo o sistema econômico. Tive vontade de fazer um pequeno comício. Dizer aos outros: vamos recusar hoje todos os cheques. Amanhã te conto o resto. Eu te amo demais, mais, mais.

32

Não me envergonho de dizer. Bati numa porta e pedi um prato de comida. Acredita que me deram? Deram. Nesta puta de uma cidade fechada, me deram um prato de comida caseira. Bom arroz, feijão, alface, um bife, tomate e um copo de água. Ofereceram café. Café? Quase pedi: não tem sobremesa? Faço questão de dar o endereço desta família nobre, altruísta, certamente não paulista. Não, que ela permaneça simples e humilde. Bobagens. Minha cabeça roda, gira, não devia ter comido tanto. Me lembrei de um livro, *Fome*. Puta livro. Na época, não acreditei. Agora, ando por São Paulo, igual ao cara. Só que o cara não amava desesperadamente como eu. O amor não destrói, constrói. O gerente me chamou. Você vai acabar demitido. Por justa causa. Se emende. Era um bom funcionário. Continue sendo. Se a gente não se comporta a vida toda como eles querem, o que acontece? É demitido. Demitido do emprego, demitido da vida, demitido da liberdade. Um amor como o teu me faz permanecer de pé.

33

Na minha tonteira, vergonha, agora o estômago ronca. Nos lugares mais inesperados. Durante a peça, por exemplo. Quase morri de vergonha. Os meus olhos pregados nas tuas coxas brancas e o estômago roncando. E se você ouvisse? Me perdoaria? Jamais. Deitar-se com um sujeito cujo estômago ronca. Olho lá em cima, as frases começam a se atropelar. Ia dizendo que na minha tonteira tenho esquecido de te contar as coisas direito. Pois é. Vamos ver. EU TE AMO DEMAIS, TE DESEJO, ME ROO DE VONTADE DE VOCÊ. Na compensação, pensava em fazer revolução. A gente recusaria os cheques. Todos. Puta zorra no dia seguinte. Os bancos sendo invadidos, tomados, os gerentes alucinados. Corrida, os jornais noticiando. E eu aqui de fora só olhando. O mercado bancário em bancarrota. Os cheques voltando, a confusão, bagunça. Bagunça na minha cabeça. Fiquei frustrado por não promover esta revolução. A gente não pode ficar promovendo grandes revoluções, então devia promover pequenas. Não acha? Amor, amor, amor. Gozo.

34

Nem na compensação. Dou plantão de uma hora cada dia no banco. Querem investigar minha vida. Somos teus amigos, o que está acontecendo? Você tem catorze anos de casa. E se tivesse quinze? Vinte? Tem um tipo legal que agora vai comigo para casa todos os dias. Me compra um sanduíche, um copo de leite. Estou com quatro meses de salário adiantando, o banco vem descontando tudo que pode. Desmaiei. Percebo que escrevo as palavras colando um a na frente. O a é de asa. Asa. Asas são duas coxas brancas, esvoaçantes. Elas ficam pelo quarto, a noite toda. Caem em cima de mim, macias, torturantes. Fico alucinado. Sem você, com essas coxas malditas. Não, não sou doentio, é apenas delírio de fome, falta de amor, falta de contato humano. Contato com gente, pele na pele, gente se excitando. Não, você não pode saber, não tem esses problemas. Não, não te odeio por não ter. Odeio a mim mesmo, por ser assim. Estar me entregando gradualmente.

35

Pensei em você. Pensei. Não deu nada. Que besteira a minha. Não quero que você pense que sou lelé. Pense apenas, todos os dias e todas as noites, que alguém que não consegue ter você, está fixado em você. Obsessivamente. Mas com bons pensamentos. Ainda que maus propósitos. Maus. Maus para os cretinos do banco. Não quero mais saber deles. Me pagaram o justo. Saí com algum dinheiro. Duzentos mil é alguma coisa. Tenho comido bem, dormido, vou até mudar de casa. Quero comprar um carro. Catorze anos de casa significam:

1 — um carro
2 — algumas roupas
3 — casa nova
4 — uma viagem

catorze anos e nada mais do que isso.

Amor, meu. Meu?

36

Um pensamento horrível me ocorreu. Mas conto, porque você é legal comigo, jamais me traiu.

Sabe o que pensei? Será que ela aceitaria estes duzentos mil para sair comigo? Uma só vez?

37

Não me queira mal! Não. Peço perdão. Perdão, que palavra mais imbecil. Ontem falei naqueles duzentos mil. Insultei? Ofendi? É que pensei de outra forma. Aquele dinheiro representa toda minha vida. Ao menos a profissional. E ele é teu. Inteiro. Então, estou te dando como presente um pedaço de minha vida. Em troca. O problema é esse: troca. No banco fiquei moralista, puritano, preconceituoso. Perdi o senso, o julgamento. Não tenho mais o que dizer hoje. Terei amanhã? Se você não estiver brava comigo, sim.

38

Releio cópias de minhas cartas. Não escrevo tão mal. Quem sabe pudesse realmente te conquistar através das cartas? Tem coisas que não gosto, podia ser melhor. Falta a prática. No banco, sabe o que eu redigia? Nada. Ali só aprendi a fazer tudo certinho. Organizado demais. Por obrigação. Não sair da linha, dos regulamentos, a fim de não perder o emprego. Tem gente que comanda a vida dos outros. Fazer, pensar, agir assim. O incrível é que existem pessoas para obedecer, ficar satisfeitas com isso. E estas que obedecem, a meu ver, são tão culpadas como as que comandam. Os obedientes ajudam, fazem pressão sobre você para que também obedeça, não saia da linha, não questione. Não eram os chefes no banco, os piores, e sim os colegas que vigiavam, olhavam, criticamente, cutucavam, silenciavam, reprovavam, censuravam, enfim, construíam ao seu redor um ambiente de mal-estar, em que você se sentia incomodado. Se não gosta, por que não sai? É a única coisa que conseguem dizer, é o modo de resumir o que pensam. Se você não é como eles, ficam muito assustados, inseguros. E para resistir, é preciso força. Esta força que preciso de você, amada.

39

Aquela colega do banco veio me visitar. Estou numa pensão ótima. Ela me contou que o sonho da vida dela era fazer teatro. Trabalhar, subir no palco, brilhar. Fazer cinema. Viu que filha da mãe? Na verdade, ela te invejava. Aí ficamos falando do banco, das pessoas. Um mundo tão diferente o meu, do teu. Nem pode imaginar. Fiquei me sentindo chocho, muito sem objetivo. Vou me meter em alguma coisa ousada. Alguma coisa pra valer. Se você estivesse do meu lado, poderíamos tocar uma vida juntos. Não papai e mamãe. Vida mesmo, vivida. Meio Bonny e Clyde. Fiquei tarado com aquele filme. O negócio é esse: viver pouco e muito. Somente morrer cedo consagra, define, estabelece o mito. Não gastei ainda um décimo da indenização.

Amo-te muito, demais.

40

Estava chovendo, entrei no cinema, fiquei lendo o jornal na sala de espera. Não é que não goste de entrar no meio do filme, é que eu não tinha nada a fazer, na rua estava úmido e frio, desagradável e ali na sala confortável. Foi nesse jornal que li a notícia das ariranhas agressivas. Um menino, no zoológico, caiu no fosso das ariranhas. Um sargento foi salvá-lo, morreu, atacado a dentadas pelos bichinhos. Li também a história de um homem que matou a mulher e os filhos, e um chofer de táxi que matou um menino de dez anos. Então começou o documentário sobre Elvis Presley, uma excursão que ele fez pelos Estados Unidos. Elvis morto, mas ainda ali, vivo, cantando, dentro do filme, conservado, eternizado. Não é para deixar a cabeça da gente confusa? Morreu, mas está vivo. Mesmo que estivesse vivo, era desconcertante, desajustante a ideia de que eu, nesta cidade, a milhares de quilômetros dos Estados Unidos, estava a vê-lo cantar no meio de uma tarde chuvosa. O alcance destas coisas fica além da nossa compreensão, dos limites, como dizia o bilhete, estou atingindo o limite, ou já atingi, quem atingiu, quem mandou o bilhete, ou eu?

41

A história das ariranhas que me chocou saiu nos jornais da semana passada. Lembra-se? Você deve ler jornais. Todos os dias falam de você, dessa novela que me fascina, me obriga a pensar. As ariranhas ficaram na minha cabeça o tempo inteiro. Pensei, será que sou o menino que se equilibra no gradil e cai no fosso? Ou sou quem pula para salvar o menino, é mordido, desiste de lutar, se entrega? É uma coisa que faço sempre, me colocar dentro de uma situação. Porque todas as situações são simbólicas, elas se inter-relacionam, uma tem elementos da outra. Teoria minha. Só posso ficar bolando teorias, deitado no quarto, olhando o teto. A minha teoria é que não existem novas situações. O mundo está dividido em compartimentos estanques, centenas. Ou milhares. Em cada instante, vamos flutuando de um compartimento para outro, tocados pela experiência existente dentro dele. Os elementos de um compartimento escapam de um para o outro, há misturas. Você não pode passar do compartimento A para o C, sem ter sentido o B. Quer dizer, há uma ordem. O que pode acontecer é você não estar consciente nos compartimentos B, C, D, E e adquirir a lucidez no F. Fica então faltando o conhecimento e a vivência destas quatro situações. Subitamente, no P, você, ou o seu inconsciente, se lembra de fragmentos do B, e então você interliga certas coisas. Entende? É fácil. Nenhum homem tem vivência total de todos os compartimentos, o tempo inteiro. Muitos desses setores estão afundados em sua memória, são desvendados aos poucos, voluntariamente, ou com esforço, ou arrancados de lá por instrumentos físicos ou psíquicos que forçam a mente. Certos compartimentos se comunicam por deficiências físicas. Há um vazamento, um furo, um canal que não devia haver. Então, formam-se em nossa mente imagens sobrepostas, sensações de já ter vivido um instante, quando o instante está por viver. Trata-se apenas de informação que vazou da frente para trás, por canais que não possuem vedação eficiente. Você preenche todos os meus compartimentos, com amor.

42

Notou minha falta? Fui ao interior, dois dias. Fui por ir. No trem pensava naquela viagem que fizemos juntos. O vagão quase vazio, você excitadíssima, vindo para cima de mim, ali no banco mesmo. Uma loucura. Eu sentado, fumando, você colocou a coxa na minha perna. Fiquei daquele jeito, na hora. Sua coxa fenomenal. Você sentiu, e me provocou. O conferente de bilhetes estava lá no fundo. Um velho magro. Você me beijou de língua. Eu com medo. Um bancário é uma merda, fica condicionado ao medo. Você continuou. Sentou-se no meu colo, tirou a calcinha. Loucura, loucura. Se esfregava, esfregava e gemia. O bestalhão aqui gostando e com pavor do bilheteiro. Você me desabotoou. Foi ali no banco mesmo. Ali naquele trem noturno que nos levava, levava, levava. E apitava, apitava. Não sei mais se era o apito ou os teus gemidos na noite do nosso amor.

43

Cansado. De não achar emprego. Cansado de ver a peça. Sei tudo de cor. Cansado deste amor irremediável. Que preocupações mesquinhas tenho tido durante minha vida. Não errar no troco, conferir o caixa, fazer o relatório corretamente, manter a roupa limpa, a gravata no lugar, tratar as pessoas honestamente, procurar progredir no trabalho, viver decentemente. Quando comecei a escrever para você, pensei em dizer as maiores sacanagens. Em fazer com que você lesse besteiras, grosserias. Da pesada. Por quê? O que tinha em minha cabeça? A princípio não consegui escrever as indecências que pretendia. Depois não vi sentido. O que era uma fixação virou amor, verdadeiro, angustiado, sofrido. Claro que eu podia chegar um dia aí e dizer: eu que escrevi as cartas. Você tanto podia rir, como de repente se jogar em meus braços e gritar: te esperei tanto. Pura novela de televisão. Sonhei algum tempo. Já não tenho mais vontade de sonhar. Não dá pé. Imaginei, e não há mais chances para a imaginação. Lembre-se sempre: te amo.

O GRUPO APRESENTA

VERA FISCHER

em

*Meu Filho Antônio
de minha mulher Mana*
(4 atos e 5 quadros)

Original de MARIO PRATA
Direção de FERNANDO PEIXOTO
com Etty Fraser, Esther Góes,
Regina Braga, Otávio Augusto,
Roberto Maia e Henrique César
Participação especial de
Daniel Más e Carlos Eduardo Novaes

De Quarta a Sábado: às 21 horas
Domingos: 16 e 21 horas.
Estudantes 50 por cento.
PROIBIDO ATÉ 18 ANOS

DOIS ÚLTIMOS DIAS

44

Você me fez companhia. Muito. Ninguém privou com você tanto quanto eu. Tenho de ser agradecido. Pensei muito: ela vai ficar de saco cheio. Vai pensar que sou encucado, chato, louco varrido. Vai rir de mim. E se rir? E se eu for tudo isso? A gente é. O problema, Verinha, é quando a gente não é. Na verdade, não sou. Me entende? Queria ser, e não sou. Ser eu, do jeito que sou. Que sonho ser. Fiquei sendo dos outros, moldado, ajeitado às regras do bem-viver. Fique tranquila. Tudo bem comigo. Apliquei cento e cinquenta mil cruzeiros em letras de câmbio. E pela primeira vez, em muitos anos, chorei em casa, à noite. Chorei muito. Nem quando você me desprezava ou brigávamos, chorei assim. Oprimido, dolorido.

Aquelas letras de câmbio são o meu cárcere irresistível, irremediável. Coragem, Vera, não se adquire. Nasce e se desenvolve com a gente. Ou se revela em certos momentos. Coisa de almanaque, você deve estar pensando. Se tivéssemos continuado juntos eu poderia mudar. Você me ajudaria. A imagem grandiosa e feliz que eu gostaria de te dar, não dei. Alegrias, quais? Quando você riu comigo? E amor é feito também de risos. Principalmente. Não esse torturar diário que te passei. Por isso me afasto, me distancio. Eu, cujo grande momento na vida se passou a bordo de um trem, na noite em que você tentou me mostrar quem eu poderia ser.

Tudo bem comigo. Hoje consegui emprego noutro banco. Um lugar bom, de futuro. Continuarei seguindo tua carreira, torcendo por você, comprando revistas a teu respeito. Continuarei te amando.

45

Bilhete junto com um maço de flores-do-campo, entregue no teatro pouco antes da sessão começar:

"Vera. Sou bancário? Meu nome é Beto? Gosto de você? Como é possível saber? Escrevi durante oito meses. Será que brinquei com você? O que você sentiu este tempo todo? Como reagiu às minhas cartas? Emocionou? Se distraiu, criou o hábito de recebê-las? Como saber, não é? Hoje estou decidido. Desde que me levantei, penso nisso. É chegada a hora. A calça veio do tintureiro, comprei uma camisa, amarrotei, lavei para não parecer nova. Estarei à sua espera, quando a peça terminar. Vou ao camarim te dar um abraço. Não preciso de nada para ser reconhecido. Me apresento. Irei? Do teu amor, sempre."

A ANÃ PRÉ-FABRICADA E SEU PAI, O AMBICIOSO MARRETADOR

Era uma vez uma anã pré-fabricada. Tinha cinquenta centímetros de altura. Os pais eram pessoas normais. A anã era anã porque desde pequena o pai batia com a marreta na cabeça dela. Ele batia, e dizia: "Diminua, filhinha". O sonho do pai era ter uma filha que trabalhasse no circo. E se ele conseguisse uma anã, o circo aceitaria.

Assim, a menina não cresceu. Tinha as pernas tortas, a cabeça plana como mesa, os olhos esbugalhados: um globo, com as marretadas, chegara a sair. E deste modo o olho andava dependurado pelos nervos. Com o olho caído, a menina enxergava o chão — e enxergava bem. Por isso, nunca deu topadas.

A menina diminuiu, entrou para a escola, se diplomou. E o pai, esperando que o circo viesse para a cidade. A anã teve poucos namorados em sua vida. Os moços da cidade não gostavam de sua cabeça plana como mesa. Um dos namorados foi um mudo; o outro, um cego.

Com o passar do tempo, o pai ia ensinando à filha anã os truques do circo: andar na corda bamba, atirar facas, equilibrar pratos na ponta de varas, equilibrar bolas, andar sobre roletes, fazer exercícios na barra, pular através de um arco de fogo, cair ao chão (fazendo graça) sem se machucar, ficar de pé no dorso de cavalos.

De vez em quando, o pai emprestava a filha ao padre, por causa da quermesse. Ela substituía o coelho nos jogos de sorteio. Havia uma porção de casinhas dispostas em círculo. Cada casinha tinha um número. A um sinal do quermesseiro, a menina corria e entrava na casinha. Quem tivesse aquele número ganhava a prenda. A anã não gostava de quermesse porque se cansava muito e também porque no dia seguinte ficava triste, com o pessoal que tinha perdido. Eles a seguiam pela rua, gritando: "Aí, baixinha..., por que não entrou no meu número?"

Um dia, o circo chegou à cidade, com lona colorida, um elefante inteirinho rosa, uma onça-pintada, palhaços, cartazes e uma trapezista gorda que vivia caindo na rede. O pai mandou fazer para a anã um vestido de cetim vermelho, com cinto verde. Comprou um sapato preto e meias três-quartos. Levou a filha ao circo. Ela mostrou tudo que sabia, mas o diretor disse que faziam aquilo: andavam no arame, na corda bamba, equilibravam coisas, pulavam através de arcos de fogo, andavam no dorso de cavalos. Só havia uma vaga, mas esta ele não queria dar para a menina, porque estava achando a anã muito bonitinha. Mas o pai insistiu e a anã também. Ela estava cansada da vida da cidadezinha, onde o povo só via televisão o tempo inteiro. E o dono do circo disse que o lugar era dela: a anã seria comida pelo leão, porque andava uma falta de carne tremenda. E, assim, no dia seguinte, às seis horas, a menina tomou banho, passou perfume Royal Briar, jantou, colocou seu vestido vermelho, de cinto verde, uma rosa na cabeça e partiu contente para o emprego.

A LATA E A LUTA

A mulher bate insistentemente na porta do banheiro. *Como é? Vai ficar a manhã inteira aí?* Ele não responde. Ela quer me irritar, é uma tática. Mas estou me acostumando. Dentro do banheiro, cubículo de dois por dois, ele deixa a luz apagada. Prestando atenção aos ruídos. Tenta adivinhar de onde vêm as vozes. Passado algum tempo acha que ouve a água circulando dentro dos canos. Duas horas depois, sai do banheiro e até mesmo a luz fraca, 40 velas, do corredor o atordoa. A luz precisa ficar acesa, permanentemente. O prédio, baixo e antigo, está encravado entre enormes edifícios e nenhum sol penetra diretamente pelas janelas. Os moradores apanham reflexos dos raios nas paredes dos espigões. *Você anda doente?*, pergunta a mulher, preocupada com o aspecto pálido do marido. Não, não tenho nada. *Mas demorou tanto aí dentro. Aliás, você anda demorando demais no banheiro, alguma coisa está acontecendo. São* os *intestinos?* Nada, nada. Podia contar a ela? Não. Quanto menos falar, mais saberá se conter. Vai para o quarto, faltam quinze para as dez, dentro de uma hora e quinze deve entrar no serviço. Fecha-se no quarto, a mulher na cozinha, preparando o almoço. Caminha de um lado para o outro, no espaço exíguo entre a cama e a cômoda, contando os passos. Nos quatrocentos e quinze, ela bate à porta. *Que mania. Mania mesmo. Está pas-*

233

sando da conta. Já não chega morar num apartamento pequeno desses e ainda tem que ficar fechando portas? Ele sorri, compreensivo. Portas fechadas, sim, mas ao menos estou aqui. Foi para a mesa do almoço, feijão, arroz, bife e salada de tomates. Muita fome, vontade de não comer. Tentava comer cada vez menos, para se desabituar do bom tempero da mulher. Muitas vezes, à tarde, descia ao bar da esquina, espelunca porca, e pedia uma daquelas salsichas que boiavam enegrecidas num caldo duvidoso de tomate e cebola. No outro dia, comia um ovo empanado, velho, desses que ficam três, quatro dias nos aquecedores, esquenta-esfria. Agora, andava guardando pão velho num saco. Estava escondido no armário de roupas, numa parte onde ela nunca mexia. À noite, não jantava, alegava indisposição. Levantava-se tarde, apanhava uma côdea das mais mofadas e roía, pacientemente. Distraía-se com o barulho dos dentes no pão seco.

Só tinha medo que ela encontrasse a lata. Então, seria necessário esclarecer tudo. Mesmo com explicações, ela teria nojo e seria uma situação embaraçosa. E teria toda a razão, a lata era uma coisa repulsiva, só mesmo alguém forte conseguia suportá-la. Nem ele que criara tudo, que a inventara, suportava. Mas estava contente, tinha sido a sua ideia mais feliz.

Passa pela farmácia, compra dois vidros de sais minerais, vitamina C efervescente, pastilhas de cálcio cetiva. Para dar muita resistência ao corpo, ao menos nos primeiros tempos. Não se sabia quanto tempo, mas se estivesse bem fortalecido, evitaria gripes, resfriados, até pneumonias. Os colegas de escritório riam dele, quando viam o copo com a pastilha efervescente sobre a mesa. *Você está hipocondríaco.* Mal sabiam que não era hipocondria, apenas tática. Um sistema que ele decidiu estabelecer, por pura necessidade.

Volta a pé para casa. Elimina gradualmente os confortos. Anda sem se distrair com as coisas à sua volta.

Olha para a frente, prestando atenção apenas em sinais de trânsito e tráfego. É uma forma de ir se desprendendo do mundo exterior.

A mulher nunca estava em casa às sete da noite, voltava às oito e quinze. Dava aulas de corte e costura, um extra para ajudar o orçamento familiar. Ele deixa as luzes apagadas, regula o despertador, deita-se de cuecas no granito da cozinha. Incomoda muito, principalmente em junho e julho, com as noites frias. Quando o despertador toca, ergue-se entorpecido. Deixa de sentir por momentos um braço, uma perna, a nuca dói. Sente no entanto que sua resistência cresce, o frio o perturba cada vez menos.

Certa noite, a mulher estava na casa da mãe que tivera um ataque cardíaco, ele comprou dois sacos de gelo no posto da esquina e espalhou as pedras pelo chão. Depois enxugou e deitou-se. Nessa noite, teve febre e tossiu. Ficou com medo, desanimado. Porque tinha frequentes crises de desânimo, de pessimismo. Não ia conseguir, nunca. Apavorado, redobrava os esforços. Pensava na lata. Ela precisava ser enfrentada com serenidade. Somente estaria pronto quando pudesse passar por ela sem ânsia.

O jantar, invariável há vinte e três anos, é uma sopa. Diferente cada dia, mas sopa. De batata com carne, de ervilha, de fubá, de mandioquinha, de milho. Não tomavam apenas por estar acostumados. Gostavam. Comiam por prazer. Sempre que podia, ou tinha tempo, ela tentava inventar uma nova sopa, misturando coisas que aparentemente não davam certo. Os filhos riam, quando vinham passar uns dias em casa (um estudava agronomia, fora; o outro servia o exército; o mais velho estava casado). Diziam: *Com tanta sopa pronta, a senhora ainda passa horas nesse fogão. Compra um pacotinho, joga na panela, deixa ferver.*

Agora, no entanto, ele evita, como pode, o jantar. O difícil é enganar a mulher.

A casa às escuras, a mulher dorme. Ele se levanta, vai ao quarto do lado. Tinha sido durante anos o quarto das crianças. Foi transformado numa espécie de sala de costura, escritório, despejo. Abre a escrivaninha, retira o estojo. Começa a suar no instante em que apanha a caixa marrom, envernizada. Vai para a sala, acende a luz do abajur, coloca a cadeira perto da tomada. Retira o aparelhinho da caixa. Coisa simples, feita por ele mesmo. Um plugue, um fio, um interruptor no meio do fio. Os terminais são descascados. Sua muito, sente o próprio cheiro. Enrola os terminais nos dedos indicadores, liga o plugue à tomada. Sentado, dá um toque rápido no interruptor. Coisa de segundos. A corrente vem, viva, e faz com que ele salte na cadeira. Um segundo sem fim, atemorizante. Seu medo também era de que uma noite dessas a mulher se levantasse para tomar água, ou ir ao banheiro, e o encontrasse ali, sentado, com os fios ligados. Ia ser difícil explicar. Percebia que ao seu medo se acrescentavam outros medos. Sim, não havia apenas um. O de falhar no emprego e ser demitido, ele, um homem de quarenta e cinco anos, sem nenhuma especialidade necessária, mero contador formado por escola antiga. O de não corresponder ao que esperam da gente. O de não ser a gente mesmo. O de não fazer nada da vida, deixá-la escorrer, simplesmente. Existem ainda as ameaças, vindas de todos os lados. É necessário ao homem conhecer os seus medos, os reais e os imaginários, para enfrentá-los. Estar preparado para as coisas, não se deixar apanhar desprevenido.

No décimo choque, parou. Ele aumentava a duração de cada um. Faz muitos meses e agora tem certeza que jamais se habituará. Talvez fosse preciso anos. Como certas pessoas da Índia que se inoculam veneno de cobra e podem ser picadas que não morrem. Quem é que garante que ele tinha tanto tempo assim pela frente? Anos. E se acontecesse amanhã? Podia suceder a qualquer momento, estava acontecendo. Um cerco cada vez mais apertado.

Guarda o aparelho, coloca a cadeira no lugar, apaga o abajur e fica na sala, sentado no sofá. Longo tempo. Treme, bate os dentes. Empapado de suor. Melado. Quer um banho, mas resiste. Ficar muito tempo sem banho, habituar o corpo à sujeira, ao acúmulo constante de suor, secreções, poeira. Tornar o nariz insensível ao próprio cheiro azedo. Suportar um cheiro pior que o da lata. Não, não era humano. Mas quantos passavam por isso e sobreviviam? Por que não ele, ainda mais com o treino? E se tirasse férias exclusivamente para isso? Deixar a barba e o cabelo crescer, não tomar banho, escovar dentes. No entanto, se tirasse férias, a mulher iria junto. Ela adorava as cidades termais, os pequenos hotéis, os grupos de gente que se reuniam para o buraco, o baile, o bingo, os passeios de charrete, as fotografias à beira de monumentos.

Vai se deitar. Os músculos ainda tremem, ele se arrepia todo. Fita o teto, contando as tiras de luz que coam pela veneziana. Um método para distrair a cabeça. Tinha pensado em memorizar livros. Decorar alguns para depois ficar relembrando detalhes, estudando estilo, estrutura. Era uma ideia para ser colocada no caderno. E se apanhassem o caderno, como explicar? Havia tantas ideias anotadas ali que era necessário, já, sistematizar melhor a coisa, organizar-se. Quem sabe por isso é que não sentia muito os progressos? Disciplina, a base de tudo é a disciplina. Suas relações com a mulher, por exemplo. Ainda não chegara à conclusão se devia trepá-la muito, várias vezes cada dia e cada noite, ou se devia começar a se afastar, a fim de disciplinar esta necessidade orgânica. Agora, mesmo, à medida que o tremor — e o medo — vai passando, sente vontade de virar-se para o lado, abraçá-la. O corpo dela é quente, estão muito juntos, a cama é estreita. Quente e torneado, um belo corpo para esta mulher de 43 anos, três filhos. De repente, ele sente martelinhos na testa. Como se estivessem batendo muito rapidamente. Senta-se na cama. No que se ergue perde o equilíbrio, como se estivesse caindo. E vomita.

Veio um sono incrível, na mesma hora. Ele volta a se deitar, com uma sensação de perda. Antes de fechar os olhos, olha para o vômito, ao lado da cama. Devia aproveitá-lo. Ou, ao menos, limpá-lo. Fica na vontade. Acordou com a mulher sacudindo, nervosa a sacudi-lo, nervosa. *Você passou mal. O que foi? Ou bebeu ontem?* Não havia censura na voz, somente preocupação. Ele levantou-se bem, disposto, disse que não era nada. *Mas você sempre diz que não é nada. E vem comendo pouco, quase não janta mais. Anda comendo alguma coisa na rua.* E eu já fui de ficar em bares comendo e bebendo? *Não, não é isso. Mas quem nunca foi pode ser um dia. Por que você há de ser diferente dos outros? Até que eu ia achar engraçado se você chegasse caindo de bêbado um dia. Você é muito comportado, meu querido. Bom pai, bom marido, ótimo empregado. Merece fazer uma besteira qualquer hora.*

Vou à feira, ela comunicou. Bateu a porta, ele ouve o elevador chegar, descer. Teria uma hora inteira dele. A feira era demorada, ela examinava todas as bancas primeiro, selecionando por qualidade e preço. Viviam dentro de um esquema apertadíssimo, aliás, todo mundo vivia, ninguém aguentava mais. Vai ao quarto de despejo, retira uma pilha de jornais (para vender a quilo), de revistas, puxa uns panos velhos e apanha a lata. Dessas latas que vêm cheias de biscoitos e bolachas. A tampa envolvida em plástico, rodeada com fita crepe, fita isolante. Leva a lata ao banheiro. Hoje não tem vontade de fazer treinamentos físicos, está um pouco fraco. Suportaria a lata no estado em que se encontrava? Senta-se na privada, a cabeça entre as mãos. Por um instante perguntou-se se tinha sentido o que estava fazendo. O melhor era não pensar. Chegara a isso depois de refletir muito, ver tudo que acontecia à sua volta, ler os jornais. Os colegas riam dele: *Você lê demais, fica de cuca fundida. Pior, você lê*

e acredita em tudo isso, a situação não é tão ruim assim.
Não adiantava conversar com eles. Muito menos com os amigos. Pareciam não entender. Melhor. Capacitou-se que era um homem só, e era bom estar só, porque se acontecesse, estaria inteiramente sem ninguém ao seu lado.

Nada de dúvidas, nada de desânimos, pensou, sem se convencer disso. Mesmo assim, começa a retirar as fitas que isolavam a tampa. Depois o plástico. Abre. O cheiro que sobe da lata vira o seu estômago. Tenta dominar-se, não é possível. Vomita todo o café, no mesmo instante. Vomita dentro da lata e alegra-se por não ter perdido, desta vez. Agora, o banheiro inteiro está infestado por aquele cheiro podre, inominável. Cheiro de vômitos, de fezes e urina que vem daquele estojo escatológico que ele concebeu. Não para se penitenciar, para se torturar. Não como autoflagelação, mortificação, que não era eremita em busca de purificação. Ele sabia, ou pensava que sabia, ou ainda imaginava, que na cela de uma prisão, nunca lavada, jamais limpa, o cheiro devia ser semelhante. O fedor que devia subir do buraco usado como privada provavelmente seria igual ao que subia daquela lata, espesso, cortante, nauseabundo, porco. Jamais chegaria a suportá-lo impunemente. Ou chegaria? Aonde pode o homem chegar? O que ele pode suportar, a fim de não se entregar, permanecer? Entendeu, então, que a sua revolta contra o cheiro fazia dele ainda uma pessoa. Não aceitar aquilo tornava-o gente. Calmo, voltava a lacrar a lata, com cuidado, para que a mulher não percebesse nenhum cheiro, nem de leve. Calmo, entendeu que estava quase pronto. Se o prendessem, se a qualquer momento fosse levado, porque nenhum homem hoje em dia está livre disso, saberia como agir, ou reagir, para não ser destruído.

LÍGIA, POR UM MOMENTO!

para Isabel Montero

"**H**á mais de um ano espero a chance para te fazer uma pergunta", disse Zé Mário. "Te dou uma carona, vamos conversando." Aceitei, eram onze da noite, não havia como sair do Ibirapuera, a não ser que se achasse um táxi, na pura sorte. Ou atravessando as alamedas escuras, se conseguisse chegar ileso a um ponto de ônibus. Confesso, não tinha coragem de passar entre os eucaliptos e as capoeiras de arbustos. Ter medo de assalto é normal, facilitar é suicídio. Esse era o problema da Bienal do Livro. A saída. No final, as pessoas corriam como baratas, ansiosas em busca de amigos que pudessem levar.

Descemos para o estacionamento, Zé Mário me olhava receoso. Que pergunta seria esta que leva um ano a ser feita? Durante este tempo nos encontramos muitas vezes, ele sempre está em lançamento de livros, coquetéis, faculdades onde faço palestras. Frequentamos os mesmos cinemas, as pessoas de um grupo idêntico, ele é professor de Teoria Literária e eu sou jornalista, escrevo uns contos de vez em quando. Circulamos dentro de áreas restritas, dificilmente fugindo a determinados limites. São os mesmos cinemas, teatros, os bares e restaurantes, mesmas pessoas nas mesmas festas. Talvez por isso eu esteja um pouco afastado; me cansa. Não quero que um dia possam dizer: "Ah, está à procura dele? Pois tem um coquetel para a venda de um saco de feijão, ele vai estar lá." A gente precisa se resguardar um pouco, se conter. Se dar, porém lentamente, com menos sofreguidão. Gosto de Zé Mário, ele veio do Sul, era garoto ainda, estivemos apaixonados pela mesma mulher. Ganhei dele; e não ficou meu inimigo, ao contrário, tentou se aproximar, e conseguiu. "Naquele tempo, você exercia um fascínio sobre as pessoas, escrevia em jornal, era irônico, todo mundo tinha medo do que você dizia, era um cínico, agressivo. Exatamente o que eu queria ser, eu tinha chegado de Porto Alegre, queria conquistar São Paulo, lembra-se? Queria que me admirassem, as pessoas te curtiam, você tinha chegado da Europa trazendo discos da Joan Baez, o seu apartamento se enchia de gente." Os discos da Baez. Tenho ainda exatamente os mesmos, nunca mais coloquei na vitrola. Por bloqueio. Não tenho coragem. Sei o que eles me trazem de volta. Ligação e rompimento. Uma tarde, Baez cantava "Babe, I'm Gonna Leave You", e essa tarde marcou minha vida, como a mais dolorida, ela me deixou com o sentido de rejeição que até hoje, homem maduro, carrego, cheio de insegurança.

Tinha chovido, mas o céu já estava limpo. Rompemos entre luzes irreais, o vapor de mercúrio tornava prateados os gramados úmidos, o silêncio era enorme.

— Pergunta, eu pedi, mais ansioso do que ele.

— Sabe, percebi um dia que minha vida poderia ter sido modificada. E não deixei. Você já teve esta sensação?

— Na hora, não. Depois, sim. Mas depois é fácil ver as coisas. Não dá para julgar, ou se sentir culpado.

— É estranho que você esteja ligado a dois momentos importantes de minha vida. Primeiro, aquela mulher que você ganhou. Tinha de ganhar, você era mais velho, no grupo todos falavam de você e de repende o homem de quem todos falam chega da Europa. Ela era uma atriz principiante, vinha de Porto Alegre. Claro, aceitei, eu também te admirava. Mas, desta vez, foi diferente.

— Diz logo, não fica rodeando.

— Não sei, pode ser que eu tenha criado um mito na minha cabeça. Não me interessa. Fiquei marcado e preciso saber. Talvez haja tempo. Preciso saber, e só você pode me ajudar. É difícil explicar. Ficou na minha cabeça. É uma obsessão. Vai ouvindo, depois me diz. Não, depois me ajuda! Tenho de resolver isso, não posso mais segurar. Se eu conseguir encontrá-la, pode ser que ainda me salve. Ando confuso, perdi minha tese por incapacidade de concentração. Acredita? Acho que não, você continua cínico, não pode ter ideia do que seja sentar-se à mesa para estudar, escrever, tomar notas, e não ver nada, não fixar uma só linha. Me fechei, completamente. Porque sei. Eu me recusei. Recusei uma coisa que desejava. Foi um daqueles momentos que decidem tua vida. Já teve disso? Saber que foi aquele instante e que o teu gesto, o teu próximo passo determinou tudo? Fui covarde, e não me conformo. Fiquei pensando: sempre é tempo. Hoje decidi. Vai ser esta noite. Esteja onde estiver, vou atrás dela. Se estiver em São Paulo, vou bater na porta, não interessa se casou ou não. Se mudou, encho o tanque e vou em frente, nem que tenha de atravessar o Brasil. Pareço bobo, não? Dom Quixote. Pode ser. Esta noite é pra valer. Resolvi.

— Se fosse mais claro, deixasse de falar para você mesmo, seria mais fácil.

— Estou assim, porque você precisa entender a importância. Agora compreendo a frase vida ou morte. É um lugar-comum, só que estou dentro dele. Vida ou morte. Um ano atrás eu me apaixonei por uma mulher que estava com você. Nos vimos uma só noite. Nunca mais parei de pensar nela. Nunca mais. Dia e noite. Acordo, levanto, trabalho, durmo, acordo. Um ano. Marquei o dia, hora, tudo. Pareço um moleque, um adolescente? Assim que ela me deixou. Adolescente. Que maravilha. Fazia anos que não me sentia desse jeito. Dormindo abraçado ao travesseiro, imaginando que é ela. Pode? Um homem desquitado, de quarenta anos, dois filhos? Até me dá um pouco de vergonha.

— Pois é, as pessoas andam tão fechadas que se envergonham das emoções. Então, negam tudo, se tornam intransponíveis, não percebem o encanto dos pequenos toques elétricos que fazem a gente vibrar, e viver.

— Deixa isso pra lá. Não te dei carona para analisar emoções da humanidade. Que mania você tem, continua igual! O problema é que eu preciso encontrar Lígia.

— Ah, Lígia?

— Ela mesma. Não tem a mínima ideia de como preciso dela. Pensei muito se não criei na minha cabeça alguma coisa. Acho que não. Tenho certeza. A gente não tem muitas certezas na vida, mas esta, eu tenho. É ela.

— Lígia?

— Faz um ano. Você entrou com uma menina loira e sentou-se ao meu lado, lembra-se? Era o último dia que exibiam *Corações e Mentes*. O cinema estava cheio. Você nem tinha me visto, te chamei. Havia um lugar vago ao meu lado. Você pediu: "Guarda que ainda vem uma amiga nossa." Coloquei minha bolsa. Logo depois, ela chegou. Quando atravessou o corredor à nossa frente, lembra-se, estávamos na segunda fila, do meio para trás, senti que era ela. Só podia ser. Vi o perfil, no escuro. Na penumbra, batido de luz. Alta, o rosto de traços decididos, suave no recorte. Pode? Foi assim que vi, naquela hora. Tinha o andar firme, um jeito meio... Soberbo... não é bem a palavra... é soberbo mesmo. Um certo orgulho, segurança. Você chamou, ela veio, sentou-se ao meu lado. Me deu a mão, sorriu. Engraçado, parecia que nos conhecíamos há tanto tempo. Sempre fui tímido com mulheres desconhecidas, mas não com aquela...

Não com aquela, penso. Por que não com aquela? Que era de intimidar. Lígia não era bonita, porém compensava com todos os truques. Eram muitos. O corpo magro, bem-feito e tão desejado. Ela mal tinha ideia como era desejada. Editora de moda e sabia o que vestir, como vestir. Se valorizava. Os olhos eram claros e o sorriso grande. Servia-se deles também para afastar as pessoas. Quando queria, era inacessível, distante, fria. Para isso, valia-se de uma ascendência de menina rica, bem tratada. Gente bem-nascida, bem-criada, que falava várias línguas. Claro, a família perdeu tudo, ela teve de trabalhar como todo mundo. Mas deixava entrever que não era como todo mundo. Por isso, foi difícil para ela, no começo. Havia a distância, o isolamento. Mesmo as pessoas que ela queria ficavam desconfiadas. Foi apenas uma fase, com os anos, ela se integrou. Casou-se, teve uma filha, foi morar nos Estados Unidos. Mas o casamento balançou, eles voltaram. Foram morar, quase como hippies, numa casinha, na praia, perto do Rio. Tinham guardado algum dinheiro, o marido era correspondente de uma revista americana qualquer. Uma vez, saiu reportagem sobre pessoas que estavam fugindo das cidades. No *Jornal do Brasil*. Falavam dela. Um rosto feliz, ela fazia bordados que vendia na feira na praça. E, dizia a reportagem, estava se preparando para escrever. Uns contos. Não queria voltar para a cidade. Sua casa era branca, com redes, plantas, desenhos que eles mesmos faziam e colavam pelas paredes. A filha, com dois anos, vivia solta. A casa ficava numa ponta da vila, não havia carros, perigo nenhum. Lígia parecia ter descoberto a vida que a gente queria e não tinha coragem de assumir. Vendo a reportagem, pensei que ela devia ter se transformado muito por dentro. Claro, por que não admitir? Lígia tinha sido uma esnobe. Inadaptada. Áspera. Árdua de se conviver. Foi preciso ser machucada, para descer do seu olimpo. Verdade que ela tinha sido colocada nesse olimpo, não subira de propósito. Os seus primeiros contatos com o cotidiano foram acidentados; e ela foi cortando arestas, aparando pontas. Até se tornar pessoa agradável, desejada. Tenho uma grande amiga, Maria Alice, que era confidente de Lígia. Ela sofria, me disse, porque não se sentia atraente. E era, sem saber. Tanto que a maioria do meu grupo a queria. Tanto, que ali estava Zé Mário, morto de fixação.

— ... você está me escutando? Estou te enchendo? Estou, está na cara. Fica aí olhando para fora...

— Não, continua. Pensava em Lígia. Fala.

— Está tudo tão vivo na minha cabeça. De repente, no meio do filme, ela estendeu a mão. Cheia de balas. Foi um choque. Pensa bem! Na tela, aquela sangueira do Vietnã. Foi na cena em que o oficial mata o soldado com um tiro na cabeça. E, ao meu lado, aquela mulher com um sorriso, estendendo a mão cheia de açúcar. Acha que fiquei bobo? Eu não! Acho lindo. Me tocou. Apanhei uma bala e senti, comigo mesmo, que estava estabelecida a cumplicidade. Porque ela não ofereceu a bala a vocês. Era uma coisa nossa, ali, no escuro do cinema. Minha e dela. E éramos completamente desconhecidos. Falamos coisas durante o filme. Não me lembro o quê. Só sei que eram observações sobre a vida americana que ela parecia conhecer bem. Detalhes que me escapavam e ela completava. Quando o filme terminou, combinamos de jantar. Todos. Ela estava de carro. Andamos muito, estava estacionado longe, perto da banca de flores do Largo do Arouche. Um Volks creme, sujo de barro. "Vim hoje da praia", ela comentou. "Peguei um desvio todo enlameado." Abriu a porta, bateu a mão no assento traseiro. "Ainda está cheio de areia. Mas areia não suja, não é?" Olhei as mãos dela, os braços. Era uma noite de calor, ela usava um vestido leve, de algodão cru. Sua pele era morena e senti uma excitação. Lígia trazia o sol na pele, o primeiro sol de verão que tinha queimado levemente seus braços. Quis tocar naquela carne, deixei a mão solta sobre o banco, ela raspava o ombro nos meus dedos. Cúmplice. Ela tinha se tornado minha cúmplice, naquela noite, e gostávamos do jogo.

Me lembro que depois Lígia desapareceu. Passaram seis meses, voltou a São Paulo, procurando emprego em revistas. Tinha se separado, a filha estava com os pais dele, num país aqui da América. Em tudo Lígia precisava ser diferente. Não, nada de ligações comuns, de dia a dia. Havia um mistério qualquer nela, uma coisa insondável que não chegávamos a compreender. Penso que somente Maria Alice, a minha amiga que foi confidente dela, chegou a entendê-la um pouco, à certa altura. Porque, então, Lígia iniciaria um processo de abertura para a vida e as coisas. Fazia uma espécie de exame de si mesma, de suas relações, do que pretendia. Mostrava a Maria Alice os esboços dos contos. Rasgava a maioria, insatisfeita. "Nunca estive satisfeita com nada, o que há comigo? Nem com as pessoas, nem com meu trabalho, nem com nada. Mas posso recomeçar, agora vejo tudo tão claro. E vou recomeçar." Naquela semana em que fomos ver *Corações e Mentes* ela se preparava para ir ao encontro do ex-marido. Pela terceira e última vez, numa tentativa de reconciliação. Achava que valia a pena, porque existia a filha.

— O que é que há? Vou parar, pô!

— Nada disso, continua. Estava me lembrando que naquela semana Lígia ia embora. E você também. Falou nisso o jantar todo. Sei lá que viagem você ia fazer. Ia ver uma escola em Blumenau. A gente ainda gozou: fazer o que em Blumenau? Vai é se enterrar. E, no fundo, estávamos mortos de inveja. Você embarcava no dia seguinte, não foi?

— Isso mesmo! Viagem desgraçada. Por que fui? Era só ficar. Que nada. Fui pensando nela.

— Mas conta do jantar...

— Nada de especial. Você estava interessado na loirinha. Ou não estava? Nem prestei atenção. Só me interessava Lígia. Durante o jantar uma ou duas piadas, um olhar, um sorriso e eu tive certeza. Era ela. Fizemos ali naquela mesa um mundo particular, dentro do qual nos entendemos. Éramos quatro, e na verdade éramos dois. O resto estava isolado, fora de nossos limites. Dá para entender? Não acha incrível esta sensação, quando ela se apodera da gente? Estamos no meio de todo mundo, afastados vinte metros um do outro. Mas a pessoa está dentro do teu círculo, e você no dela. E ninguém penetra nosso cordão mágico. É muito bobo?

— Continua com vergonha, hein? A gente é mesmo besta. Se solta, puxa!

— Na hora de ir embora, percebeu que fizemos uma manobra? Deixamos a loirinha, depois você. Demos voltas incríveis, só para ficarmos juntos. Ela me levou em casa. Ficamos conversando no carro, diante do meu prédio por umas duas horas. Estava amanhecendo quando ela se foi. Eu podia ter dito: sobe comigo. Mas não era hora. Era coisa que, com Lígia, devia acontecer naturalmente. E ia acontecer. Ela ainda perguntou: "Você precisa viajar mesmo? Tem de ir?" Banquei o besta. "Tenho, é a minha carreira, meu futuro." De tanto pensar no futuro, a gente acaba por destruí-lo. Ela se foi, subi. A mala estava pronta. Se abro, nunca mais viajo, pensei. Não abri. Tomei um café, desci, peguei um táxi e fui para a Rodoviária. Para não encontrar emprego em Blumenau. E voltar seis meses depois, recomeçar. Te procurei, você estava viajando. Daquelas coisas que acontecem em São Paulo. Desencontro, desencontro. Um pouco de besteira minha. No fundo, nos encontramos, mas eu tinha medo. Que você me gozasse. Ou dissesse: ela voltou para o marido, está feliz. Era isso, medo de que ela estivesse bem com o outro.

Penso agora nas coisas que Maria Alice me contou. Cada tarde, ela chegava e desabafava. Tinha ido visitar Lígia. Voltava arrasada, precisava de mim para se recuperar. Lígia tinha voltado grávida da última viagem. Sentiu-se mal e foi ao médico. O médico: "Precisa abortar. Já. E fazer uma operação." Abriram e fecharam. Nada a fazer, disse o médico. Lígia ficou sabendo. Percebeu o clima à sua volta e exigiu que contassem tudo. Foi para casa. Ficou de cama, porque as pernas tinham se quebrado e os ossos não se consolidavam. Só permitia visita de Maria Alice, dia sim, dia não. Era o contato com o mundo, com as coisas. E lia estranhos livros sobre a vida além da morte. Continuava rasgando os contos que escrevia, trabalhava nos esboços. Parece que desejava permanecer de algum modo. Não confiava na memória das pessoas que a queriam. Queria mais. Achava que era bobagem tudo que fizera. A esnobe que tinha sido. Refez tudo em sua cabeça. Até que um dia não quis mais receber Maria Alice. Mandou dizer que estava com dores. Muito feias. Maria Alice ficava na sala, mandava escritos, recebia bilhetes.

"É hoje, me decidi." Zé Mário estava quase gritando comigo.

"Tem de ser hoje. Para o que der e vier. Vamos lá?" E sorria. Firme, confiante. Tranquilo.

Como vou contar que ela morreu há dois dias?

NOTA BIBLIOGRÁFICA

"Para mim, a literatura é a defesa da dignidade humana, a denúncia de sistemas opressores, o retrato de minha época. É uma fotografia, um documentário dos tempos que vivemos. Não confundir isso com panfletagem. A literatura para mim deve conscientizar as pessoas para a realidade em que elas vivem. Mas você tem que fazer isso bem-feito, lucidamente, belamente."

O autor dos contos aqui selecionados e da declaração acima é Ignácio de Loyola Brandão, paulista de Araraquara, onde nasceu em 1936. Adolescente, ainda, transformou-se num trabalhador que estuda, fato comum para a maioria dos estudantes brasileiros que, em curiosa inversão semântica, são chamados de estudantes que trabalham, como se o eufemismo amenizasse a gravidade da situação. Assim, jornalista desde os 16 anos, Loyola trabalhou nos jornais *Correio Popular* (Araraquara), *Última Hora* (São Paulo) e nas revistas *Claudia, Realidade, Setenta, Planeta, Lui* e outras, até muito recentemente.

Sua experiência jornalística é facilmente detectada em sua ficção. O tom coloquial de sua linguagem, a preocupação em tecer uma trama que prenda o leitor e, sobretudo, a agilidade dos diálogos apresentam vestígios do confessado projeto de documentar o seu tempo.

Sua obra apresenta o seguinte percurso:

1965, *Depois do Sol*
1968, *Bebel que a Cidade Comeu*
1969, *Pega Ele, Silêncio*
1975, *Zero*
1976, *Dentes ao Sol*
1976, *Cadeiras Proibidas*
1977, *Cães Danados*
1978, *Cuba de Fidel*
1981, *Não Verás País Nenhum*
1983, *Cabeças de Segunda-Feira*
1984, *O Verde Violentou o Muro*
1985, *Manifesto Verde*
1986, *O Beijo não Vem da Boca*
1987, *O Ganhador*
1989, *O Homem que Espalhou o Deserto*
1995, *O Menino que não Teve Medo do Medo*
1995, *O Anjo do Adeus*
1997, *Veia Bailarina*
1998, *Sonhando com o Demônio*
1999, *O Homem que Odiava a Segunda-Feira*
2002, *O Anônimo Célebre*
2004, *Melhores Crônicas Ignácio de Loyola Brandão,*
seleção Cecilia Almeida Salles
2005, *Cartas* (edição bilíngue)
2005, *A Última Viagem de Borges*
2005, *O Segredo da Nuvem*

Loyola tornou-se um escritor de sucesso internacional a partir de *Zero,* publicado originalmente na Itália, depois no Brasil, em Portugal, na Alemanha, nos Estados Unidos, França, Espanha etc.

Nota: Os contos publicados neste livro foram extraídos das obras *Depois do Sol,* 1965; *Pega Ele, Silêncio,* 1976; *Cadeiras Proibidas,* 1976; e *Cabeças de Segunda-Feira,* 1983; e foram revistos e atualizados pelo próprio autor.

Índice

Apresentação 7

No ritmo lento do funeral 19

Retrato do jovem brigador..31

A moça que usava chupeta 47

Camila numa semana...101

O homem que viu o lagarto comer seu filho............150

O homem que procurava a máquina 153

O homem cuja orelha cresceu 173

Os homens que esperaram o foco azulado 177

O homem que gritou em plena tarde 183

O homem que descobriu o dia da negação 187

Obscenidades para uma dona de casa.......................195

45 encontros com a estrela Vera Fischer....................205

A anã pré-fabricada e seu pai, o ambicioso
marretador 231

A lata e a luta..233

Lígia, por um momento! 241

Nota bibliográfica..251

COLEÇÃO MELHORES CRÔNICAS

MACHADO DE ASSIS
Seleção e prefácio de Salete de Almeida Cara

JOSÉ DE ALENCAR
Seleção e prefácio de João Roberto Faria

MANUEL BANDEIRA
Seleção e prefácio de Eduardo Coelho

AFFONSO ROMANO DE SANT'ANNA
Seleção e prefácio de Letícia Malard

JOSÉ CASTELLO
Seleção e prefácio de Leyla Perrone-Moisés

MARQUES REBELO
Seleção e prefácio de Renato Cordeiro Gomes

CECÍLIA MEIRELES
Seleção e prefácio de Leodegário A. de Azevedo Filho

LÊDO IVO
Seleção e prefácio de Gilberto Mendonça Teles

IGNÁCIO DE LOYOLA BRANDÃO
Seleção e prefácio de Cecilia Almeida Salles

MOACYR SCLIAR
Seleção e prefácio de Luís Augusto Fischer

ZUENIR VENTURA
Seleção e prefácio de José Carlos de Azeredo

RACHEL DE QUEIROZ
Seleção e prefácio de Heloisa Buarque de Hollanda

FERREIRA GULLAR
Seleção e prefácio de Augusto Sérgio Bastos

LIMA BARRETO
Seleção e prefácio de Beatriz Resende

OLAVO BILAC
Seleção e prefácio de Ubiratan Machado

ROBERTO DRUMMOND
Seleção e prefácio de Carlos Herculano Lopes

SÉRGIO MILLIET
Seleção e prefácio de Regina Campos

IVAN ANGELO
Seleção e prefácio de Humberto Werneck

AUSTREGÉSILO DE ATHAYDE
Seleção e prefácio de Murilo Melo Filho

HUMBERTO DE CAMPOS
Seleção e prefácio de Gilberto Araújo

JOÃO DO RIO
Seleção e prefácio de Edmundo Bouças e Fred Góes

COELHO NETO
Seleção e prefácio de Ubiratan Machado

JOSUÉ MONTELLO
Seleção e prefácio de Flávia Vieira da Silva do Amparo

GUSTAVO CORÇÃO
Seleção e prefácio de Luiz Paulo Horta

MARCOS REY
Seleção e prefácio de Anna Maria Martins

ÁLVARO MOREYRA
Seleção e prefácio de Mario Moreyra

ODYLO COSTA FILHO*
Seleção e prefácio de Cecilia Costa

RAUL POMPEIA*
Seleção e prefácio de Claudio Murilo Leal

MARINA COLASANTI*
Seleção e prefácio de Marisa Lajolo

MARIA JULIETA DRUMMOND DE ANDRADE*
Seleção e prefácio de Marcos Pasche

LUÍS MARTINS*
Seleção e prefácio de Ana Luísa Martins

RODOLDO KONDER*

FRANÇA JÚNIOR*

ANTONIO TORRES*

*PRELO

GRÁFICA PAYM
Tel. (011) 4392-3344
paym@terra.com.br